北京航空航天大学人文社会科学文库
本书为国家社科基金阶段性成果（项目批准号09CZW058）

『唯物』的新美学

——论当代小说的日常生活叙事

于淑静 著

图书在版编目(CIP)数据

“唯物”的新美学:论当代小说的日常生活叙事/于淑静著. —北京:北京大学出版社,2014.5

(北京航空航天大学人文社会科学文库)

ISBN 978-7-301-24083-0

Ⅰ. ①唯… Ⅱ. ①于… Ⅲ. ①小说研究-中国-当代 Ⅳ. ①I207.42

中国版本图书馆 CIP 数据核字(2014)第068290号

书　　名:“唯物”的新美学——论当代小说的日常生活叙事
著作责任者:于淑静　著
责任编辑:魏冬峰
标准书号:ISBN 978-7-301-24083-0/I·2741
出版发行:北京大学出版社
地　　址:北京市海淀区成府路205号　100871
网　　址:http://www.pup.cn
新浪微博:@北京大学出版社
电子信箱:weidf02@sina.com
电　　话:邮购部62752015　发行部62750672　编辑部62752824
出版部62754962
印 刷 者:三河市博文印刷有限公司
经 销 者:新华书店
965毫米×1300毫米　16开本　11.25印张　165千字
2014年5月第1版　2014年5月第1次印刷
定　　价:29.00元

序

陈晓明

于淑静是我的学生,她的博士论文《“唯物”的新美学——论当代小说的日常生活叙事》即将出版,她要我写序,我自然不得推让。淑静毕业已经五年过去,时间如水一样流走。五年里,一些重要的相关的学术活动我都通知她,她几乎每次必到,一样地如学生时的认真。五年前,她的博士论文触及到当代文学研究中比较新的问题,做得也相当认真扎实,她毕业后也投入时间加以修改完善,今天看来,还是不乏独到之处。

淑静试图论述当代小说的日常生活叙事,这本来是一个平常至极的题目。王德威“没有晚清,何来五四”对大陆学界影响一时,这是继夏志清《中国现代小说史》的影响之后,来自海外学界另一种有分量的声音。正是契合了大陆学界跃跃欲试于重新阐释现当代文学的理路。理论界探讨的现代性问题,也就更为翔实地延伸到现当代文学研究领域。正是在现代性的理论语境中,日常生活叙事从当代文学本来的民族—国家叙事一统天下的格局中杀将出来,成为当代文学研究的又一论域,并且具有了当下性的意义。在这样的语境下,我才说淑静其实找到的是一个艰难的题目,也就是说日常生活叙事已经有很多人说了,甚至已经成为很多人心目中不证自明的又一研究根基,想要突破这样的定性认识,势必困难重重。从客观的博士论文写作情势上说,日常生活叙事首先牵涉到对日常生活的“再行”认知问题。中国自身有一套对于日常生活的当然理解,理论性也许不强,但来自历史深处的集体无意识能量不容小视。西方从启蒙运动或者更早以来就开始论说日常生活,其中不乏名师大家,已然说得相当透彻,如列菲伏尔者流。这些大家的论说互相抵触又丝丝连接,如何厘清“日常生活”的基本含义？其次，日常生活叙事成为并行于民族—国家叙事的另一极叙事，众多研究者对日常生活叙事已有一种不言自明的定性理解之时，如何在它身上讲出新意来？如何使得对这一论题的研究不成为对学界已有观点的某种梳理或修饰？这也就是如何找到自己的问题意识的问题，找到那个有力的点，从这个点进去，可以打开一片天地，如何找到？按照李泽厚的说法，20 世纪中国文学始终在“救亡”与“启蒙”之间摆动，限于 20 世纪中国的历史状况，更多更经常的则是“救亡”压倒“启蒙”的一边倒的形势。也就是说，“救亡—革命—国家”这是一体的历史面貌，也是当代文学始终置身的历史场域。在这样的情形下，才有毛泽东《在延安文艺座谈会上的讲话》的发表，也才有中国激进化的现代性展开方式的出现。新文化运动之时，胡适一本《中国俗文学史》震惊世人，人们似乎一下子知晓在典雅的诗词曲赋之外，中国文学一直也有一条白话文酿成的俗文学之流，一样源远流长，一样文采斐然。如今淑静要从学理上梳理当代小说的日常生活叙事，这无异于强行从既定的历史铁板一块的布局中挖掘一条清晰的大道，相当不易。这是需要勇气的。

然而，淑静的努力以及她成形的论文还是让人欣喜。整篇论文不仅结构清晰，层次分明，而且时时都有思路缜密的论述和恰到好处的“议论”。博士论文的写作更重学理的辨析，在辨析的过程中强调论据的确凿和论证的严密，这些淑静都做得很好，可以见出其中充沛的论证能量；而在这些论证的深入处，她颇带个人情感和个体经验的“议论”也常常让人眼前一亮。比如在“物欲书写”这一节中，淑静顺便论及自己对“60 年代”这一命名的看法，十分合情合理；再如在“消费都市‘拟像’的仿真表演”这一标题下，针对“70 后”“80 后”的个人化写作和个性化写作，淑静对于其中的“个人”表达的质疑之声。应该说，淑静对这篇论文是有充分准备的，她终于能够在这么棘手的论题上深入开掘并且言之成理文气昂扬，当也得之于她一直以来对这一论题的持续思考。2007 年淑静发表《论八九十年代中国当代小说的日常化写作》一文，其中可以看到她对日常生活叙事的兴趣和深究。2008 年《当代文坛》第 2 期刊登了她另一篇对日常生活叙事追加探讨的文章：《论 90 年代晚生代都市小说欲望化写作》。我相信,淑静在私底下对这一问题的思考可能还有更多,否则不可能有如今放在我面前的这篇颇为坚实的博士论文。淑静本篇博士论文的关键词应该是:物、现代性、消费社会。这是最核心的三个词汇,关于当代小说的论述因为树立了这三个核心词汇而生发出独到的意味。鲍德里亚意义上的消费社会在中国这个前现代后现代杂糅共存的社会空间里已然部分地出现,正是中国"这片神奇的土地"给予文学研究者以混乱的迷象和探索的空间。当消费社会的种种神奇与恶劣之处开始在北京、上海等城市蔓延而中国广大的边远地区还在农业社会的安然社会里过活的时候,消费社会给予文学研究者的启示意义就是巨大的。淑静正是从消费社会的某些神奇与恶劣之处,更主要的是从它们所给予当代小说带来的革命性影响开始自己的反向思考,她要追踪这一切的来由,她还要辨析这其间的正误,她难以掩饰自己的忧虑重重:

> 目击当下,不得不承认的一个现实是,如果说在日益多元化的时代里,日常生活世界越来越不断展现自身的精彩,那么作为一种对日常生活世相进行艺术呈现的文学特别在小说中却似乎相对缺乏具有原创性的发掘和揭示,更多的是小说文本叙事的破碎和意义的苍白。究竟小说日常生活叙事是否真的走到尽头?否则,又当如何再度打开?仍在行进中的小说叙事自身似乎一时无法告知我们其所向为何。

这里可以见出于淑静对于当代小说批评的一个角度。搞研究、做学问,最难得的就是能切中要害直接发言。正是带着这一独特视角,于淑静从消费社会带给文学的庞杂现象和某些新质情状上溯到了"物"的最初出现。不难看出,她把"物"作为论文的最核心词汇和最核心关节,由"物"而"物象",由"物"而"唯物",再提升到"唯物的新美学",这其实就是淑静论文最根本的线索。

日常生活作为人类最基本的生活之一,其最根本的依靠是"物",这点无可厚非。马克思早就有"物质决定意识"的论断,对中国社会和人民影响深远。于淑静由消费社会对"物欲"的极端追求而追溯到"物"的朴素前史,对当代小说研究来说,如此系统地在"物"的根基上建立论述还属新鲜,颇有新得。我比较欣赏第一章的论述,从“物”的询唤到物欲书写到物化表演,当代小说由此显现了另一种地形图。由于抛开了政治的、历史的、社会的沉重负担,淑静反而能够专注于对“物”的论述的同时发现一些当代小说的新的隐秘,发表一些别人没有的见解。从某种程度上说,“物”不仅有其物质的一面,还有精神或曰隐喻的一面,当淑静说到新写实对于“生存”问题的揭示实质上是一个贫困问题的时候,她触及了中国当代文学的某种症结。也可以说,贫困并不只是一个贫困问题,贫困意味着国家的贫弱,意味着制度的残缺,意味着文化的落后,意味着存在选择的困境。现代性于此浮现出当代中国的独特面相。

对于中国人来说,现代性也许是一场勉强的应战,但也是一场复杂有内爆力的现实。正是在现代性的意义上,反思当代文学进而反思现代文学、古代文学以及所有的人文社科成为必要。在论文的第三章“日常生活叙事现代性的审美认知”里,于淑静从时间与空间的审美意蕴上重点探讨了日常生活叙事的现代性能量和达成现代性的方式,多有发人深省之处。《人到中年》和《烦恼人生》的比较也是颇有新意的一次比较,可以看到她对于小说细微之处的敏感把握。如果说消费社会和“物”是某种外在性的范畴的话,现代性则是于淑静论文的内在性凭据。首先是提供反思的可能,其次是现代性的烛照常常使得她的论述能够别开生面。这并非是说她有意埋伏了现代性作为自己写作论文的根基,而只能说是现代性思想已然成为新一代学人内在的思想资源。于淑静既有“‘日常生活’和现代性具有某种天然的同构性,现代性是切入日常生活相当契合的视角”的认知,我也不会惊奇于第三章中诸多新颖而有力的论述。第二章集中探讨了几种话语想象与实践,在这里日常生活叙事的复杂性进一步显现,日常生活不再是单面性的“物”的套路上的一路追求,也不再总是寄寓精神的某些面向,这些或属历史或属现实的话语想象与实践大都指向一种话语权力,更进而指向话语的暴力。无论是女性“呈现”、“文革”“翻转”叙事还是“底层”苦难叙事,这些所谓的日常生活叙事其实都指向它们的反面,也就是非日常生活,也就是话语权力。由此也可体悟到于淑静的批评自觉。这里面可以看到于淑静对福柯话语权力理论的借用颇为恰切,也可以看到她对列斐伏尔等西学理论的参照也不为过。当然,更多的见解散落在她对女性写作、先锋小说以及新写实小说和底层写作的细密分析方面,这些都可以见出她对当代文学的变化源流有明晰的认识,处理起问题来得心应手。

因为这些,更因为于淑静论文包含的而我未曾或无力揭示的更为丰富的地带的存在,我相信对于当代文学后继的研究者来说,淑静的论文当会有更加长久的参照意义。淑静还年轻,学术之路漫长,她还需要下苦功,坚持长跑,相信她有耐力能跑得远,跑出自己的道路。

是为序。

2013 年 5 月 23 日

目　录

导 论

当代小说日常生活叙事及其话语流变

日常生活叙事在中国大陆当代小说存来已久。“十七年文学”特别是20世纪50年代—70年代的小说日常生活叙事以被压制的话语态势默存于诸多文本,在其文本显在叙事层面助成对“激情”“革命”“理想”宏大历史话语的建构。自80年代“新写实”小说开始,“日常生活”本身被“照亮”,其文本叙事不遗余力地展示和命名平庸琐碎的当代“日常生活”的“真实”情境。由此,“日常生活”才开始真正地从先前所处的背景化、默音化的叙事位置跃然走到文本前台,成为浮出当代小说叙事话语潜层的显在描写对象,并取得主流话语的认可和当代小说叙事的合法性。其后,随着20世纪90年代以来的欲望化写作,新世纪以来的“80后”创作群体的青春写作,以及2004年前后发轫的“底层”写作……当代中国大陆小说的日常生活叙事声势日益浩大,甚至几近泛滥,俨然已经成为不争的无法规避的重要显在文学现象。对此,近年来尤其新世纪以降,学者多有精彩论述,或褒或贬,尚无定论,而迄今所论多散见于相关单个或代际作家、作品,及其相对集中于“新时期”小说与“60年代”小说的时段性研究,却较少见宏观性的审视和阐论。因而,试图加以整体性地进一步系统阐发此研究对象的本论颇具学术研究价值。

本论的论题是探讨当代小说日常生活叙事“唯物”的美学新质。即以当代小说日常生活叙事为研究对象,以“物”为线索,考察它与时代变迁所带来的具体社会历史背景的互动关系,呈现并探讨“物”的话语流变与现代性话语建构的互动文学现场,试图整体性地阐发和论述"当代小说日常生活叙事"这一命题自身成立的文学合法性与其"唯物"的审美特质,同时指出与之相应的精神向度的关怀与缺失,并对此加以肯定与批判。

从整体上看,自20世纪80年代以来,肇始于西方的现代性文化语境对当代小说日常生活叙事有着巨大的影响。对此,不管作家本人就其创作而言承认与否,事实上,西方文学和社会思潮一直以来深刻地作用于新时期以降的文学现象,如果完全漠视这一点,则很难完整准确地理解20世纪80年代以来的中国当代文学。因此,西方思想界、文学界对日常生活世界的思考,对于我们理解、进入中国当代文学现象是十分必要的。事实上,自20世纪80年代尤其改革开放、解放思想的新时期以来,西方文学思潮比如心理分析、存在主义等在当时的中国都曾风行一时,"人的本质力量的对象化"这样费解的定理成为那个时代的审美的心声,关于人性论、人道主义、马克思异化理论的各种讨论等等,都或多或少地作用于当时的文学创作中。这些西方的思想理论大都表现出对人的生命本能的重视,对日常生活的诠释,对人的日常生活状态的关注。步入20世纪90年代,特别新世纪以降,随着全球化背景的确立,大众文化、消费文化、日常生活审美化与审美日常生活化等西方思想文化理论的热度研讨,这些都表现出对越发变化丰富的日常生活世界的关注与思考。因此,了解20世纪西方思想界、文学界对日常生活世界的思考,对于理解当代中国小说日常生活叙事无疑是颇有启发意义的。

导论部分旨在提出当代小说日常生活叙事"唯物"美学新质这一论题所在。具体包括以下方面:

一、论题的理论起点:"日常生活"的一种理解。将梳理"日常生活"主要是西方的有关理论诠释,明确本论对"日常生活"的一种理解。

二、论题提出的原因。在日常生活的理论理解基础上,结合社会历史文化情境,考察20世纪中国大陆当代小说日常生活叙事所凸现的以"物"为线索的发展情状及其内在的现代性话语的流向与变化,基于社会历史文化情境与小说日常生活叙事文本的双向生成性,明确提出当代小说日常生活叙事“唯物”的美学新质这一论题。由此亦可看出本论题所具有的文学自身研究意义和当下现实指向意义。

三、研究现状、论文思路、研究方法与论文框架。

一　理论起点:“日常生活”的一种理解

“日常生活”,对于身处其中的我们每个人来说,似乎都是一个太熟悉不过,以至不言自明的概念。然而,作为一种理论追踪,我们再去关注“日常生活”这一概念“本身”(itself)时,发现它远非想当然的那样澄明。也就是说,“日常生活是每个人的事”[①],每个人都拥有日常生活,但并非每个人都真正认识日常生活的价值和意义。

西方自启蒙运动兴起以后,生活的主要问题被具体化为物质上贫困,政治上不民主、不平等,精神上受宗教迷信的控制等方面。人们相信通过社会、经济和政治的解放,就能够解决这些生活的问题,但是结果并非如此。工业革命极大地促进了生产力的解放与发展,现代性社会制度逐步取代了传统社会制度,但是人的日常生活却依然无法走出自身的困境。相反,社会分工的日益多样化、细致化,社会生产的专门化,科技理性和实用主义的社会价值标准,反而成为越来越控制人的日常生活。在膨胀的现代性与科技理念笼罩下,日常生活发生着异化,呈现出精神缺失、物欲横流、商业化过重的社会气氛,以及由严密的规章体制所带来的日常生活体制化。于是,日常生活世界的刻板与庸常,成为现代性权力和制度压抑的问题和症状。对此,自19世纪末以来有关“日常生活”的理论探讨林林总总、错综复杂,甚至彼此抵牾,直至今天依然活跃在人类学、社会学、文学等不同学科研究领域,众说纷纭、莫衷一是。

从马克思以来,哲学开始从天上降到地上。马克思和恩格斯在《德意志意识形态》中指出:“人们为了能够‘创造历史’,必须能够生活。但是为了生活,首先就需要吃喝住穿以及其他的一些东西。因此第一个历史

---

① 列斐伏尔语,参阅李青宜:《“西方马克思主义”的当代资本主义理论》,第八章“日常生活的革命”部分,重庆出版社1990年版。

活动就是生产满足这些需要的资料,即生产物质生活本身。”[①]这里,他们充分肯定了用以满足人的基本生存需要的物质资料生产及其再生产,并从这一基本事实出发进一步追溯了生产活动的意义。自此,哲人们纷纷由形而上问题的研究退场,开始关注人们的具体存在状况。同时,另一方面马克思在其重要理论巨著《资本论》中,从人学的角度发展了斯密以降的劳动价值论传统,对资本主义社会中资本对劳动、机器对人、物对主体的剥夺和颠倒给予了深刻的批判:“资本已经变成了一种非常神秘的东西,因为劳动的一切社会生产力,都好像不为劳动本身所有,而为资本所有,都好像是从资本自身生长出来的力量。”[②]而这种对资本的批判,实际上就必然涉及对拜物逻辑的批判,归根结底是在讲述一个关于人的重要命题即人的异化及异化的扬弃。从中,马克思对现代性逻辑程式给予了深刻的揭示和批判。

现象学创始人胡塞尔认为,近代物理客观主义的理念外衣遮蔽了生活世界的原初丰富性,使人和主体的意义被遗忘而导致了欧洲文化的危机。他最早提出“生活世界”概念(即日常生活),他提出要通过回归生活世界而重新回归先验主体和人的丰富的理性。“最为重要的值得重视的世界,是早在伽利略那里就以数学的方式构在的理念存有的世界开始偷偷摸摸地取代了作为唯一实在的,通过知觉实际地被给予的、被经验到并能被经验到的世界,即我们的日常生活世界。”[③]他有时也把“日常生活世界”(alltagliche Lebenswelt)称作“生活世界”(Lebenswelt)或“周围世界”(Umwelt)。在他看来,这一生活世界是“直觉地被给予的”“前科学的、直观的”“可经验的”领域。

与胡塞尔的“生活世界”基本相同,维特根斯坦提出了一个十分重要的概念即“生活形式”(Lenben Form)。正如有论者所指出的,维特根斯坦向日常生活语言和生活形式的回归,实际上是在为陷于危机之中的人类“寻找家园”。“他对生活形式的回归实际上就是在寻找被实证主义所遗

① 《马克思恩格斯选集》第1卷,人民出版社1995年版,第79页。

② 马克思:《资本论》第3卷,人民出版社2004年版,第937页。

③ 〔德〕胡塞尔:《欧洲科学危机和超验现象学》,上海译文出版社1988年版,第58页。

忘的人的世界和生活的世界。”“寻找作为生活形式的语言就是寻找一个安宁的家。”①

海德格尔则在《存在与时间》里多维度地描绘了日常共在的方式,即此在的日常在世方式,比如“闲谈”“好奇”“两可”,并把这几种方式统称为“沉沦”,即人由本真的存在状态向非本真的状态的沉沦,也就是此在的异化。由此,他对日常生活的异化做了很多论述。他指出:“……这个常人不是任何确定的人,而一切人(却不是作为总和)都是这个常人,就是常人指定着的日常生活的存在方式。”②其次,他指出日常共在的主体在逃避自由时也推卸责任。③ 再次,他指出日常共在的主体间的交往同样具有异化的性质。④ 可见,海德格尔所描述的是一个全面异化的日常共在的世界。

法兰克福学派的马尔库塞和阿多诺等人论述了文化工业兴起后作为一种意识形态对人、对社会的压制和对现实的神化。这种文化工业意识形态利用欺骗而非暴力,几乎是彻底地消除了个人的反抗意识,一劳永逸地维持了既定的现实存在。这种文化工业意识形态,就其本质而言,在于它使人们屈从现实,甘于束缚,失去理想以至于失去反抗的欲求。因此他们要进行日常生活的批判,唤醒人们的爱欲,号召人们起来否定现实。⑤

被誉为当代日常生活批判大师的法国哲学家、社会学家列菲伏尔,在其代表性著述《日常生活批判》(1946)与《现代世界的日常生活》(1968)中多有对日常生活的批判,提出了自己著名的命题“日常生活批判”。他的理论基础是马克思的异化思想,观点与海德格尔一致。他认为,日常生活批判是一场促进“总体的人”生成的革命,它最终将导致一种人道主义

① 尚志英:《寻找家园——多维视野中的维特根斯坦语言哲学》,人民出版社 1992 年版,第 198 页、第 204 页。

② 海德格尔:《存在与时间》,三联书店 1987 年版,第 156 页。

③ 这里的观点为笔者概括表述。原文请参见上书第 157 页。

④ 这里的观点为笔者概括表述。原文请参见上书第 149 页。

⑤ 〔德〕霍克海默、阿多诺:《启蒙辩证法》,洪佩郁、蔺月峰译,重庆出版社 1993 年版,第 129 页。

社会,“在这种人道主义社会中,最高权力机关不是社会,而是总体的人。总体的人是自由集体中的自由的个人。它是在差别无穷的各种可能的个性中充分发展的个性。”[①]这是他日常生活批判的宗旨。他总结性地指出:日常生活并不简单地就是一个充斥着习惯性的、无反思性活动的世界,日常生活同时也潜伏着解放的力量,这种力量就存在于诸如狂欢节、都市游行这样颠覆性非理性的乌托邦游戏中,故而他号召人们以狂欢节式的过火行为克服游戏与日常生活的界限,唤醒身体的感官快乐,打破科技理性的主宰。这样,拯救日常生活的努力就从否定、逃避日常生活转到了日常生活本身。[②]

卢卡契在20世纪60年代中期写成的《审美特性》中曾对日常生活做了较深入的探讨。他认为,人在日常生活中的态度是第一性的。“人们的日常生活态度既是每个人活动的起点,也是每个人活动的终点。这就是说,如果把日常生活看作是一条长河,那么由这条长河中分流出了科学和艺术这两种对现实更高的感受形式和再现形式。”[③]由人们的日常生活,卢卡契从历史发生学、逻辑系统学两方面推演出其审美特性。他把日常生活作为社会存在的本体论,并运用这一方法展开对客观现实的分析。他批评海德格尔忽视了日常生活的“进步性”,把日常生活看成是“完全由使人畸形的异化力量所支配”的“毫无希望的没落领域”[④],并且提醒人们关注日常生活“作为人的行动中的认识的源泉和归宿的本质性”,理解“日常性的本质和结构”的丰富性。在卢卡契看来,当代资本主义社会的主流意识形态就是“物化意识”。物化意识越加深,人们的日常生活内容越加物质性和非人化,他们除了感觉到日常生活在量上的增加和节奏的趋于紧张外,再也不能发现别的东西。由此,这会对人产生了一种损坏和歪曲力量,也产生了对人的异化状态不满的愤怒力量,而后一力量是反对社会、指向未来的。这也是卢卡契在其后期著作中采用日常生活分析方

① 《西方学者论〈1844年经济学哲学手稿〉》,复旦大学出版社1983年版,第199页。

② 通过《日常生活批判》和《现代世界的日常生活》等著作,列菲伏尔提出一个基本观点,即“对日常生活的批判”。参阅《列菲伏尔、赫勒论日常生活》,云南人民出版社1998年版。

③ 〔匈〕卢卡契:《审美特性》第1卷,中国社会科学出版社1986年版。

④ 同上。

法的原因。

布达佩斯学派主要人物匈牙利哲学家A.赫勒深受老师卢卡契的影响,撰写了有关日常生活较为系统、完整的专著。她在《日常生活》一书中为日常生活所下的定义:"如果个体要再生产出社会,他们就必须再生产出作个体的自身。我们可以把'日常生活'界定为那些同时使社会再生产成为可能的个体再生产要素的集合。"[①]她具体指出,日常生活具有重复性,是以重复性思维和重复性实践为基础的活动领域。再者,日常生活具有经验性和实用性。面对理性的异化现实,她提出日常生活的人道化:"可以使所有人都把自己的日常生活变成'为他们自己的存在',并且把地球变成所有人的真正家园。"[②]赫勒对日常生活的积极意义和消极意义作了比较全面的分析,相对而言,具有更多合理性。

日常生活世界之所以受到西方思想界普遍重视在于:"它是一个主客未分的、非认知性的、最能体现世界之生活性的世界,它也是最现实、最实在或最具有普遍性,因而,回到这样一个世界最容易驳倒或消解主客二分式的思维,最容易说明生活世界之奠基性、本根性。"[③]在生活化、日常化意识里,意识不再仅仅是认知性的思辨、理性,而是生活性的情感和体验。于是,日常生活意识就成为人的意识中心并产生出支配性力量。"在认识上,他们有的肯定日常生活,有的贬斥日常生活,但一个共同的认识是将眼光投向生活世界,回归生活起点,把日常生活现象作为人生思考的对象,从而对启蒙运动以来的客观理性提出质疑。"[④]从中,这些西方思潮对于我们今天理解和把握日常生活颇多启发。

衣俊卿先生则多从"日常生活"其所是的意义上指出:"日常生活往往是一个凭借重复性实践和重复性思维而运行,以传统习俗、经验、常识等经验主义文化因素为基本图式,以生存本能、血缘关系、天然情感等自然主义文化因素为立根基础的自在的和未分化的领域……非日常生活活

---

① Agnes Heller, *Everyday Life*, Routledge and Kegan Paul London and New York, 1984, p. 3.

② Ibid., p. 321.

③ 李文阁、于召平:《生活世界:人的自我生成之域》,《求是学刊》2000年第1期。

④ 衣俊卿:《理性向生活世界的回归》,《中国社会科学》1994年第2期。

动领域通常可以划分为两个基本层面:一是以科学、艺术、哲学等为表现形态的自觉的精神生产,二是以社会化大生产、经济、政治、公共事务等为内涵的有组织的社会活动。"[1]换个说法:"日常生活是以个人的家庭、天然共同体等直接环境为基本寓所,旨在维持个体生存和再生产的日常消费活动、日常交往活动和日常观念活动的总称,它是一个以重复性思维和重复性实践为基本存在方式,凭借传统、习惯、经验以及血缘和天然情感等文化因素而加以维系的自在的类本质对象化领域。"[2]由此看到,日常生活世界较具有传统性、异质性、自在性,而非日常生活世界则较多具有创造性、同质性、自为性。

掠览19世纪末到20世纪末西方有关"日常生活"的理论阐发历程,可见不同知识分子从诸多不同面向对它做出了各具合理性和局限性的不同阐释和理解,这足以表明"日常生活"是个貌似一目了然,内在却含有多种向度与多重含义的充满矛盾性的理论范畴。在梳理上述有关日常生活理论的基础上,本文笔者对"日常生活"的理解大致如下:

> "日常生活",它指向与社会活动和精神生产的公共领域相对的私人空间,以现代意义上的个人家庭、天然共同体等直接环境为基本寓所,是旨在维持个体生存和再生产的基本生存活动、日常消费活动、日常社交活动和日常观念活动的总称;它是以重复性思维和重复性实践为基本存在方式,凭借传统、习惯、经验以及血缘和天然情感等文化因素而加以维系的自在的类本质对象化领域。

由此不难得知,"日常生活"是个意蕴丰富的广阔领域,是个人存在的基本空间,是个人与社会、与历史、与时代发生关系的直接场所。"日常生活"以及与之相对应的"非日常生活",是表征人类生存方式和行为模式的两个概念。日常生活当然包括吃喝拉撒、柴米油盐、家长里短,但日常生活的内容显然不限于此,它包括日常生产、日常交往、日常精神等多

---

① 衣俊卿:《文化哲学:理论理性和实践理性交汇处的文化批判》,云南人民出版社2001年版,第263页。

② 衣俊卿:《现代化与日常生活批判》,人民出版社2005年版,第31页。

方面内容。具体地说,“日常生活”通过家庭婚姻、工作社交、生产消费、风物人情、休闲娱乐等具体内容体现出人的日常生存。因而,“日常生活”领域并非是没有道德价值、没有秩序权力的真空地带。作为个人生存的基本空间,人的最终解放(无论政治的,还是经济的、文化的),归根到底都要落实体现到“日常生活”中来。

文学要真实地显示生活,就要“面对事物本身”。需要不断突破种种先在观念的束缚和阻隔,在丰富的感性的日常生活中重建文学的真实关系。“文学则是对生活的美学证明。”①“在日常生活下面,往往隐藏着某种奇特的、激动人心的事物。人物的每一个手势可以描绘出这种深藏的事物的某一面,一个无足轻重的小摆设可以反映它的一个面目。小说的人物就是要写出这种事物,寻根究底,搜索它最深隐的秘密。”②关注“日常生活”并承认其独立性价值,可以构成十分重要的文学叙事空间。这为本论对当代小说日常生活叙事这一论题的考察,无疑提供了关键而有效的理论起点。

二 现代性文化语境中的当代小说日常生活叙事

“日常生活”,不仅以其自身充满强烈现实感的矛盾性和自反性的独特内涵成为经久不衰的重要理论命题,同时也是能够引发古今中外众多文学家的关注和发掘的重要文学命题,大量而丰富的日常生活叙事小说文本即是明证。日常生活叙事,是文学理论与批评和文学研究中的一个概念范畴。与革命叙事、政治叙事一样,日常生活叙事也是考察文学现象的一个视角。这一点对于中国当代小说来讲更是如此。

“作品的真正意义,不在文本之内,而在文本之外;不在文本之先,而在文本之后。意义是历史形成的,是过去与现在对抗的产物。作品的意义,要靠批评来构筑。”③而“批评是一般文化史的组成部分,因此,离不开

---

① 钱中文:《文学理论:走向交往对话的时代》,北京大学出版社1999年版,第337页。

② 〔法〕娜.萨洛特:《怀疑的时代》,吕同六主编:《20世纪世界小说理论经典》(上),华夏出版社1995年版,第505页。

③ 赵毅衡:《礼教下延之后中国文化批判诸问题》,上海文艺出版社2001年版,第165页。

一定的历史和社会环境"[1]。中国,作为一个具有浓重史学情结和厚重历史记忆的国家,其文学叙事一旦凸现出某一点,则往往与一定的社会历史文化语境密切关联。20世纪中国文学尤其当代小说始终纠缠言说着对"日常生活"的回归与超越、重返与再出发的双重向度,而这实际上与其所深处的现代性文化语境有着十分密切的关系,甚至具有某种双向生成性。反过来说,20世纪当代中国小说日常生活叙事的生成和延展正是根植于始自西方的现代性话语的焦虑之中,历经隐匿—呈现—彰显,波澜跌宕,耐人寻味。尤其当代小说中日常生活叙事的显著差异是一件深具意味的事情。日常生活在当代小说中长期处于受压抑的状态,直至20世纪80年代中后期"新写实"小说的出现,日常生活才真正开始成为中国文学最为显在而重要的叙事对象。

中国现代性自起源以来,西方思想对知识精英的影响始终在国家、民族层面与个人生活层面之间的话语中延宕。对于"五四"启蒙主体而言,"成为认识和身份源泉的是经验,而不是传统、权威和天启神谕,甚至也不是理性。经验是自我意识——个人同其他人相形有别——的巨大源泉。"但作为一场思想观念启蒙的"五四",其启蒙主体实际总体上并非是经验性的,也没有将思想启蒙深入散播到"日常生活"领域中来。尽管也有启蒙叙事主体将思考一度引入"日常生活"层面。但是,"五四"启蒙主体所用来反抗封建礼教的"自由恋爱"在很大程度上与其说是感性的身体,不如说更关注与此无关的理性的思想观念。当观念性启蒙遭遇到日常生活的阻隔时,启蒙主体往往选择的不是对"日常生活"的重建,而是放弃。而丧失日常生活实践性支撑的启蒙必然遭遇挫折、失败,这样失败反过来又加重了启蒙主体对日常生活的否弃。在"五四"启蒙主体的视域中,日常生活其实并没有获得叙事的合法性。

现代文学现场中,鲁迅是对日常生活有着深刻而独特理解的作家。他的话语系统中充斥着对日常生活严厉的谴责和批判。最为典型的就是《伤逝》。小说里鲁迅并没有沿袭"出走"成功的"肤浅"主题,而是从他人

---

① 〔美〕韦勒克:《近代文学批评史》卷一,上海译文出版社1987年版,第10页。

驻足的地方展开更为深入的思考与探究。子君、涓生是“五四”式的“英雄”,他们反对平庸的日常生活,勇敢“出走”并获得“成功”。但“成功”的结局是子君从一个“骄傲”的“英雄”沦落为平庸的传统家庭主妇,进而被指责为日常生活的奴隶而惨遭抛弃。涓生也被琐碎、平庸的日常生活逼至进退不得的人生困境。从“英雄”到早逝的弃妇,从开人心智的启蒙者到无计潦倒的忏悔人,一番轰轰烈烈的抗争终幻化为一场令人心碎的悲剧。个人日常生活的庸常琐碎及其对先觉的现代个体精神的扼杀和“无所附丽”的人生磨损和虚耗,崇高、伟大被风干甚至成为毫无意义的空壳。日常生活成为蚀去“英雄”理想和信念的肇事者。它是丑陋的、猥琐的,甚至是可恶的、卑劣的。在鲁迅的文学视阈里,日常生活沉闷、压抑,是“英雄”的大敌,是现代化的绊脚石。自此,鲁迅上述“日常生活”的话语定位成为日后小说日常生活叙事具有丰富“寓言”性的强大前文本。于是,我们看到20世纪30年代左翼文学“革命+恋爱”模式叙事中,“恋爱”总是对“革命”起着不容置疑的“瓦解”作用。40年代不论是老舍《骆驼祥子》中勤快上进的祥子一旦过惯安逸日子而不得的堕落,还是钱钟书《围城》中方鸿渐辗转于“城里”“城外”终无事成的“好而无用”,抑或“喜欢悲壮,更喜欢苍凉”的张爱玲从《金琐记》到《倾城之恋》对“人生安稳”的力透纸背,无不刻写出日常生活的琐碎、乏味及其超稳定性对人的消磨与损害。

进入当代,告别“文革”的“十年浩劫”,随着改革开放,以经济建设为中心等一系列重大举措的出台,中国社会政治、经济、文化的迅猛发展,现代性文化语境逐步确立,社会渐趋从生产型向消费型转变,人们的生活从温饱开始步入小康,商品意义的“物”[①]从无到有并且日益不断地充斥着

---

① 追溯近代以来“物”的概念的历史演变,从“物是什么”到“物如何可能”再到“物的存在方式”,这一发展轨迹可谓西方哲学发展的内在逻辑体系。其中,对中国影响至为深远的经典范论当首推马克思对“物”的理论论述。他对物的存在方式所作的历史性分析,主要从经济—哲学视角来批判资本主义社会中“物”的存在方式。马克思明确指出人对物的依赖关系替代了人对人的依赖关系所具有的历史进步性。在商品经济条件下,“活动和产品的普遍交换已成为每一单个人的生存条件,这种普遍交换,他们的互相联系,表现为对他们本身来说是异化的、无关的东西,表现为一种物,在交换价值上,人的社会关系转化为物的社会关系,人的能力转化为物的能力”(参阅《马克思恩格斯全集》第46卷(上),人民出版社1979年版)。据此,本论中“物”并

人们的日常生活空间，农业文明传统文化与城市文明现代文化越来越盘诘一处，于是当下现代性状况与后现代性体验并存不悖。与此相关，当代小说日常生活叙事从物的“询唤”到物欲书写，再到物化表演，总体上呈现出繁复的叙述样态、复杂的价值面向和变幻的话语流向。

正如我们所看到的，“十七年”文学创作深受十年“文革”浩劫的影响，一度惨遭重创。庆幸的是，“十七年”小说在奇迹般产生并得以保留至今的文本中，有的仍然具有一定的可读性。除却学术研究价值外，它们的这种可读性离不开其自身对主流话语外的日常生活的叙事关照。就价值面向而言，“十七年”小说文本叙事受当时“极左”思潮的影响，具有强烈的“干预生活”的写作意志，显然对日常生活持鲜明的否定立场。这一点典型地体现在它塑造了一大批关注日常生活意义上的个人家庭物质利益的农民形象，并对他们这些“落后”分子展开了旗帜鲜明的思想批判。比如，赵树理《三年早知道》写的是一个绰号叫“三年早知道”的中农赵满囤，他小气又工于心计、“脑筋灵活”而“要奸使巧”，旨在善意地嘲讽和批评对于个人物质生活的痴迷。与之类似，赵树理《三里湾》中的马多寿和《赖大嫂》中的赖大嫂，以及柳青《创业史》中的梁三老汉，周立波《山乡巨变》中的亭面糊，李准《你不能走那条路》中的张栓、宋老定等，写的都是一心盘算和经营自己的生活，注重个人物质满足，而被定位为“落后”分子加以批评、教育的人们。从中可见，这些“十七年”小说的典型文本立足于鲜明的主流话语立场，对日常生活的叙事持以坚决否定的态度。而

不是仅仅满足个体生存物质需求的各种具体的物，而是重在具有自商品经济条件以来普遍交换意义和价值的物。为避免文字所带来的含义混淆，本论将仅仅用于满足个体生存物质需求的各种具体的物统称为“物象”，而把重在具有自商品经济条件以来普遍具有交换意义和价值的物指称为“物”。显见，如果说物象更多指涉日常生活内在相对不变的经验意义，那么物则重在指涉日常生活内在相对变化的价值意义。而且，与具体的社会经济发展语境相联系，在这个意义上“物象”本身含有“物”的潜质，也就是说一旦具备实现普遍交换的成熟运营方式和相关配套的社会经济发展环境，投诸其中的“物象”就会变成“物”。因此，具体到当代小说日常生活叙事，新时期的“物象”实际是对物的“询唤”，而物的真正呈现则是在根植于商品经济社会经济语境中的“新写实”为代表的日常生活叙事中。同理，此后随着中国社会经济发展的不断推进，深受此影响并反映到日后小说日常生活叙事文本中的则是先后出现的物欲书写和物化表演。至此，如果说80年代小说日常生活叙事的“物象”“物”分别寄寓和表征的是物质话语的“商品”时代，那么90年代“物欲书写”和“物化表演”则症候出资本话语的“消费”时代。

且,该时期小说的日常生活叙事,其落脚点也并非是呈示日常生活本身,而是立意将日常生活叙事定位为反面的价值面向,借此引出并推进主流话语的建构,向人们传达、号召应当学习"先进"以及如何"先进"的"革命"思想。

当中国现代化阔步迈入新时期,面对人们非常迫切的物质生活需求,随着社会的"拨乱反正""解放思想,实事求是""改革开放""以经济建设为中心"等基本国策的确立,特别是邓小平先生明确提出"贫穷不是社会主义""让一部分人先富起来"的政治理论阐述,一扫物质头上的思想罪名,人们开始批判与反思"极左"政治的物质贫困,继而上下心齐一处,全身心地投入到社会主义现代化建设的经济发展之中。马克思在《〈政治经济学批判〉序言》中指出,在生产关系发生变革的情况下,"全部庞大的上层建筑也或慢或快地发生变革"。作为中国当代社会发展的一个转折点,新时期凡此一系列重大政治经济的现实举措,同样在该时期小说的日常生活叙事中得到相应的体现。物质不仅是现代化的主体,而且也迅速成为文学的话语中心。于是,从"伤痕文学",到"反思文学",到"改革文学",到"知青文学",到"寻根文学",再到"现代派",新时期小说越来越多地关注于人们物质生活的写照及其所带来的物质观念和精神风貌的变化,并且提出与此相关的对"人"自身的思考。具体来讲,新时期小说日常生活叙事大致主要围绕以下两条线索加以展开:一是侧重揭示当时人们衣食住行等生活景况的贫乏和穷困,尤其"吃"与"住"生存方面物质的严重匮乏,以及与此相关的人生的苦难与艰辛,借此考量对基本物质生活条件所普遍抱以不同程度的主体诉求及其相应的心理变化。比如,张弦的《被爱情遗忘的角落》、高晓声的《李顺大造屋》、李金斗的《桑树坪纪事》、张一弓的《犯人李铜钟的故事》、阿城的《棋王》、张贤亮的《绿化树》等等。二是侧重描写当时人们为物质生活所困与所得而做出或尝试做出的种种努力,以及由此所引发的主体物质—精神价值观念的变化。比如,刘心武的《穿米黄色大衣的年轻人》、何士光的《乡场上》、高晓声的《陈奂生上城》、蒋子龙的《乔厂长上任记》、铁凝的《哦,香雪》、谌容的《人到中年》、张一弓的《黑娃照相》、贾平凹的《鸡窝洼的人家》、路遥的《人生》等等。

这一时期小说文本的诸多日常生活叙事大都不约而同地真实叙述了人们为维持个体生存和家庭基本生计而不懈努力的生活，感性而直观地再现了特定历史时期贫苦穷困的社会生活景况，不停叩击出千百年来“民以食为天”的人类生存慨叹，不断打磨着“人”的生命意义，从而共同有力地表达了这一时期人们强烈的日常物质渴求与实现这一渴求的现实热望。

显然，与“十七年”小说相比，新时期小说总体上较为客观地叙述并肯定了日常物质生活对于人的存在意义。而且，事实上新时期小说当时绝非处于社会的边缘地位，而是颇得引领时代社会风气之先。从这个意义上看，我们说该时期小说日常生活叙事所表达的对物质的热切关注与声声诉求，恰恰自觉不自觉地传达出日后中国社会商品经济发展趋向的某种症候性，在文学叙事中实践了对商品意义上的物的“询唤”。换言之，新时期小说根植于20世纪70年代末80年代初期中国具体的社会历史语境：面对的是“文革”后中国社会留下的创伤记忆和千疮百孔的社会现状，解决人们的基本生存和生活问题无疑成为其时的当务之急。于是，随着以经济建设为中心，实行改革开放等一系列重大举措的推出，中国社会经济等各方面开始逐步恢复和发展。新时期小说则产生在这一历史变革伊始，深受其影响，故而得名。该时期小说日常生活叙事中所出现的各种关于物质的指涉事物，基本上并不具备马克思所论述的商品意义上的“物”的价值属性，而大多只是自在意义上的物象。与之相关，这个时期人们物质—精神的心理状态与价值观念的变化表现出的只能是也势必是一种“询唤”。

但是，另一方面需要指出的是，新时期小说与“十七年”小说就日常生活叙事的根本立场而言，并没有根本性改变。它以物质为核心关照的日常叙事话语立场依然并非立足于日常生活的本体意义，而是更多地和国家—民族、人道等主流话语联系在一起，由此文本日常生活物质叙事最终抵达的不是日常话语，而是宏大历史话语的建构。汪晖先生认为：当代中国流行的现代化概念主要指称政治、经济、军事和科技从落后状态向先进状态的过渡和发展，但这一概念并不仅仅是技术性的指标，不仅仅是中国民族国家及现代官僚体制的形成，而且还意味着一种目的论的历史观和世界观,一种把自己的社会实践理解为通达这一终极目标的途径的思维方式,一种将自己存在的意义与自己所属的特定时代相关联的态度。正因为这样,社会主义现代化概念不仅指明了中国现代化的制度形式与资本主义现代化的差别,而且也提供了一整套的价值观。[①] 这是一套被称为"反现代性的现代化理论"倡导的价值观,作为一种强有力的政治意识形态,在当代中国相当长的历史时期里,消灭了独立于国家的社会范畴存在的可能性,把整个社会(生活)组织到国家现代化的主要目标中。在这种意识形态性视野里,日常生活因其感性的具体化的生存需求,成为扩大国家现代化思想空间的障碍。要实现宏大的理想目标,就要破除日常生活对个人观念的占有,使人们从日常生活生存层面转变到社会意识形态层面,用意识形态化的理想代替个人日常生活意愿,以期凝聚起群体性力量,避免个人力量的分散。

与这种对日常生活的强大认知逻辑相一致,虽然日常生活仍存在于现实空间并且人人熟知,但是却常常被纳入主流意识形态的价值体系考量,同时被否弃、被漠视、被改写。具体到新时期以前的当代小说,更是普遍存在着对个体日常生活的压抑、改写和否定。早期的新时期小说叙事中,日常生活基本上都被放置在这种叙述位置。比如,卢新华的《伤痕》中,王晓华一度是相当狂热的"极左"分子,在"文革"中只因为母亲被定为叛徒,一心追求政治进步的她便毅然决然地和亲爱的母亲划清了界限,母女深情就此决绝。鲁彦周的《天云山传奇》里,只因罗群被划为右派,他的恋人宋薇被迫接受"组织"的意见,与他彻底划清界限。刘心武的《穿米黄色大衣的年轻人》中,邹宇平十分钟爱自己那件"狂不狂看米黄,匪不匪看裤腿"的米黄大衣,总是不时地大加炫耀一下,可就因为他对衣着的臭美,就成了人们眼中的"落后"青年而被批评、教育。陆文夫的《美食家》里,朱自冶生活中除了"好吃"别无所能,但在很长时间里,他的"好吃"却成为革命的对象,由此带来悲喜人生30年。这些小说文本无疑都对"日常生活"本身采取了直接否定的叙述态度。凡此就出现了类似哈

① 汪晖:《当代中国思想状况与现代性问题》,《天涯》1997年第5期。

贝马斯所谓“生活的殖民化”的现象。[①] 这时期人们的日常生活已经被充分意识形态化：从衣食到爱情、乃至亲情，都不再是日常生活意义上的，而是被转化为政治意义上的、道德意义上的，为此每个人都自觉地把自身日常生活的需求尽可能简化、压低，只留下群体的理想和强大的意识形态诉求。没有日常生活，最终导致个人社会属性的简单化，使得意识形态失去真实生活的支撑。所有的人物只会发出同样的话语，而没有个人意义上的话语言说，这就势必会出现对个人性的无视与扭曲，势必出现人物描写的概念化、公式化。

此外，20 世纪 70 年代后期的新时期小说日常生活叙事的宏大话语建构方式，还体现在其中日常生活叙事被巧妙地转化到人道主义、现代化等主流话语面向上。张扬人的价值，呼唤人性的回归成为当时的文学潮流，也构成新的文学话语主题。可以说，人道伦理成为新时期文学基本的价值取向，以人道的伦理控诉、反思“极左”的政治伦理成为新时期文学基本的伦理结构。[②] 比如，谌容的《人到中年》通过女主人公陆文婷不堪社会生活重负而病倒，旨在发出“人”的价值关怀。又如，铁凝的《哦，香

---

① 哈贝马斯将社会同时构想为系统和生活世界，并借助对系统与生活世界之间关系、特别是系统对生活世界殖民化现象的分析，解剖了当代社会。哈贝马斯认为，当代西方社会冲突的主要根源不在社会再生产领域和分配不公，而在于资本主义的经济、政治结构借助功利性的手段，对人们生活世界之价值的侵入，以及精英的专家文化与大众文化、日常实践之间的疏离。这种侵入和疏离造成了价值领域意义的丧失、思想的匮乏、规范的失效，使得人与人之间不再相互信任、缺乏基本的相互理解。结果，人们之间旨在实现协调行为、相互理解、在共同规范指导下自由交流的交往行为被完全纳入“有目的合理性行为”的功能范围内，导致正常的交往变得不合理，受到了控制，遭致歪曲，交往者因此陷入痛苦之中，生活在一个被压抑与被宰制的社会中。（参阅傅永军：《哈贝马斯交往行为合理化述评》，《山东大学学报（哲学社会科学版）》2003 年第 3 期）同时，哈贝马斯认为“一个解放的社会即是生活世界不再被系统之自我维持的原则所宰制的社会，而且理性化的生活世界将指导系统机制的运作，以配合组织化之个体的各种需要”（〔德〕哈贝马斯：《交往与社会进化》，张博树译，重庆出版社 1989 年版，第 57 页）。

② 呼唤人的尊严、人的价值，从“人”的角度来反思历史，是深刻影响八十年代前期文学的文艺思想。有关著述很多。参阅何西来：《人的重新发现：论新时期的文学潮流》，《红岩》1980 年 3 期。杨扬：《20 年来中国文学思潮》，《华东师范大学学报（哲学社会科学版）》2003 年第 3 期。朱寨：《当代文学思潮》，人民文学出版社 1997 年版。王铁仙、杨剑龙、马以鑫等：《新时期文学二十年》，第一章，上海教育出版社 2001 年版。朱栋霖、丁帆等主编：《中国现代文学史》，高等教育出版社 2001 年版，第 76—77 页。张俊才、李扬：《二十世纪文学主潮》，“80 年代的社会主义人道主义文学主潮”部分，河北教育出版社 2002 年版。何言宏：《中国书写——当代知识分子写作与现代性问题》，第四—六章，中央编译出版社 2002 年版。

雪》火车开进深山，给贫苦的山里人带来了新奇的见闻和生活的收益，纯朴、向上的山里女孩香雪终于用四十只鸡蛋和步行三十里夜路的代价，从火车乘客那里换到了她梦寐以求的自动铅笔盒，在温馨而浓重的日常生活气息中，涌动着香雪如愿以偿的喜悦，同时寄寓着贫苦山里人对城市现代文明的向往和憧憬。而且，这一点典型反映在新时期小说对物质的日常叙事症状上。它常常充满着乐观主义的叙事基调，并且简单地把物质的得与失等同于人的主体的得与失，仿佛人的主体性和物质之间的关系就是一一对应的简单原则。比如，张一弓的《黑娃照相》中，卖兔毛致富的贫困农家子弟黑娃初试盈利，竟然赚得八块四角钱的空前巨款，就去赶庙会了，面对亟须的新衣服、诱人的美食小吃和武术表演……众多选择让他眼花缭乱，挑来选去，最后他却只是选择了照相，从中就十分明显地表达了获得物质满足本身即意味着主体自我确认的实现。

由此可见，新时期小说中"日常生活"还是处在被否定、被压抑、被转化的话语位置和相对沉潜的叙事层面，它的存在只是为了帮助完成文本显在叙事层面历史主体成长的必要前提和道德完善的重要标志，最终促成的不是日常生活话语，而是人道主义、现代化等宏大历史话语的建构，宣扬的也是唯此崇高信仰的"人生飞扬"。但同样无可否认，也是更值得我们注意的是，以物质为主要观照的新时期小说日常生活叙事一再真切而强烈地表达着对于物的"询唤"，其中透示出"物"势必将会跃现于文本叙事，只是尚待出现的时机，而与之相应的本体意义上的"日常生活"也即将呼之欲出。所以，从某种程度上讲，尽管新时期小说日常生活叙事还不是真正意义上的"日常生活"的叙事，但是自觉不自觉地相对客观地表达出对物的热切"询唤"，构成自"新写实"小说以来的当代小说"日常生活"叙事不可不说的有力前奏。

然而"真正的问题都出现在'革命的第二天'。那时，世俗世界将重新侵犯人的意识"①。具有浓厚启蒙色彩的人道伦理在新时期文学写作中并没有持续多久，商品经济的历史潮流在 20 世纪 80 年代后期促成了

① 〔美〕丹尼尔·贝尔：《资本主义文化矛盾》，三联书店 1989 年版，第 75 页。

全新的文学语境的出现，并迅速挤压、取代了人道伦理的存在空间，文学面临又一次转型性变革。[1]

与50—70年代的社会意识要求迥然不同，整个80年代，社会不再只是一味宣扬人们要从精神上超越物质的乌托邦理念，对日常生活的物质诉求也不再是罪恶的、丑陋的，特别是随着商品经济的出现，物开始不断涌现在人们面前，从邓丽君的流行歌曲，到录音机、手表，到歌舞厅，到长头发和喇叭裤都成为当时社会的风行物，甚至成为80年代年轻人的某种生活方式……这时期人们对思想自由的追寻与对物的追求相混淆，人们对物的追求本身成为一种推动社会发展的巨大精神力量。于是，强调物质生活、强调居家过日子普遍成为当时人们对自己生活的重心定位。最典型的事例就是80年代中期人们对物价上涨的种种反应，集中在一点就是对物质短缺的担忧和焦虑，因为它直接影响到自家的日子。这时，物不仅成为现代化的主体，而且也迅速地成为文学的话语中心。于是，在80年代尤其中后期以来，小说文本叙事中满是物的话语表述，日常生活的柴米油盐不再直接负载"国家—民族""革命""理想""现代化"等宏大话语、重大话语的叙事意义，而仅只是以本身的物质存在意义便足够影响人们的感受心理和思想行为，表现出其时作家自觉不自觉却十分敏锐而准确的对时代的把触。

利奥塔德认为，西方后现代主义是"宏大叙事"式微的时代，是元叙事、元话语衰落瓦解的时代。[2] 中国20世纪80年代以后经历的社会现

---

① 有人称为"后新时期"，有人称为"新时期后期"，在时间上有人认为以1989年为界，有人认为以1987年为界，但20世纪80年代后期文学出现了明显的特征变化则是确定的。参见陈晓明：《表意的焦虑》，中央编译出版社2002年版，第1页。

② Grand narratives一般译为"宏大叙事"（也有总体、大叙事）。与"小叙事"（little narratives）相对应，分别来自法文的grand recit和petit recit。所谓"元叙事"，其核心乃是分别源于黑格尔思辨和法国革命的两套追求本真和自由解放的"宏大叙事"。构成这两种"神话"式叙事的，总是"伟岸的英雄主角，巨大的险情，壮阔的航程及其远大的目标"。在其所描述的宏大场景中，"解放的英雄"或"知识的英雄"们辉煌地亮相，向人们指明着追求主体解放、理想、正义及各种价值的方向所在，并引导人们展开对物质财富和精神意义的双重创造，不断实现一个又一个宏伟的目标．这就是后现代文化中引人注目的"宏大叙事理论"。这里的"宏大叙事"，使人的行为或者生命得到意义，其中人把自己描述为一个业已书写在叙事之中的角色，而人的最终结果已经被事先注定了。"小叙事"则要抛弃这种高超的目标，将自己限定在比较具体的解释模式中。参阅让—弗朗索瓦·利奥塔德：《后现代状态：关于知识的报告》，《后现代主义文化与美学》，王岳川、尚水编，北京大学出版社1992年版，第26页。

实,虽和西方后现代主义社会有着诸多不同,但在精神文化领域也发生了类似元话语消解的嬗变现象。无疑,社会的转型势必引起人们对于传统的思想信仰、价值体系、文化规范的再思考。就文学来说,20 世纪 80 年代"先锋文学"在文学形式上的突破给人深刻印象,它以近于狂欢的审美方式打破了传统现实主义文学的文本特征,并重构着新的文学写作理念。[①] 但同样无法忽视的是:20 世纪 80 年代以后,文学不同于以往现实主义文学的另一个特征,就是早期新时期文学中那种体现群体性意识的理想主义精神和意识形态伦理在文学中全面消退,事涉个人存在的日常生活面目日渐清晰,市场经济以及市场经济的逻辑开始渗透进包括文学在内的精神文化领域。世俗日常生活的独立性价值在文学写作中得到合法地位,成为一些文学写作的一个出发点。日常生活的转型是一种能够"映现"人类有史以来在"社会的政治—经济制度、知识理念体系和个体—群体心性结构及其相应的文化制度方面"发生的"全方位秩序转型"的"镜子"。[②] 其中,最具代表性的当推"新写实"小说日常生活叙事。

产生于20 世纪 80 年代中后期而嬗变于 90 年代的"新写实"小说,它的日常生活叙事,作为对此前有关物质表述的一种现代性话语的纠偏,以较为中立的物质话语立场,通过表述在人的生活中各种物的存在样态,以及物在个人生活中所占的地位,不断地发掘"日常生活"与人之间的关系,从而使"日常生活"得以被正视、被"照亮",并且开始真正成为一种合法的文学叙事。例如:刘震云的《一地鸡毛》《单位》,池莉的《烦恼人生》《不谈爱情》,方方的《风景》以及叶兆言的《艳歌》等。一扫"革命""理想""国家—民族""现代化"等宏大历史话语,而只是在"日常生活"意义上讲述着发生在个体生活空间里的柴米油盐,不遗余力地展示出当代"日常生活"的"真实"情境。自此,"日常生活"从先前的隐性叙事背景中奔向前台,成为文本显在的描写对象。与之相应,新写实小说日常生活叙事

---

① 就小说创作方法和创作形式而言,新时期以来的文学有着明显的展开脉络,从王蒙的"意识流小说"到"寻根小说",到苏童、格非、孙甘露等先锋作家的文体实验,80 年代的小说创作几乎将西方现代小说演化发展的技巧演练了一遍。参阅张清华:《中国当代先锋文学思潮论》,江苏文艺出版社 1997 年版。

② 刘小枫:《现代性社会理论绪论》,上海三联书店 1998 年版,第 3 页。

就此宣告了“大叙事”时代的一去不返和“小叙事”天下的不期形成。

稍后，进入20世纪90年代，关乎整个中国社会发展的一个非常重要的文本，就是邓小平先生的南巡讲话。它具有很强的针对性和现实意义，解决了“姓资姓社”的问题，以世界格局的视野，决定用市场经济来推动中国的改革发展。由此，中国社会真正进入了经济建设为中心的时代，经济发展突飞猛进。90年代的小说写作同样出现与此历史情境相契的文本表征，即以邱华栋、何顿等“60年代”创作群体为代表的欲望叙事。随着中国世贸组织的加入，经济全球化的步步推进，中国社会的发展日新月异，尤其进入新世纪以来消费时代语境日趋形成。当代小说日常生活叙事再次出现别具的新质，最为典型的就是卫慧、棉棉为代表的“70年代”和韩寒、郭敬明为代表的“80后”。

就这样，自20世纪90年代以降，小说日常生活叙事历经“我爱美元”的高呼雀跃，挥手别去了“八十年代的新一辈”，迎来了“60年代”“70年代”“80后”的粉墨登场，以“物欲”“身体”“青春”等作为倾情书写对象的日常生活叙事汪洋恣肆为当下文学创作的重要潮流，蔚为大观。目不暇接地极目览去，赫然呈示着物欲书写的极致和物化表演的淋漓。比如，何顿的《我们像葵花》中“我们都抓住了世界的本质，我们都写物质文明，我们都不作茧自缚”。邱华栋的《环境戏剧人》中“这个时代的魅力……是金钱烘托出来的”。张欣的《爱又如何》则以爱宛写出了物化现实对她的成就与毁灭，从中我们看到的不只是无尽的金钱欲望，还有她将自我的尊严与爱的能力浸蚀金钱而无动于衷的自身的物化，尤其让人触目惊心。作为“美女”作家的卫慧、棉棉和“偶像派”的郭敬明，单从人们对的命名，即可触味到市场造势所带来的消费意味与表演成分，而事实上这一点也确实不可避免地或多或少涌动在他们小说的日常生活叙事中。

从20世纪90年代尤其是新世纪以来的上述小说文本里，我们往往已经很难辨析出哪里是叙述者的声音，哪里又是被叙述的声音，叙述主体的声音已经变得模糊不清，甚至会干脆消匿。而且，小说文本常常将矛头指向理念型文化，有意无意翻转着其所压抑的身体/感性，以企图使后者取得前所未有的主导地位，从而凸现出一种新型的体验表意，不仅试图嘲谑、反讽、放逐、摧毁僵硬死板的伦理化、理性化的价值观念,甚至试图把古典意义上的认同灵肉统一的完整的个性观念也一同抹去。在这一身体/感性的高蹈中,充满稀释历史乃至"去历史"的轻松自娱与娱人的调侃和快感,改写、颠覆所有传统的有关"生命""爱情""幸福"的设定和解释,或者说他们将这些粉碎得面目全失的语词重新熔铸,构筑出的是一个只有"日常生活""身体""欲望"等看似唯一可靠实在的"唯物"世界。

可见,当代中国社会自商品经济特别是市场经济以来,发生了极大的变化,尤其全球化语境中消费文化的推行,中产阶层的出现,人们不仅获得巨大的物质满足,享有众多的消费快感,日常生活世界变得异常丰富,但与此同时当代人却也感受到前所未有的物的挤压感,物化现实的无聊感,精神上的乏味、郁闷与痛苦似乎也比以往任何时候都更丰富。这一点生动而具体地体现在中国当代小说日常生活叙事及其话语流变中,即其间物的凸现,尤其是物质之美的书写。因此,对中国当代小说日常生活叙事"唯物"美学新质的阐发、论述和评判,已经成为当代文学研究无法回避的问题。

事实上,随着社会历史的演进,尤其全球化消费语境的日趋伸延,不论主体意愿如何都将被裹挟其中,当下的文学艺术不可避免面临着某种"消费"的"规训"(福柯语)生产。当今天的我们再去重新解读一些文学作品,多少可能都会直观、直感到当代文学自20世纪90年代特别是2000年以来出现了不同于以往的创作景况和文学特质。而如果仅只一味按照先前的理论框架去阐释不免多了几分阐释的无力甚至无效感。比如:常将小说置入二元对立的"个人叙事"与"宏大叙事"、二元对立的感性欲望与理性精神等一组水火不容的概念之间。可是,何为"个人""国家"("民族")?二者之间的关系难道真的有且仅只是简单的二元对立么?其又是在何意义上使用的呢?一句话,这个阐释立论前提本身所蕴藉的一系列问题是否亦需重新提出、考量呢?当代尤其当下日常生活叙事在小说文本中信手拈来,随意翻起,俯拾皆是,它显然不再发出文学史上一度被压抑的呜咽,也不单单意味着"欲望"号角的肆情吹奏,而越发变奏出意味繁复的文学(文化)新质。毕竟"'文学史'写作的基本范式的变化,是因为历史学的研究发生了一种被德里克定义的由'革命范式'向'现代范式'的转换"①。那么,应当如何尝试探寻到能够帮助我们更好地抵达作品的方法呢?是否可以在另外的维度上重新打开文本,进一步丰盈我们对于文学世界及其所承载的现实世界的认识与理解?更为有效地辨析和认知与之密切相关的文学现象?

所以,除上述文学自身的研究意义外,立足当下语境,不只小说,不只文学,还有整个社会的物质—精神状况究竟应当怎样思考、怎样言说?基于现实的问题思考,本论试图探讨当代小说日常生活叙事的"唯物"新质,尝试对此做出一点思考,抛砖引玉,求证方家。是为本论题提出的现实原因。

三 研究现状、论文思路、研究方法与论文框架

1 研究现状

日常生活是20世纪西方思想界、文学界的潮流,也是我国学术界较为持久关注和研究的一个重要兴趣点。"日常生活"的探讨亦是文学理论与文化研究的热点问题,其中影响比较大且吸引越来越多学者介入的就是围绕"日常生活审美化"与"审美日常生活化"展开的讨论。

2001年,周宪发表文章《日常生活的"美学化"——文化视觉转向的一种解读》②提出:"能否说我们进入了一个新的阶段,即日常生活的美学化阶段?这个阶段和艺术与生活保持距离的文化是否有本质的不同?"对此,陶东风、金元浦、王德胜直接肯定"日常生活审美化"在我国社会的存在,并将它作为新的美学原则,陶东风提出文艺学必须正视审美泛化的事实,紧密关注日常生活中新出现的文学艺术活动方式,及时调整、拓宽自己的研究对象与研究方法。王德胜、金元浦则更多地肯定和突出"日常生活审美化"中日常生活的视觉性表达和享乐满足的美学现实,并为这种美

---

① 李杨:《文学史写作中的现代性问题》,山西教育出版2005年版,第88页。

② 周宪:《日常生活的"美学化"——文化视觉转向的一种解读》,《哲学研究》2001年第10期。

学现实的合法化辩护。张天曦也肯定“在当代中国,日常生活的审美化是一个实实在在的事实,又是一个势不可挡、日益壮观的社会潮流”[①]。陶东风就文艺学提出的问题无疑是敏锐合理的,但陶、王、金在论述中不同程度地存在对日常生活中的视觉和感官享受的合法化的过分渲染,对技术力量在人的日常生活审美化方面的巨大作用的突出,对日常生活审美化的概念、范围、对象的不加界定和辨析的情况,这使得他们提出的“新的审美原则”受到童庆炳、鲁枢元、朱志荣、赵勇等众多学者的质疑。质疑者的主要观点是:日常生活审美化不是现在才有的,而是自古就有的,今天所谓的“日常生活的审美化”在中国现实语境中还不具有普遍性。它是对现实的粉饰和装饰,让人沉浸在一种虚假而浮浅的审美幻觉当中,不能关注到中下层人民的日常生活以及他们的审美,另外对于“日常生活审美化”中存在的以审美为名注重感官享乐、物质满足的消费主义、享乐主义倾向,我们不应单向度地认同,而应予以批判和反思。2006年《文艺争鸣》分别刊发了陶东风先生的《文学祛魅》[②]与赵勇先生的《价值批评,何错之有?——对“日常生活审美化”的再思考》[③],再度将“日常生活审美化”与“审美的日常生活”的讨论推进深入。同此论域,张颐武先生近年来提出了颇具影响性与别具创见性的思考,从2005年的“新新中国论”到2006年的“新世纪文学”,指出“这种日常生活平庸性的感受,正是当前境遇下文学的典型表征”[④]。目前,对“日常生活审美化”的论争还在持续,由于研究者从不同的学术理念、不同的问题域出发,又都在不同意义上理解“日常生活”“审美”,从而很难达成一致的学术主张,事实上也不需要达成一致的主张,而在于问题的提出和所作的阐释给文艺学、美学带来的

---

① 参见张天曦:《日常生活审美化:当代审美新景观》,《山西师大学报》2004年第1期;陶东风:《日常生活的审美化与文化研究的兴起—兼论文艺学的学科反思》,《浙江社会科学》2002年第1期;王德胜:《视像与快感——我们时代日常生活的美学现实》,《文艺争鸣》2003年第6期;金元浦:《别了,蛋糕上的酥皮》,《文艺争鸣》2003年第6期。

② 陶东风:《文学祛魅》,《文艺争鸣》2006年第1期。

③ 赵勇:《价值批评,何错之有?——对“日常生活审美化”的再思考》,《文艺争鸣》2006年第5期。

④ 张颐武:《日常生活平庸性的回应——“新世纪文学”的一个侧面》,《河北学刊》2006年第4期。

视野更新和理论活力。

有意思的是，对于“日常生活”这一文学创作与批评理论中共同存在的日益重要的核心词，文学评论家与批评理论家其实有很多见地可以互相打通，但是他们这次好像格外尽司其职，各自并行其论。作为“当前境遇下文学的典型表征”的“日常生活”，笔者感受到在近年的文学创作中俯拾皆是日常生活叙事，或许对这一重要显在的文学现象的文学（理论）研究仍有无限空间可再作进一步的探讨？为此，笔者在对1979—2008年核心刊物有关当代日常生活的文章及相关著述的有限查阅中，发现：就中国新时期文学叙事来说，日常生活并不是一个很陌生的空间，实际上从20世纪70年代后期开始，从批判“文艺是阶级斗争的工具”到20世纪80年代的“人道主义”论争，以及有关形形色色西方文艺社会思潮的引进、争论，实际都涉及人的日常生活问题。但这一时期有关分析评述基本都针对当时的中国文艺状况和社会现实，有感而发，尚未认识到日常生活的独立性价值。对“日常生活”的文学研究，一般来说始自20世纪80年代中后期90年代初，即基本上附着在“新写实小说”的研究上，而较大规模的研究则是展开于20世纪90年代中后期，相对集中在“60年代”作家小说研究。可以说，正是在对“新写实小说”的批评研究中，日常生活叙事才开始逐渐地纳入到研究者的视野中来。其中较早关注并论述这一创作变化的代表性文章有：雷达的《探究生存本相，展示原色魅力——论近期一些小说审美意识的新变》①，吴秉杰的《面向生活的一种调整——评若干新近作家的创作》②等。《钟山》1989年第3期的《〈新写实小说大联展〉卷首语》中，正式提出了“新写实小说”的概念，在谈到“新写实小说”时指出：“特别注重生活原生态的还原，真诚地直面现实，直面人生。”较早注意从叙事特征上探究日常生活带来的文学叙事变化。王干的《近期小说的后现实主义倾向》③认为这类小说“开拓了新的文学空间，代表了

---

① 雷达：《探究生存本相 展示原色魅力——论近期一些小说审美意识的新变》，《文艺报》1988年3月26日。

② 吴秉杰：《面向生活的一种调整——评若干新近作家的创作》，《文艺报》1988年7月23日。

③ 王干：《近期小说的后现实主义倾向》，《北京文学》1989年6期。

一种新的价值取向”。张韧在《生存本相的勘探与失落——新写实小说得失论》[1]则尝试对日常生活写作做一次整体分析。其后，随着文学日常生活写作的进展，许多研究开始把日常生活以及有关的文化现象纳入研究视野。比如，陈思和的《自然主义与生存意识——对新写实小说的一个解释》[2]，丁永强的《现实主义与新写实主义》[3]，《新写实作家、评论家谈新写实》[4]等等。迄今为止，大量有关日常生活叙事的当代小说研究，大多集中关注并限定在张爱玲、王安忆、刘震云、池莉、方方、朱文、邱华栋等个别作家或单篇作品的评论中，论述“70年代”“80后”代际作家小说日常生活叙事的文章相对较少。特别作为对单个文学作品或文学整体发展状貌别有重要参评、研讨意义的诸多文学史，虽然其中不乏用专门的章节段落论述“日常生活”，但是也大多数重在着眼于“新写实”个案文学史意义定位。及至步入20世纪90年代，有关当代小说日常生活叙事的关注和探究越来越多。蔡翔是较早进行这方面研究的学者之一。他的专著《日常生活的诗情消解》从市场经济时代人文精神日渐失落的现实出发，较为全面地分析了20世纪90年代日常生活的变化，并重点分析了知识分子的文化定位问题。金元浦、陶东风的《阐释中国的焦虑——转型时代的文化解读》则分析了20世纪80年代后期社会审美风尚变化，指出其中一点就是“只关心生活和身边小叙事”。王岳川的《中国镜像》同样注意到日常生活对当代文学转型的影响。此外，蓝爱国、王鸿生等学者从不同的角度对日常生活问题进行了研究。

有关日常生活的美学问题，早在新写实小说兴盛的时候就已经提出，主要围绕池莉、方方、刘震云等作家的创作，日常生活及其美学表现成了讨论的热点话题之一。但现在看来，那时的讨论还是不够充分。从客观上讲，20世纪90年代中期前国家对市场经济的引领以及社会目标的重新确立，都使社会大众从思想观念到生活实践全面回归日常生活。而从

---

① 张韧：《生存本相的勘探与失落——新写实小说得失论》，《文艺报》1989年5月27日。
② 陈思和：《自然主义与生存意识——对新写实小说的一个解释》，《钟山》1990年第4期。
③ 丁永强：《现实主义与新写实主义》，《文艺理论研究》1991年第4期。
④ 《新写实作家、评论家谈新写实》，《小说评论》1991年第3期。

写作上看，余华、刘恒等人的写作也比池莉等人更深刻地将目光投向了这个领域。“但是，有关日常生活的美学问题不但没有得到深入，相反，由于现实主义、人文精神等话题的介入，使得已经取得的理论成果受到了程度不同的怀疑，对上述作品的概括与描述也大多使用‘当下’、‘写实’和意识形态色彩很强的‘底层’等概念。说白了，这里面实际上含着对日常生活的歧视。可以说，那种对社会、国家、民族等主题的偏好以及对虚构、夸饰、浪漫趋骛的美学趣味一直占据着我们理论的制高点。”[1]这个评价大致反映了日常生活美学问题的探索历程。当然，这期间也产生了一些可喜的成果。许志英、丁帆两位先生主编的《中国新时期小说主潮》一书关于“新写实小说”的论述极富创见。它从现代性与日常生活之间的关系着眼，把“新写实小说”普遍存在的怨恨情绪，看成中国现代化进程遭遇挫折引发的不满在文本中的投射。该书的论述，不仅观点新颖准确，而且把文学现象置于日常世界和现代性的关系中进行动态考察，在方法论上也颇具启发意义。在《解构十七年》一书中，蓝爱国先生则把现代性、反物质性和日常生活这三个关键词作为理论核心，从意识形态、政治权力对日常生活异化的角度，对一些“红色经典”进行了再解读，许多结论颇有创见。再有，关于唯美主义在现代中国的传播以及日常生活的审美化的理论和实践，解志熙的《美的偏至：中国现代唯美—颓废主义文学思潮研究》对此进行了比较详细的论述。[2] 如此系统的研究著述，不仅对特定文本进行了颇具真知灼见的阐发，更重要的是潜在地探讨了一些和日常生活有关的美学问题。其他一些单篇的论文，也同样给人很多启发。比如王干的《养牛、日常、身体及精神》[3]，以随笔的形式，对日常叙事的合理性和局限性进行了辩证分析；汪政和晓华的《日常生活的叙事伦理》[4]，对日常生活的概念、恒常性、意义域等进行了研究；郑波光的《“国家大事”与

---

① 汪政、晓华：《自我表达的激情》，山东文艺出版社 2004 年版，第 99—100 页。

② 解志熙：《美的偏至：中国现代唯美——颓废主义文学思潮研究》，上海文艺出版社 1997 年版。

③ 王干：《养牛、日常、身体及精神》，《大家》2003 年第 6 期。

④ 汪政、晓华：《日常生活的叙事伦理》，《长城》2003 年第 1 期。

"日常生活"》[1],从文学史的角度,把日常生活叙事看成是20世纪中国小说的两大叙事法则之一;王宏图的《都市日常生活、身体神话中的欲望书写》[2],则从欲望的角度对当今都市生活的变化进行了考察,而王鸿生的《被卷入日常存在——李洱小说论》[3]《李洱:与日常存在照面》[4]等论文,着眼于日常生活对知识分子的侵蚀,阐释了李洱的小说创作……当然类似的论文并不止于这些,它们各自从日常生活的不同角度切入文本,做出了各具特色的解读。但是就大部分关于当代小说日常叙事的研究而言,少见整体性的宏观化、系统化、理论化的美学思索。同时,还有一些学者从社会道德和人文精神重建的立场,对这些日常生活叙事进行了十分严厉的批评。这些研究成果尽管立论角度各有不同,但是都说明对日常生活研究的日益重视。这些无疑为本论写作起到十分重要的启示、参考和借鉴作用。

关于日常生活方面的理论,已经有人进行了初步的归纳和梳理。国内来看,最先考察这一问题的是哲学界的衣俊卿先生,在《现代化与日常生活批判》《现代化与文化阻滞力》两部专著中,他从文化哲学的角度,对日常生活批判理论的渊源进行了钩沉;刘怀玉先生在他的专著《现代性的平庸与神奇》中,也就类似的问题进行了别开生面的研究;而周宪先生则从美学的角度对这个问题有所涉猎,在他的专著《审美现代性批判》和他主编的《文化现代性与美学问题》两书中,都对日常生活美学问题的来龙去脉进行了勾勒。国外有关日常生活的理论,则有黑格尔、马克思、韦伯、哈贝马斯论日常生活,有以胡塞尔、许茨到海德格尔为代表的日常生活的现象学和存在主义研究,有从列斐伏尔、卢卡契、赫勒到波德里亚的日常生活批判理论,有吉登斯、鲍曼的生活政治理论,有波德里亚、杰姆逊、迈克·费瑟斯通、齐格蒙特·鲍曼的消费主义文化理论,等等,所有这些十分珍贵的研究成果,是我着手梳理这一问题的重要参照,但他们的考察都

---

① 郑波光:《"国家大事"与"日常生活"》,《文艺争鸣》2002年第5期。
② 王宏图:《都市日常生活、身体神话中的欲望书写》,《当代作家评论》2005年第5期。
③ 王鸿生:《被卷入日常存在——李洱小说论》,《当代作家评论》2001年第4期。
④ 王鸿生:《李洱:与日常存在照面》,《小说评论》1998年第1期。

囿于各自学科的限制，对于建立一种能应对当代小说创作的文学批评理论的需要而言，这些还不够。因此，我们扩大了视野，把当代文化研究理论、社会学理论等新的领域，纳入到考察范围。

可见，尽管目前人们对“日常生活”已有相当多的关注和论述，但相对较少以“物”为线索勾连日常生活叙事并对这一当代小说的重要创作现象进行整体上的把握和探讨。

2 本书思路

文学作品不是日常生活的复写，从日常生活经验的意义上观察文学也许不能穷尽文学的审美特征，但日常生活经验毕竟是理解文学作品的一个很重要的窗口，从这一角度审视文学能够更加清晰地敞开从日常生活到文学艺术之间的内在逻辑。

面对当下日常生活叙事这一不管个人愿意与否而客观存在且声势日益浩大的已然景况，笔者无意于做简单的价值判断，而是以 20 世纪 80 年代以来当代中国大陆日常生活叙事为研究对象，选取当代大陆有关小说文本，在文本细读的基础上，将“日常生活”作为一种问题意识并借此切入所论，试图结合与之密切相关的社会历史文化语境，通过运用有关日常生活的理论，以期从整体上对这一现象进行一种尝试性的阐发、分析和探索性的研讨。

置入物的当代文学叙事脉络中，这一书写本身可谓重新“发现”了日常生活的存在。而且，在美学意义上也提供了新的审美体验，对此应当给予积极的肯定。但是，另一方面，一旦它对物表现为过度的迷恋，在物的物质之光和欲望彰显中主体精神完全陷落，以至在物的诱惑中彻底迷失、沦丧了人之为人的根本，以至连同写作本身都满是拜物的逻辑，出现精神向度的严重缺失，则应毫不犹豫地给予批判。

3 研究方法

首先，提出当代小说日常生活叙事的这一论题。其次，在叙事层面，鉴于文本感受与文本呈现都无不表明关于“物”的这一红线在极其丰富驳杂的日常生活叙事中的凸现，分别在物的“询唤”、物欲书写和物化表演三个向度上解读有关文本个案或现象，历时地勾画并剖析日常生活在不同时期的文本叙事样态及其间物的话语纠葛，从而整体上呈现出这一叙事状貌。再次，在话语层面，进一步分别从女性抗争与话语权力、“文革”“翻转”叙事与个人记忆以及“底层”苦难与城市形象这三个面向上，展开论述日常生活叙事的话语想象与实践，以期进而探讨日常生活叙事所蕴涵的现代性话语。再者，从日常生活叙事审美认知的角度，分别就日常生活叙事的摹写方式（无聊与神秘）、寄寓方式（时空交错的组合状态与流向）这两大层面分析这一叙事审美现代性的自反特质，并对其审美文化意义加以分析和批判。最后，在当下科技媒介时代消费成为新型意识形态的语境里，审视当下小说及其日常生活叙事的难度所在。

4 本书框架

本书以“日常生活”作为一种问题意识切入，宏观立论，微观阐述。横向地对当代小说有关个案文本细致解读的基础上，结合有关理论，以期纵向地勾画出当代小说日常生活叙事及其话语流变的整体状貌。同时，分别由叙事样态层面到话语意蕴层面，再到审美文化层面，层层推进加以阐释和论述，以期较为集中而深入地完成对当代小说日生活叙事这一研究对象整体上的认知和理解。

导论纵观当代小说日常生活叙事及其话语的流变，根植于自20世纪初以来中国的现代性追求，并成形于当代中国自身复杂的现代性文化语境。在相当长的一个历史时期内，小说叙事中的日常生活一度处于被主流话语摒弃或屏蔽的潜隐叙述层面。直到“新写实小说”那里，日常生活才获得充分的本体意义上的价值肯定并得以自在地呈现。换句话说，当代小说日常生活叙事从“新写实小说”开始才真正取得话语叙事的合法性。

正文主要从以下三个层面展开论述：

在叙事样态层面，物质/精神的问题始终彼此纠葛地存在并贯穿于当代小说日常生活叙事中，并且使这一日常生活叙事呈现出从物的“询唤”，到物欲书写，及至物化表演凡此一系列繁复的叙事样态，其间充满着物话语的种种盘诘，从而具体、生动地再现了当代小说日常生活叙事的整体状貌。

在话语意蕴层面,透过发展态势日渐强大的当代小说日常生活叙事的各种样态,感知这一目下比比皆是的叙事趋势,其中所寄寓的物质—精神的思考非但没有得到进一步的澄明,却反倒令人陷入了更深的物的困惑。这一点具体而突出地表现在近年来小说日常生活叙事物的话语十分活跃的三大主题面向上:女性"呈现"与话语权力、"文革""翻转"叙事与个人记忆、"底层"苦难与城市形象。由此,当代小说日常生活叙事分别在相应的个体与群体之间、历史与个人之间、乡村与城市之间,写出作为一种现代性话语实践的日常生活自身的悖论所在。

在审美文化层面看,不论再怎样的"零度叙事""酷"味十足,在满是盘诘的物的认知之外,我们还是可以感知到当代小说日常生活叙事大都或多或少流露出人们情感的惶惑、无措与焦灼,在不同价值追求的过程里往往充斥着对日常生活之物一系列错综复杂的五味情感——是无奈、不解、苦涩,还是欢欣、欣赏、喜悦?是挣扎、顺从,还是欢呼、拥抱?种种情感(愫)彼此交织在肆意弥漫的日常化外衣下,或隐或显、或多或少透示出一种当代人精神的无助、落寞和孤寂,抑或精神领域的空前宣泄和活跃?从中,在物与情之间,理性与感性之间,当代小说日常生活叙事呈现出"唯物"的审美文化意蕴。

余论立足当下科技媒介时代、消费成为新型意识形态的语境中,审视当下小说日常生活叙事的难度所在。

第一章

日常生活叙事的文本风貌:物的缺席与出场[①]

齐格曼·鲍曼说过:“事实上,一种强大的号召通常出现于重大的历史转折之后,一种新的历史语境形成,文学肯定会作出必要的呼应。这是文学不仅作为某种文化成分参与历史语境的建构,另一方面,文学又将进入这种历史语境制定的位置。二者之间的循环致使文学出现了显而易见的历史特征。”[②]随着1978年改革开放的到来,中国社会主义现代化实践的发展出现意义十分重大的一次历史转折。这一转折并不以对传统文化和民族主义的批判为动力,而是源于对社会主义现代化建设理念新的阐释。邓小平提出,以重实效的社会主义观代替毛泽东带有乌托邦意味的社会主义观,实行改革开放。从而,所有制上出现多元化,个体所有制被合法化,而且市场机制使个体不再一味单向接受国家的总体计划,而是旨在满足个体的需求和要求。

与之相关,“文革”后,从“伤痕文学”到“反思文学”,再到改革文学,由文学对“左倾”政治的控诉到对改革的热诚呼唤,新时期文学摆脱了“左倾”政治的束缚,又表现出与新意识形态的密切关系。现代化成为小

---

① 本章节内有关新写实小说与晚生代小说日常生活叙事的部分观点,笔者管见详情请参阅拙论:《论八九十年代中国当代小说的日常化写作》,《广播电视大学学报》2007年第2期;《论90年代晚生代都市小说欲望化写作》,《当代文坛》2008年第2期。

② 〔英〕齐格曼·鲍曼:《立法者与阐释者——论现代性、后现代性与知识分子》,洪涛译,上海人民出版社2000年版,第3页。

说文本叙事的重要内容，甚至成为全部内容所在。20 世纪 80 年代出现了新时期文学的转型。[①] 这时期的小说文本涌现出一系列的"物象"叙述，比如刘心武的《穿米黄色大衣的年轻人》中的"大衣"，高晓声的《李顺大造屋》中的"房屋"，铁凝的《哦，香雪》中的"鸡蛋"和"铅笔盒"，张一弓《黑娃照相》中的"相片"……还有多见于其他诸多文本的"眼镜""喇叭裤""录音机""手表"等等。围绕这些物象，新时期小说日常生活叙事有力地发出了它的物的"询唤"。

随着计划经济转向商品经济，继而大力推行市场经济，在 20 世纪 90 年代小说中，一直缺席而又一再被"询唤"的物终于跃然出场，日常生活叙事开始真正浮现出一度隐匿的话语地表。"新写实小说"在这方面无疑最具代表性。比如，刘震云的《一地鸡毛》《单位》，池莉的《烦恼人生》《不谈爱情》，方方的《风景》等。这些小说都在一定程度上体现了直面现实的现实主义品格，只是它们所表现的这种现实是与平凡的、浅表的甚至是琐屑的观察相联系的，在其文化深层，则隐含了物的商品化的烙印与痕迹。

20 世纪 90 年代中期到 1997 年"现实主义复归"的文学潮流。由于国有大中型企业及农村改革出现的普遍困境，一批基层作家写出了一些反映基层生活、基层改革的作品。这批作品显示了意识形态和商品化的双重影响。如果说前期的"新写实"是基于内在原则尽量不干涉现实而缺少了理性的审视与批判，那么这一时期新写实小说则由于政治与商品化的影响而游移了作家用理性的目光观察现实所应取的立场，小说"新写实"的创作势头日渐式微。继此之后，当代小说这时开始嬗变出物欲书写的叙事特质。这一越演越烈的主导叙事潮流中，最具代表性的是以欲望化写作而获得文学命名的邱华栋、朱文、何顿等为代表的"60 年代"。正是在他们那里，整个当代小说日常生活叙事的物欲书写由此正式揭开并逐步达到极致。

---

① 20 世纪 80 年代以来新时期文学进入转型期，这一点是学界所普遍接受的，有关著述颇多。比如，谢冕：《新时期文学的转型——关于后新时期文学》，《文学自由谈》1992 年第 4 期；丁帆、朱丽丽：《新时期文学》，《南方文坛》1999 年 4 期；张颐武：《论后乌托邦话语——1990 年代中国文学的一种趋向》，《文艺争鸣》1993 年第 2 期；雷达：《转型中的文学》，《思潮与文体——20 世纪末小说观察》，人民文学出版社 2002 年版，第 105 页。

此后,特别进入新世纪以来,随着全球化消费语境在中国大陆的确立,商业氛围日趋浓厚,小说创作亦被裹挟其中,适时地被打造、推出了“美女作家”的“70年代”和“青春写手”的“80后”的一系列作品。显然,卫慧、棉棉为代表的“70年代”和韩寒、郭敬明为代表的“80后”相对于他们之前的作家,单从其作品上场与形象造势看无疑商业味十足,这一点或多或少地同样作用并体现在他们小说的文本叙事中,呈现出物化表演的特质。至此,继物欲书写之后,物化表演可谓当代小说日常活叙事的又一大面向。

需要说明的是,市场与小说创作,尤其在20世纪90年代以来的中国市场化与消费化的语境中,二者之间确实存在着越来越密切的互动关系。但是,这并不意味着小说市场化程度的高低直接决定小说自身艺术水准的高下。也就是说,小说市场化程度高的未必艺术水准高,市场化程度低的也未必艺术水准就低。反过来,小说艺术水准高的未必受市场欢迎,艺术水准低的也未必就没有市场。对此,历史地看,这方面的文学个案古今中外不胜枚举。既有被市场看好也堪称现实主义经典巨作的巴尔扎克的《人间喜剧》,也有同为世界文学精品却一度被漠视百年的艾米莉·勃朗特的《呼啸山庄》。现实地看,当代中国存在着一个有意思的现象:一方面图书市场小说频频热卖,其中不乏文学力作上架,但另一方面却是普通民众对当代小说艺术水准不高的普遍评价。[①] 由此,我们似乎遇到一个不得不面对的文学(文化)的商业性问题。应当说,这并不是一个在当下才出现的新现象。传统沿袭至今的艺术品交换价值的多少,也可以说是一种文化的商业性问题,但是其中的交换价值所涉及的主要是语境问题,即艺术品的交换价值是由特定的、小范围的精英文化圈来认定的。而现

① 对于这一“共识”,笔者以为并不尽然。其实,当代文学艺术水准到底怎样?近年来从普通民众到学界专家多有关注和探讨。特别西方汉学家顾彬自2006年底接连抛出他的“当代文学‘垃圾论’”,再度引发人们对这一话题的热点讨论。众多中国学者分别从不同的角度进行了一系列回应,对当代文学的定位由此可见一斑。其中,《长城》2007年第3期发表了陈晓明先生的《西风吹皱一池浑水——“顾彬言论”笔谈》,该文一方面明确指出“我们决不会荒谬到认为中国当代文学如何完美无缺,或是它的艺术水准如何高超”,另一方面则举例说明“仅仅就最近二年,中国还是有不少的作品相当过硬”。这一观点十分中肯,令人信服,笔者深以为是。

在已经扩大到对更广范围的市场因素的考量,作为"文化产品",文学的经济角色、商品属性越来越明显。伊格尔顿探讨过西方文论史上关于文学的种种定义,最后他得出的结论是"文学"本身就是一个历史与文化的建构。过去,"自律论的文艺学忽视或否定性地评价社会环境尤其是市场因素对创作的作用……显然自律论不适合研究流行文化。流行文化的生产传播过程更多地带有产业性、制作性以及协作性"①。从这个意义上,可以说正是当下中国的社会文化环境导致了文学创作等文艺活动的巨大变化。因此,对于20世纪90年代以来这一特定语境小说日常生活叙事的风行,我们既不能完全无视市场的存在,也不能夸大市场作用而简单地仅借此来考量和评定小说的艺术水准,否则无疑有失狭隘和偏颇。

本章笔者将立足于20世纪90年代以来小说日常生活叙事文本自身,在它与相关语境的双向互动中来阐发和探讨这一叙事现象。如前所述,20世纪80年代以来中国大陆当代小说日常生活叙事始终围绕着"物"话语展开,大致主要呈现为以下三个面向:物的"询唤"、物欲书写、物化表演。这三方面之间彼此的关系并非截然断开,而是时有错综。这里,仅为方便表述起见,姑且分列开来。

第一节 物的"询唤"

高行健的《车站》,尽管他一再宣称"无场次多声部生活抒情喜剧",但是显然更接近荒诞派戏剧。"车站",其中的站牌无疑代表了集体主义的历史宏大叙事话语的公开承诺,等车的人都抱着"朴素"的信任态度等待,却没有发现"站牌子上的字迹已经看不清楚了"。于是,人们有的打架,有的讨论下棋……上演了一场中国版的"等待戈多"。有意思的是,百无聊赖的等待中,马"主任"和大爷谈起的竟是短缺商品!而在众人醒悟前离开的只有"沉默的人"。呈现出这样的情形:"四面八方的汽车奔驰声越益越逼近,夹杂着各种车辆的

① 陶东风:《流行文化呼唤新的研究范式——兼谈艺术的自主性问题》,《文艺研究》2001年第5期。

喇叭声。舞台中央光线转亮。演员都已回到各自的角色中。沉默的人的音乐变成宏大而诙谐的进行曲。”[①]人们行进在沉默人身后。

李泽厚在《康德哲学与建立主体性论纲》中说:“康德的体系把人性(也就是人类的主体性)非常突出地提出来了”[②],“应该看到个体存在的巨大意义和价值将随着时代的发展而愈益突出和重要,个体作为血肉之躯的存在,随着社会物质文明的进展,在精神上将愈来愈突出地感到自己存在的独特性和无可重复性”[③]。这番话其实恰恰表达出20世纪80年代中国社会存在的一种新的精神召唤——“主体性”,而这个“主体性”正是整个80年代从原有的计划经济话语中脱离的基础,是新的“现代性”展开的前提。要知道,面对“文革”后的理想幻灭,宏大历史叙事公共承诺兑现给其信众的只是谎言和欺骗、失望和消沉。于是,人们出现了一种日常生活的消极状态。但是,这种消极并非实指日常生活层面,而更多仍源自一种精神的期待。确切地说,是对一种新的浪漫理想的期待。这种境遇一如《车站》中的众人。所幸,却也是历史最为吊诡之处就在于,这种主体性精神再追寻的实现方式竟然不再是启蒙的理性求索,而恰恰在久被否弃的日常生活叙事对物的感性“询唤”中得到展开。

经过将近十年时间的探索、争议、曲折[④],新时期文学告别了政治的附庸而走上寻求自我发展之路。这个过程也包含着对世俗日常生活的认识逐步深化的过程。在早期新时期文学创作中,觉醒的个人意识面对厚重现实的层层围困,并没有显现出走向个人日常生活的坚定力量,如高晓声的《李顺大造屋》、陆文夫的《美食家》、刘绍棠的《蒲柳人家》、张一弓的《犯人李铜钟的故事》、路遥的《人生》、贾平凹的《鸡窝洼的人家》等许多小说都写到了个人的日常生活,写到了个人日常生活的酸甜苦辣,但在这

① 有关《车站》的引文可见于《有争议的话剧剧本选》第2卷,中国戏剧出版社1986年版。

② 康德述评,李泽厚译:《批判哲学的批判》,人民文学出版社1984年版,第424页。

③ 同上书,第434页。

④ 较为重要的几次如1986年初刘再复在《文学评论》上发表《论文学的主体性》一文,由此引发文学的主体性理论的争论;围绕1986年10月18日鲁枢元在《文艺报》发表《论新时期文学的向内转》一文,由此引发文学“向内转”的论争。这些论争涉及内容都是多方面的,在论争中表明了对人以及对人的生活本身认识的变化。

些写作中，“拨乱反正”这样的宏大历史背景催生了新的意识形态化的群体意识和种种文化理想，并由此成为早期新时期文学的写作立场和展开叙事的价值指向。① 个人的情感追求和生存渴望都被置于意识形态或者种种文化理想的宏大叙述之中，写作者的个人思考在叙述中受到明显的外来理念抑制，无法从容地建构个人日常生活的叙事空间。日常生活并没有显现出独立的价值，也没有成为小说写作的起点。

一 新时期小说：物的未完成式—日常生活的物象叙事

在“拨乱反正”的时代背景下，顺应着政治上的思想解放潮流，新时期小说以人道主义为武器，借助人性、人的尊严这样具有普遍伦理感召力的形式，努力走出“极左政治伦理”的遮蔽，对长期受极左政治压抑的生活价值和个人情感进行肯定，个人的日常生活日益显现出旺盛的生命力和本真的面貌。②

在20世纪80年代早期的现代性想象中，人们最先不得不面对的就是个人物质生活的极度匮乏，日常生活的物质现代化一直是相当重要的方面，甚至被当成是现代性诉求的全部内容。这一点同样十分具体而形象地呈现在当时的小说叙事中。于是，我们看到“漏斗户主”陈奂生刚刚吃饱肚子有了一点余钱，便“精神面貌和去年大不相同了”（高晓声的《陈奂生进城》）；冯幺爸有了隔夜的口粮，才能挺起做人的腰杆（何士光的《乡场上》）；黑娃卖兔毛得了几块钱，马上就萌发了照一张相这样自我确认的精神欲求（张一弓的《黑娃照相》）；乡村姑娘香雪对美好未来的所有向往都清晰地聚焦于一只自动开合的塑料铅笔盒——象征知识与高层次现代精神文明的“宝盒”上（铁凝的《哦，香雪》）。显而易见，这些小说叙事大量出现了关于“饭”“粮”“相片”“铅笔盒”等“物象”，它们本身大多

---

① “文革后的中国文学被称为新时期文学，新时期这种表述不仅确立着一个反文革的政治态度和文化立场，同时意味着一种历史叙事：文革被宣告为一个已经过去的、结束的死去的时代；而一个伟大的‘新时期’业已诞生。”参见陈晓明：《无边的挑战——中国先锋文学的后现代性》，时代文艺出版社1993年版，第24页。

② 何言宏：《中国书写——当代知识分子写作与现代性问题》，中央编译出版社2002年版，第169—175页。

具有满足个体生存和基本物质生活的某种日常生活意味,新时期小说日常生活叙事由此生动跃出。正如论者所指出的,“新时期文学的叙事是以对‘文革苦难’的回忆和对‘现代化的明天’的展望为肇始的”[①]。这时期围绕诸物象的日常生活叙事常常呈现出各有侧重的两大叙事主题:

首先,“‘文革苦难’回忆”中的物质匮乏。它突出表现在来自危及个体生命存在的惊人贫困。这一点深深地烙印在新时期小说日常生活叙事中,比如高晓声的《李顺大造屋》、阿城的《棋王》、张贤亮的《绿化树》等侧重揭示当时人们日常生活的穷困,尤其“吃”与“住”生存方面物质的严重匮乏。特别是在对“吃”的表述上。最具代表性的当属阿城笔下的王一生的吃。用汪曾祺先生的话来说:“文学作品里描写吃的很少……阿城是一个认识吃的意义、并且把吃当作小说的重要情节的作家。”[②]发表在《上海文学》1984 年第 7 期的《棋王》中,作者阿城用了相当的篇幅和极其细致、传神的笔法描写了王一生的“吃”:

> 听见前面大家拿饭时铝盒的碰撞声,他常常闭上眼,嘴巴紧紧收着,倒好象有些恶心。拿到饭后,马上就开始吃,吃得很快,喉结一缩一缩的,脸上绷满了筋。常常突然停下来,很小心地将嘴边或下巴上的饭粒儿和汤水油花儿用整个儿食指抹进嘴里。若饭粒儿落在衣服上,就马上一按,拈进嘴里。若一个没按住,饭粒儿由衣服上掉下地,他也立刻双脚不再移动,转了上身找。这时候他若碰上我的目光,就放慢速度。吃完以后,他把两只筷子吮净,拿水把饭盒冲满,先将上面一层油光吸净,然后就带着安全到达彼岸的神色小口小口地呷。……一粒干缩了的饭粒儿也轻轻地小声跳着。他一下注意到了,就迅速将那个干饭粒儿放进嘴里,腮上立刻显出筋络。……终于嚼完,和着一大股口水,“咕”地一声儿咽下去,喉结慢慢移下来,眼睛里有了泪花。[③]

---

① 张宏:《从“大写的人”到“习惯死亡”》,《文艺理论与批评》2005 年第 3 期。

② 汪增祺:《汪曾祺说阿城小说〈棋王〉》,《名作欣赏》2005 年第 1 期。

③ 阿城:《棋王》,李丹编:《中国新时期文学精品大系 · 中篇小说 红高粱》,李双、张忆主编,中国文学出版社 1993 年版,第 7 页。

民以食为天。吃是人的一种"自我本能"[①]。这里,王一生吃得是如此虔诚,如此精细,又如此彻底,表现出超出一般人"吃"的经验和感受,从中可见他不是偶尔的、轻度的饥饿,不是"想好上加好"、犯"馋",而是源自一种近乎危及个体存在的极度饥饿的深刻生命体验。这一点从小说对王一生对《热爱生命》《邦斯舅舅》和五奶的故事评价中同样可以看出。进一步联系小说所交代的"文革"时期这一历史背景和王一生贫寒苦难的家世经历,作为始终挣扎于生活饥饿边缘的底层平民弟子,正是基于这种贫困艰辛的现实生活体验和刻骨铭心的极度饥饿记忆,他才会对粮食如此特别珍惜,对"吃"如此格外关注。也正是从这个意义上讲,王一生的"吃"呈现出一种"创伤性情状",在这种情状里,不只是本能的食欲,还有着可说与不可说的生命记忆,"外来的与内在的危险,实在的危险与里比多的欲求全都混杂在一起"[②]。由此,作者通过对王一生"吃"的"日常生活"意义上的经典叙述,从侧面十分具体而逼真地刻写了当时物质的极度匮乏,以及由此带给人的内在的巨大精神创伤。

从中可见,发展经济,满足人们的物质需求和需要,这是时人众望所归的强烈共识。所以,不同于"十七年"小说,新时期小说日常生活叙事对物质生活持以相对客观的肯定和认同,并有力发出渴求实现物的"询唤"。

其次,作为对"十七年"文学的反拨,新时期小说一开始就以对世俗日常生活的回归来确立自己人道主义的精神立场,从而表达对"'现代化的明天'的展望"。具体来说,它还十分注重描写当时人们因物质生活的所困与所得而作出或尝试作出的努力,及其对现代化文明的向往,甚至富足物质生活本身就被当作现代文明的象征。比如,何士光的《乡场上》,高晓声的《陈奂生上城》,铁凝的《哦,香雪》,谌容的《人到中年》,张一弓的《黑娃照相》,贾平凹的《鸡窝洼的人家》,路遥的《人生》等。在这里我

---

① 童庆炳、程正民:《文艺心理学教程》,高等教育出版社 2001 年版。"本能是指由躯体的内部力量决定着人的精神活动方面的一种先天状态,本能是人内部的需求和冲动。"本能又分为自我本能与性本能,其中自我本能是指"与个体的生存相关联的一些本能,比如自我保护、饮食等,其作用是保存个体的生命"。

② 〔奥〕弗洛伊德:《禁断、症状及焦虑》,*Inhibitions, Symptoms and Anxiety*, James Strachey 编订(New York:Norton,1989),第 101—104 页。

们看到，刘巧珍以坚定不移刷牙的“卫生革命”来响应高加林对文明的召唤(路遥的《人生》)，李幸福正是凭借收音机、擦脸的香油、小圆镜等物件召唤起蒙昧木屋中的盘青青对文明的向往(古华的《爬满青藤的木屋》)，门门、禾禾给小月、烟峰带来呢绒衫、碾米机，同时也给她们打开了一个现代文明的世界(贾平凹的《小月前本》《鸡窝洼的人家》)……正如当时的评论家所指出的那样：“农村经济政策的调整、生产的发展、农民物质生活的改善，使他们的精神发生了深刻的变化，愚昧、卑屈、委琐的精神状态正在被文明、自尊、自信所代替。”

从中不难看出，在20世纪80年代新时期小说最关注的日常生活现代性叙事中，物质性日常生活变迁被当作精神觉醒的必要前奏，对富裕物质生活的向往被看成是精神复苏的重要标识，但这也同时意味着，物质性日常生活只有在能激起精神的苏生时才获得叙事合法性，才会显得诗意丰盈。这恰恰反映了这一时期文学对日常生活潜在的双重态度：一方面对物质性日常生活表现出前所未有的信任，坚信日常生活之于精神觉醒的意义；另一方面，处于现代性焦虑中的话语主体又对自然、自在状态的日常生活心存困惑、戒心，从而一再探寻主体新的精神。

比如，1980年第1期《收获》上发表的谌容的《人到中年》。这部小说一扫过往“高、大、全”式的英雄人物和超人般的主人公形象的凸现刻画，而是讲述女医生陆文婷不堪来自家庭、婚姻、事业方方面面的生活重压而终致病倒，通过对她这一日常世情的真实写照，诉说出普通人现实生活中的酸甜苦辣，同时寄寓着一代知识分子国家、民族大义与担当情怀。从整个文本叙事表征看，丰盈其间的是那一道道不知不觉爬上额头的皱纹等种种“日常生活”面向。比起当时矛头直指“文革”对人精神迫害、心灵践踏的“伤痕叙事”来讲，它似乎将“日常生活”摆脱开宏大革命叙事话语的笼罩而第一次将其加以相对自在地呈现。但是，细读不然。最突出的就是，文本多次发现“我的脑子里都是我的病人”“病人的需要就是我的需要”“我的病人”之类表述。联系文本，不难发现其实“病人”一方面如其字面所示，实指找医生陆文婷看病的病人。但是，联系文本“需要”的指向性，不难体味到陆文婷的“病人”也别有寓意，即寓指其时深处百废待兴之际而亟须大量社会主义建设人才"诊治"的国家—民族。正因为如此,"病人"和家庭、婚姻形成二难时,陆文婷最终的选择必然是、也只能是前者。从这个意义上来讲,就说明陆文婷的主体意识并非单纯日常生活层面上的彻底觉醒。表现在文本中,她对自己的日子为什么会过得如此艰辛很少审视,即使回首过往的美好时光不禁感慨,却似乎始终也没有足够清醒的自我反思与认识,有的只是把来自方方面面所有的责任都承担下来,始终认为自己做得还不够,甚至病倒生命一度濒临垂危,想到的是自己未能很好地尽到为人医、为人妻、为人母的责任,深深地自责。所以说,陆文婷"自主的主体性(autonomous female subject,周蕾语)"并未实现,只是在她"无私奉献"的个人美德的赞誉下巧妙地被隐匿。由此,这里的"病人"指的是陆文婷看病的老人和孩子等眼科病患,也指的是后来病倒的陆文婷自己,从情感召唤意义上寓指陆文婷"自主的主体性"的尚未实现及其背后的国家—民族宏大话语,而不仅仅是"日常生活"本身的意义范畴。

此外,文本中多次出现裴多菲的诗《我愿是激流》,这不仅仅是陆文婷对恋爱时代的回忆,也再次表达出她自身所寄寓的那份不忍抛却生命激情与报效祖国的理想情怀。因此,即使再困顿,以至不由得发出"啊!生活,你是多么艰难!"的由衷感叹,陆文婷依然如故,演绎出这幕必然的"中年悲剧"。但是,另一方面,陆文婷又深感日常生活的繁琐无奈,这份直接而深刻的日常经验体认无疑使她产生很多困惑,但不是彻底摆脱凡俗庸常的促发,而只是在家与国、大义与常理之间的矛盾滞留与挣扎。因此,面对好友出国,她虽然没有表现出十分坚定的微言大义的挽留,可她自己最终选择的还是继续艰难的"生活"。

通过打开繁琐难逃的日常生活诸多面向,在日常性话语言说的缝隙间,再度真实呈现出激情、理想与现实、繁琐的日常生活事务彼此抵牾背后个人理想的无力感、虚无感与内在主体精神的追寻诉求。而这一追寻诉求的症结就在于,尽管摆出了待跃的姿态,但实质上仍然没有完全跳出宏大叙事框架里个体家庭与国家—民族、琐碎日常与"理想"的两难选择,依旧在找寻着某种新的主体精神。

可见,与“十七年小说”并无根本不同的是,新时期小说日常生活叙事实际上仍旧寄寓着现代化、国家—民族的宏大话语诉求。例如,不论铁凝《哦,香雪》中的香雪对铅笔盒所花费的心思和体劳,还是路遥《人生》中的高加林对县城、城市的迷恋和憧憬,无不寄寓表达着人们对现代化文明的向往。从梁晓声《这是一片神奇的土地》中的自愿垦荒并自觉追求“劳动者的美”的上海姑娘李晓燕,到谌容《人到中年》中一心治病救人而不求回报的大夫陆文婷,都表现出人们内心赤诚的国家—民族情怀。由此,尽管新时期小说开始正面肯定和认同着物质生活,并且不乏表述由此所带来的人们精神面貌和价值观念的变化,但是最终并非揭示物象与人本身的逻辑关系,而是始终回响着主流话语的主体声音,没能实现对历史大叙事的彻底摆脱,这正是新时期小说日常生活叙事的拘囿所在。也因为这一点,整个新时期小说日常生活叙事总体上呈现的是、也只能是物的未完成的“询唤”。

二　新写实小说:物的出场—日常生活叙事的合法出席

如果说《人到中年》以一种寓意性的日常生活言说着对某种新的主体精神的诉求,“物”即将被询唤待出,那么,此后随着计划经济的彻底告别,新的社会历史语境的形成。“日常生活”所内爆出的那种“理想”和“浪漫”精神诉求被自觉不自觉地逐渐剥离开去。于是,刘索拉(《你别无选择》)、徐星(《无主题变奏》)等作家更进一步地将双脚踏在现实生活的地面上,尽可能用日常生活化的语言剔除某种虚假、矫作的“崇高”“浪漫”。然而,真正从物的自在意义上去照亮“日常生活”并彻底消解掉“理想”“浪漫”和重大事件症候性日常生活叙事的,当推以池莉、方方、刘震云、余华等为代表作家的新写实小说。

在 20 世纪 80 代末 90 年代初现代主义运动偃旗息鼓、先锋文学渐趋低迷的文化语境里,新写实小说以它的低调叙事契合了特定历史时期普遍的文化失望心理,以文学的审美方式释放了社会的现代性,从而在文坛风靡一时,以至于先锋作家群体中的多员大将,比如余华、苏童、叶兆言等人也纷纷改弦更张前来加盟助阵,一时间“寻根文学”之后中国文坛最活跃的一批作家几乎被“新写实主义”尽收旗下,其声势和影响在当时的文学界可谓独一无二。

新写实小说文本以贴近普通人的日常生存状态为叙事核心,面向普通大众读者。其中,刘震云的《一地鸡毛》《单位》,池莉的《烦恼人生》《不谈爱情》,方方的《风景》以及叶兆言的《艳歌》等无疑最具代表性。从豆腐变馊、家庭口角、孩子入托、排队抢购大白菜、拉蜂窝煤、送礼搞调动,到不由感叹生活成了一个字的诗——“网”……这些作家倾力展示了平庸琐碎的当代日常生活情境,将种种诸如此类一地鸡毛式的日常琐事塞满了生命的每个角落,明白无误地告诉人们——日常琐事造就了人生,生活中最重要的事情是吃喝拉撒睡,唯有现实物质需求才是生存最根本、最实在的需求,任何浪漫的理想和精神的追求无一不是虚幻的妄念,注定要被严峻的生活打击得一塌糊涂。在实在性的日常生活里,那种建立在传统理想主义基础上的激情淡出了,“激情是非生活化的……从某种意义上说,激情是一种贵族化的情感。只有当一个人超脱了实际的日常生活,忘却了一切生活烦恼,而完全进入一种精神境界时,他才有可能产生激情”[①]。拥挤不堪的住房,绞尽脑汁争取升级提工资的仕途,在父母没钱看病孩子没学能上的家庭,在一斤馊豆腐就打破生活平静的夫妻间……这些生活的细节和场景很难让人产生抒情的欲望和远大的理想,产生的只能是生活实在性带来的烦恼、沉重、麻木、冷漠、无奈等并无多少浪漫的生活念头,当然也很难让人产生意味深长的崇高感,也就谈不上所谓“躲避崇高”[②]。尽管缺少激情洋溢的浪漫想象,但围绕人生的酸甜苦辣展开的生活景观流露出个人日常生存的本相。日常生活的物质性,日常生存中的具体生活事件,全面走入文学写作之中,成为个人话语表达的栖居之所。至此,日常生活才得以自身的意义正式进入小说的叙事空间,并使人们对生活的理解和对传统人生观的评价发生了大逆转:“我们拥有世界,但这个世界原来就是复杂得千言万语都说不清的日常身边琐事。它成了

① 曹文轩:《20世纪中国文学现象研究》,北京大学出版社2002年版,第259页。
② 王蒙:《躲避崇高》,《读书》1993年第1期。

我们判断世界的标准,也成了我们赖以生存和进行生存证明的标志。”①

与前此日常生活叙事相比,新写实小说日常生活叙事以“还原生活的原生状态”为旨趣,拥抱零度情感,“只做拼版工作,而不是剪辑,不动剪刀,不添油加醋”,力图呈现“当下此时的真实”。这种解构主义的方式消解了经典现实主义的典型化原则和宏大叙事观念,改变了先前文学对于现实生活的认知方式和叙事方法,逐步拼贴起了文学“描述日常生活”的美学理念和叙事法则,从而堂而皇之地成为文学关注现实生活、贴近平民大众的同义语和修辞学,并在相当程度上得到了文学批评和大众媒体的理论辩护与伦理支持,被认为逼真地还原现实生活的原生形态和“纯态事实”,进而使文学重新获得了“真诚直面现实、直面人生”的赞誉之辞。它开始正视与个人生存息息相关的日常生活,不再表达自恃不同流俗的高蹈姿态,也不再标榜远大的理想和崇高的追求。日常生活成为且仅只是小说叙事的关注点,不再是旧有宏大话语建构随意转化的平台,从而体现出自身的独立性价值而不必依附于别的价值而存在。“关于‘人’的现实性的故事遗忘了它的历史前提——‘文革’之后,它在新时期意识形态推论中起着基础性的构成作用。”②正是从新写实小说开始,当代小说才正式将比较纯粹的普通民众的日常生活状态纳进了其重点关注的叙事对象中,当代小说日常生活叙事由此获得了自身的合法性并得以真正确立。

值得一提的是,对于新写实小说,一方面几乎所有的论者都提到了其对于“生存”的揭示和呈现。然而,另一方面同样几乎所有的评论都有意无意地回避了“新写实”小说中“生存”的实质性问题:贫困。而此方面的评论文章中,我们看到“生存”问题往往还没有展开就被化为关于存在的形而上的思考,甚至说它“对人类生存本相的勘探……上升到人类本体的整体反思”③,“‘新写实小说’虽然写的是人人都有体验的生活现象,然而

---

① 刘震云:《磨损与丧失》,《中篇小说选刊》1991 年 2 期。

② 陈晓明:《无边的挑战——中国先锋文学的后现代性》,时代文艺出版社 1993 年版,第 25 页。

③ 吴义勤、季进:《超越:在复归中完成——一九八九年小说创作鸟瞰》,《当代作家评论》1990 年第 3 期。

它指向的是抽象的人的存在问题”[1]。而相反的意见则认为:“精神上的困惑才是人类最深层的悲剧”,而“新写实小说”则“在精神探索中途停顿下来,将一切烦恼全都归因到工资、交通、住房等物质的层面”[2]。此外,亦有论者从现代性这一理论框架中评判“新写实”对“生存”的关注。照此看来,如何看待“新写实”小说中的“生存”问题倒成为一个新的问题?

海登·怀特曾经说过:“没有任何随意记录下来的历史事件本身可以形成一个故事;对于历史学家来说,历史事件只是故事的因素。事件通过压制和贬低一些因素,以及抬高和重视别的因素,通过个性塑造、主题的重复、声音和观点的变化、可供选择的描写策略,等等——总而言之,通过所有我们一般在小说和戏剧中的情节编织的技巧——才变成了故事。”[3]其实,新写实小说本身又何尝不是文学史上发生的一个历史事件、一个故事呢?因此,与其做简单的价值判断,笔者更愿意先回到这个“事件”的起点:为什么新写实小说会如此关注“生存”?或许,就此返回新写实小说那个年代的社会历史境况,能够有助于我们了解这一点。

十年改革之后,20 世纪 80 年代末中国经济的发展是确凿无疑的。可是,同样无需讳言的是,国家发展的经济水平基础是很薄弱的。特别是 1988 年中国社会持续十年的社会主义经济体制改革在完成了其最初的生产刺激后越来越走向迷惘。其间,由于经济体制改革缺乏有效的监督和制约,它所滋生的官僚腐败行为,某些方面民意得不到及时表达和宣泄,使得当时的民众怨气于心。再者,当年国民生产出现严重滞胀局面,最强烈的社会震荡表现就是大幅度的物价上涨:“1988 年市场物价更以出乎人们意料的高幅度上涨,全年上涨 18.5%,其中 12 月比上年同月上涨 26.7%。”[4]物价上涨引发的购物潮一时间席卷全国,由此引起惶恐紧张的社会心理可以想见。于是,敏感于社会氛围的知识分子发出了“文学

---

① 中国社会科学院文学研究所当代文学研究室:《“新写实”小说座谈辑录》,《文学评论》1991 年第 3 期。

② 张韧:《生存本相的勘探与失落——新写实小说得失论》,《文艺报》1989 年 5 月 27 日。

③ 〔美〕海登·怀特:《作为文学虚构的历史文本》,张京媛主编:《新历史主义与文学批评》,北京大学出版社 1993 年版,第 163 页。

④ 邱晓华:《九十年代中国经济》,上海远东出版社 1999 年版,第 8 页。

失却轰动效应以后”[1]的呼吁。这些呼吁反过来又加重了压抑和狂躁的社会心理情绪。显然,关注生存的创作主题与当时的现实历史语境分不开。这一点亦可说明,“新写实小说”兴起于80年代末特别是1989年、1990年,并且多聚焦于“生存”境况的“新写实”日常生活叙事确非一时的偶然,其中不乏社会现实日常生活意义层面上“物”的询唤在文学叙事中的投映。基于此,反过来说,“新写实”小说中对“生存”在“日常生活”意义的“照亮”,无疑真正实现了“物”的询唤。所有这一切,都透示出这样一个信息,那就是贫困,正是时人的贫困或者说贫困感,在很大程度上影响并投射到新写实小说日常生活叙事中,生存由此成为问题。池莉从《烦恼人生》到《不谈爱情》,方方从《风景》到《落日》,刘恒从《狗日的粮食》到《伏羲伏羲》,刘震云从《塔铺》到《新兵连》到《一地鸡毛》到《温故一九四二》,江灏《纸床》……贫困,十分明显地几乎存在于所有新写实小说代表作家的代表作品中,成为新写实小说日常生活叙事的一大主题,上演了一幕幕令人触目惊心的悲剧。

比如,刘恒《狗日的粮食》主要讲的就是杨天宽一家人围着“吃”过活,全部的日子几乎就是“吃啥”、怎么吃和哪里找吃的。小说一开篇杨天宽“他背了二百斤谷子”[2],换了个会做吃、寻吃的媳妇瘿袋。人常说孩子的名字往往饱含着父母的寄望,杨天宽孩子的名字同样也是如此。他们分别叫大谷、大豆、小豆、红豆、绿豆、二谷。因为粮食实在不够吃,每日餐后验碗、舔碗就成了杨天宽一家子的必修课,这时候家里来人有的就会正好赶上,于是“八个碗捂住家人的脸面,舌面在粗瓷上的摩擦声、吧嗒声能把人吓一大跳”[3]。如果说这样的“吃相”的已经“把人吓一大跳”,生活的贫困与艰难已经令人心酸,那么瘿袋接骡粪筛粮则更让人惊骇不已。对此,小说写道:

草根儿和渣子顺水漂去,余下的是整的碎的玉米粒儿,两把能攥

① 阳雨:《文学:失却轰动效应以后》,《文艺报》1988年1月30日改版后第5期。

② 刘恒:《狗日的粮食》,李双、张忆主编,李丹编:《中国新时期文学精品大系·中篇小说 狗日的粮食》,中国文学出版社1993年版,第159页。

③ 同上书,第162页。

住。一锅煮糟的杏叶上就有了金光四射的粮食星星。一边搅着舌头细嚼,一边就觉得骡儿的大肠在蠕动,天宽家吃得惬意。[1]

一个"惬意",物质的极度匮乏与生存的极易满足,由此形成极其刺目的反差,道出严重超出常人想象、令人震撼的复杂况味:有吃的惊骇,有贫困的残酷,也有生命的倔强与韧性。

然而,相对于一年又一年贫困的光景,而且似乎越来越贫困的日子,"惬意"在杨天宽一家的停留无疑只是片刻。在粮证丢而未失的一场无妄风波里,"一辈子刚气"的瘿袋却为此失魂丧命。直到临死,她用尽全部的力气,念念不忘说出的还是粮食:

"狗日的!"

静了半天,又吐出两个字。

"粮……食……"[2]

就这样,即使是这样充满生命倔强和韧性的刚气瘿袋,竟然也终抵不过贫困的一再紧逼,哪怕付出自己的生命,得到的也不是满足与安宁,而是至死难以释怀的愤骂"狗日的!"和"粮食"无以言尽的噬心。由此我们说,贫困对人的基本生存问题的困扰——让人吃不饱,乃至差点饿死,无疑已是一种生的苦难,已经足够残酷。那么,当贫困进而吞噬了人唯一仅有的全部——极富生命力的生命,甚至在她生命弥留之际还折磨这一将逝的灵魂,面对这种"贫困"却又当怎样言说?!

贫困所导演的噬心的悲剧,并不只是存在于粮食方面,在住房问题上同样存在。江灏的《纸床》便讲述了一张纸床,一个令人心碎的故事。有着二十多年教龄的优秀女教师向小米和丈夫阿虎、女儿小秋经年蜗居在仅7平方米的斗室。一直以来小秋就很想有自己的一张床。及至她身患白血病症住院,"只要一张床"成为小秋唯一的要求,可是向小米夫妇无论怎样争取,却都始终无法满足女儿。直到女儿病逝,向小米用那张分房

---

① 刘恒:《狗日的粮食》,李双、张忆主编,李丹编:《中国新时期文学精品大系·中篇小说 狗日的粮食》,中国文学出版社1993年版,第164页。

② 同上书,第169页。

申请叠成一张床，来告慰女儿。小说结尾这样写道：

> 向小米拿出那份要求分房的申请，慢慢地、仔细地叠起来。最后，叠成了一张床。
>
> 纸床被阿虎摆在存放柜里，将女儿的骨灰盒放在了上面。
>
> 女儿到了阴间，才有了自己的一张床。①

偌大的世界，可以存在"倒爷"家装修豪华的大概20平方米的卧室，可以存放赵副局长家装300斤的冰柜，为什么却唯独偏偏再也多不出几平米来放下小秋的一张床?！因为贫困。在那个卖茶叶蛋远比研究导弹赚钱的年代，清高耿直的向小米夫妇只是收入非常一般，甚至偏低的普通知识分子。而且，当时论资排辈报请分房的体制，使得他们即使有钱也没法买大房子。加上女儿的病症，这个家庭可以说是雪上加霜，贫寒之至。女儿的一张床，让向小米夫妇绞尽脑汁，费尽心思，甚至借钱"打基础"，去办工作调动、申请分房。结果，本身足以胜任工作的阿虎只因为重复一句"海参挺贵的"，就被"识货"的厂长连人带物一起摔出门外，本想借"跳槽"改善住房条件实现女儿愿望的想法就这样泡汤了。这里，"厂长"，重心显然不在"厂"，而是在"长"。同样，主管分房的一局之"长"赵副局长重视"冰柜""洋酒""饺子馅"，对于申请资格满满的向小米的现实亟须则置若罔闻。即便得知了这番沉痛隐情，他也照旧无动于衷，甚至表现得连一丁点人之为人的起码感情都没有。于是，一个花季的女孩，一生的全部的也是唯一的要求——就是一张床，却最终也没有结果，竟然落得托望阴间的一张小小的纸床！"床"，本来只是日常生活中一件普通得不能再普通的物件，却成为小秋一家人无比奢侈的要求，成为他们噬心的痛处。为什么现实会如此残忍和无情?！然而，最后向小米夫妇一句话都没有，有的只是那"慢慢地""仔细地"叠和"摆"。这是他们为满足女儿最后唯一要求，所去做的，也是所能做的，而且最后做到的。因为除此之外，他们也实在无法再为女儿做些什么了！

---

① 江灏：《纸床》，《她们文学丛书　小说卷　我是谁》，云南人民出版社1998年版，第363页。

新写实小说日常生活叙事,特别从吃到住的贫困聚焦,将国家—民族的现代性诉求及其间现实举步的无奈与迷惘投射到日常生活中,达到一种日常经验的非历史性重组,由此从根本上区别于此前"十七年"小说、新时期小说由革命和社会主义的震荡所造成的日常生活叙事,使之从集体记忆中抹去。就叙事文本而言,虽然新写实小说并未达到通过建立自己对于意识形态的独特理解,穿越意识形态束缚的高度,但是它也的确没有沦为既定意识形态的工具,这确是事实。从这点看,作为文学世俗化思潮兴起标志的新写实的创作是有利于主流意识形态政治话语的消解的。它通过冷落、逃离政治历史、社会人生等重大时代主题,转而关注身边事、当下事的方式,在放弃知识分子话语对于主流意识形态政治话语的"代言""依附"的同时,也放弃了主流意识形态话语本身所可能具有的虚假性、专制性、空泛性。

三　小结

至此,20 世纪 80 年代中期以前的现实主义小说大多遵循传统的启蒙叙事模式,无论"伤痕文学""反思文学"还是"改革文学",作家基本上都还是坚持了启蒙知识分子的立场,试图以精神导师的角色去分析、影响读者的精神世界。作者习惯于充当人民或社会利益的"代言人",在写作中体现出积极的社会责任感和理想指向。因此,在故事的叙述过程中,穿插、渗透了作者批判或颂扬社会以及追求理想等积极主动的人生态度。正视日常生活的合理性存在、肯定追求世俗幸福的权利,在日常性叙事中体认生活的价值所在,并没有被作家普遍认知,更没有成为写作潮流。当新写实兴起以后,则迅速以平民的姿态颠覆了传统的启蒙叙事模式。池莉一再表明,不愿做一个"匠人",她所谓"匠人"就是一味将目光向上看,脱离芸芸众生的实际生存状态,"双脚离地向上升腾,所思所虑直指人类永恒,现实感觉常常错位"的"名士""精英"。这意味着从新写实开始,作家的心态和传统作家的心态已发生了相当大的偏离,他们不再以"精英"自居,而是以世俗人生的层次,与读者共同感受生活的酸甜苦辣。作家倾向于以平等的态度和读者对话,这意味着作家抛弃了启蒙文学的姿态和对工农兵膜拜的态度,既不“俯视”也不“仰视”,而是采取“新的平视”的态度[①],这种平视的写作姿态构成当代日常生活写作小说叙事的新特征,呈现出新的叙事样态。

除上述小说自身的发展因素外,“紧张的工作和切近的目标推动着我们,可我们却由此远离了诗性。我们不再希望超越于现实的困缚,相反的还以现实原则来衡量想象力的效用”[②]。从某种意义上来说,实在性的日常生活更需要工具实用主义作为解困之道,必然挤压那些远离现实的精神存在空间,20 世纪 80 年代前期新时期文学写作中宣扬的意识形态信念和精神追求在新的历史语境中变得不合时宜。新写实小说日常生活叙事的出现,恰恰契合这一语境。日常生活写作文本中的叙述人不再积极介入生活,而是从人物的生活场景中选择缺席与退场。

但是另一方面,事实上自 20 世纪 80 年代末以来,在小说创作中,由于知识分子放弃了干预生活的努力,无意站在人文立场上审视生活、指导生活,个人日常生活的实在性需求和低俗的生活趣味一直在消解着统一性和普遍性的生活,也消解着各种超越生活的理想和浪漫主义冲动,一种世俗化的、物质化的功利主义精神倾向在滋生蔓延,并逐渐形成一种新的话语——以物质满足和身体享乐替代对精神的追求和对理想的向往,以世俗个人的日常生活代替了对群体意识和对人生价值的终极追问。这种新的话语所带来的功利性后果应该引起必要的警惕和思索。

第二节 物欲书写

20 世纪 90 年代中国社会计划经济体制逐渐解体,市场化体制全面铺开。正是在这一时期,关注计划体制中普通人日常生活的新写实小说日益走向了沉寂。但是,新写实小说这种不动声色叙述平庸琐碎的日常经验、倾心表述吃喝拉撒日常细节以及消解日常生活诗意、摒弃精神维度

① 转引自张炯:《深入反映城乡之间的历史脉动》,《小说评论》1996 年 1 期。

② 吴亮:《缺乏想象力的时代》,见林建法、傅任编:《中国当代作家面面观》,华东师范大学出版社 2002 年,第 116 页。

的欲望化叙事法则，不仅没有销声匿迹，反而很大程度地影响了后来的文学创作。于是，20 世纪 90 年代众多派别的小说写作比如“新市民小说”“新体验小说”“60 年代小说”“女性主义小说”“70 年代”乃至“新现实主义冲击波”中，我们都可以看到新写实小说日常化写作貌离神合的拷贝版。后者在直接承续新写实美学理念的基础上，又将日常生活叙事推到了一个新的发展阶段。至此，当代日常生活叙事在“物”声声询唤出的新写实小说中得到确立，与“物欲”书写的“60 年代”相伴而至并由此得到逐步彰显。“在这一重新世俗化的过程中，充满着喧哗与骚动的都市日常生活成了一个含义丰富而驳杂的场域。在乌托邦的图景和彼岸世界的幽灵被无情地驱逐之后，日常生活先前置身的宏大叙事框架碎裂开来，在这一时刻，貌似琐屑的日常生活获得了一种自明的合法性，它自身便可构筑出一种新的宏大叙事，并成为提供价值准则的源泉。它标明人的生活意义不可能也不应该在脱离日常生活的场阈中获得。而日常生活神圣化之后必然的逻辑后果便是对感性欲望的肯定乃至尊崇。”[①]“90 年代的中国文学越来越倾向于表象化，大量描写现实的作品依据个人的直接经验，热衷于表现偶发性的感觉、堆砌感性直观的场景，人们完全忘却历史、回避任何精神负担。”[②]这一写作特点的形成表明了日常生活所具有的消解功能：在具体实在的生活问题面前，任何脱离现实的精神说教和理想模式都是苍白的、无力的。

我们这里要讨论的是以何顿、朱文、邱华栋等为代表的一群作家，姑且将其命名为“60 年代”。之所以如此表述，仅为方便与“70 年代”“80 后”作家区分开来。需要说明的是，“60 年代”完整的字面表述应是“60 年代出生作家群”，但是它所涵盖的作家群范围上又不尽同于李师东等人一度提出的“60 年代出生作家群”，而是更亲近最早由陈晓明先生所提出的“晚生代”，并且同时在面向“现在”[③]的意义上更接近“新生代”。

---

① 《关于人生与艺术的对话》，载《当代文坛报》1990 年第 9—10 期；《新写实作家、评论家谈新写实》，《小说评论》1991 年第 3 期。

② 金文兵：《颠覆的喜剧——20 世纪 80—90 年代中国小说转型研究》，中国社会科学出版社 2004 年版，第 14 页。

③ 陈晓明：《表意的焦虑》，中央编译出版社 2003 年版，第 142—149 页。

据现有资料查证,“晚生代”的命名权应当归陈晓明先生所有。他曾发表关于先锋派的一篇论文《最后的仪式》[①],文中明确用“晚生代”这一名称来指称苏童、格非、余华等所谓“85”新潮后的“后新潮”作家。后来,“晚生代”这一名词被他人借用,但所指对象发生了变化,用来指称更年青一代的作家。陈晓明先生又跟随这种趋势对这一概念的内涵不断进行修正和补充,1994 年主编了“晚生代丛书”,由华艺出版社 1995 年 1 月出版,推出了何顿、述平、毕飞宇、朱文等十多位作家,“晚生代”的大致所指算是被固定下来了。

此外,“60 年代”这批作家还被称为“新状态”“六十年代出生作家群”、“文革后一代”、“新生代”等。1994 年 4 月,《文艺争鸣》和《钟山》杂志联袂推出了“新状态”的概念。王干写了一篇后来颇具争议的长篇论文《诗性的复活——论“新状态”》[②],文中阐释了“新状态”的具体内涵,而张颐武等著名批评家都曾著文讨论。“新状态”着力阐释了当时创作的一些新动向,观点颇有创见,如对文学开始告别新时期的预言、对“新体验”内涵的阐发,等等。但这个概念未能真正区分代际差异,把王蒙、王安忆、刘心武等上一代作家和韩东们等量齐观,从而削弱了这一概念的适应能力和影响力。“六十年代出生作家群”是《青年文学》的李师东在 1998 年提出的,先是作为刊物栏目使用,后来变成了特定作家群体的名称。但它既包括了 60 年代初出生的苏童、格非、吕新、北村等一批“先锋派”作家,也包括年龄稍小的朱文、邱华栋、李冯等后起之秀。实际上,出生日期的相近无法掩盖他们创作性质的巨大差异,因此这一概念也缺乏普适性。此后不久,邱华栋提出“文革后一代”作家概念。“王蒙们有‘文革记忆’,张承志们有‘知青记忆’,苏童们有‘童年记忆’,到我们什么记忆也没有,连童年记忆也没有,只好写当下生活。”[③]依照生活经历和创作题材的相同,当代作家被划分为四个层次,而最年轻的一代被称为“文革后一代”作家。这种区分方式充分考虑到了作家的代际关系,有一定的道理,但在

① 陈晓明:《最后的仪式》,《文学评论》1991 年第 5 期。

② 王干:《诗性的复活——论“新状态”》,《钟山》1994 年第 4 期、1995 年第 5 期。

③ 李冯、邱华栋:《“文革后一代”作家的写作方式》,《上海文学》1998 年第 5 期。

学术界没有得到广泛承认。

目前比较流行而这一代作家也比较乐意接受的概念,是“新生代”。“新生代”“这一名词实际上是对80年代超越朦胧诗的‘新生代’诗的借用”[①]。中国华侨出版社曾为韩东、何顿、邱华栋等人的作品结集,于1996年1月推出了“新生代”小说系列,随后,“新生代”这一名号影响就更大了。目前,一般认为这个作家群体包括何顿、朱文、韩东、毕飞宇、邱华栋、鲁羊、荆歌、李大卫、述平、徐坤、东西、李洱、王彪、丁天、吴晨骏、张旻、李冯、刘继明、陈染、林白、海男等作家。实际上,“新生代”还是一个开放的概念,上述名单还在不断扩充,比他们更年轻和成名更晚的一些作家,现在也被很多人纳入其中,如艾伟、戴来、朱文颖、叶弥、魏微、卫慧、棉棉等等。有人认为,命名必须满足这样的条件:要么“存在与其相对应的特定对象,并且命名本身毫不含糊地具有指代功能,也就是说,命名要么指出了对象的某一独一无二或标志性特征,”“要么便必须具有某种约定俗成的指涉内涵”[②]。按照第一个条件给一群处在“无名”时代中的作家命名,实在绝非易事。到目前为止,“新生代”还不是一个严格意义上的学术概念,但基本上已经是一个约定俗成的名称了,一提起这个名称,大家大致知道它所指的是特定的那群作家,他们大致出生于六、七十年代,挣脱了宏大叙事的束缚,坚持个人化写作立场,作品大致具有欲望化、生活化审美倾向,等等。

伴随着现代城市化进程的脚步,一种真切的都市感日益涌现并成为中国当代小说日常生活的一个重要表征。现代都市人的种种生存景况闯入了文学的视野。于是,物欲书写开始成为当代小说日常生活叙事无法绕过的突出景象。有关物欲书写的这一日常生活叙事文本,典型的是发生在“新写实小说”及之后,尤其是以朱文、何顿、邱华栋等为代表的“60年代”。在“60年代”们的写作中,作为情节叙事推动主脉的“物欲”完全剥蚀了历史曾赋予它的所有象征意义,而还原成一个与任何文化价值与

---

① 张清华:《精神接力与叙事蜕变——论“新生代”写作的意义》,《小说评论》1998年第4期。

② 丁帆、许志英:《中国新时期小说主潮》(下),人民文学出版社2002年版,第612页。

意义无关的纯粹本能欲望,即"欲望"成为不再附属于"人"的本体性的东西,在欲望之上的"人"的概念不复存在。换言之,他们的"物欲书写"可谓一种"物欲中心主义"的"书写",其中的"欲望""是被当作文本书写的本体来看待的,因此它不需要任何其他的附属说明,它自身便可以成为书写的唯一对象与核心",而且"对欲望的书写不带任何文化意图,也不带任何价值拷问的目的论"[①]。

所谓"书写"(written),标示出日常生活逐渐地平面化以及一种规训式的写作(disciplinary writing)方式。如果说物的"询唤"昭告着主体精神的迷失与探寻,那么物欲书写则在推进"物"的思考同时宣告主体精神逐渐弱化的趋向。与"新写实小说"相比,"60年代"及其后的小说往往一方面承续了前者观照和描述城市生活日常琐事的叙事原则,一如既往地拒绝宏大叙事,而且更加彻底地消解了日常生活的精神性,表现出一种热爱日常事物和厌恶精神生活的文学天性。另一方面,不同于新写实植根于一种群体本位的写作立场和叙述视角即更多地描写"别人"(如小市民、小公务员等)的日常生活境况,"60年代"及其后的小说更多是以个人化写作姿态出场,在叙事策略上往往选择个体本位即通常是"个人"日常经验和境遇的转喻性表达:日常生活中个人的吃喝玩乐、个人欲望的宣泄和释放、个人的无聊状态和日常困境,比如,一次购买纽扣"那是他今天的生活目的,他的理想"的无聊经历(朱文《小羊皮纽扣》),两个女人购物然后泡吧的日常情景(卫慧《蝴蝶的尖叫》),一个男人修理热水器和一个女人寻找磁带的日常细节(乌青《洗完澡睡觉》)等。正是通过这种个人化的日常生活叙事,"60年代"及其后的小说完成了20世纪90年代以来中国关于市场时代消费社会的文化想象,并以个人化方式进一步推动了日常生活叙事的发展,拓宽了日常生活的叙事领域,使日常生活叙事不再只是某个文学流派的叙事专利,而是演变成相当流行的叙事潮流。

我们知道,长期以来,由于各种原因,性欲、金钱欲要么被视为洪水猛兽的"恶",要么被归入不堪提及的"丑",倍遭主流话语无情冷酷的一再

---

① 丁帆、许志英:《中国新时期小说主潮》(下),人民文学出版社2002年版,第675页。

压制、扭曲、否弃，从而在现实生活和文学书写的表达中被遮蔽、被隐匿、被除名。而20世纪90年代的“60年代”小说则大都将其反映的重心投向了人的种种生存原相和诸多世俗欲望，并赫然建立起一种“欲望化”的叙事法则强烈地表达人自然本性的欲望诉求，这种物欲书写在其小说文本中主要表现在两方面：一是对情爱性欲的书写；二是对金钱物欲的追逐。

一　情爱性欲的书写

20世纪90年代以来，爱的溃败已成不争的事实，诸多的爱情故事都导向一种“缺席”的爱情。而欲望从世纪末的现实情景中凸显出来，以狰狞的对爱情的否定形式而矗立，并逐渐符号化、嬉戏化。于是，爱情沦为欲望的饰物，一次次地从故事的边角处轻轻擦过，漂流到历史的背面、精神的边缘地带，以一种曲折的方式映射着一个迷失沦丧的世界。比如朱文《像爱情那么大的鸽子》中，荒唐来自于对爱情的不断追问和想象。想象里以喜剧的方式不断逼近爱情，使爱情成为一只不断逃离的惊恐不安的鸽子，最后的结局是以杀死爱情的方式来维系爱情。

朱文的另一篇《我爱美元》则向我们展示了如题的一种“现实”。在这篇小说中，生活的真谛被揭示为尽可能多地去满足个人欲望——摆脱了道义限制的性欲。“我”在“父亲”和“弟弟”面前具有的优越性便体现在“我”同时与多个女人有着自由的/金钱的性交易。“我爱美元”是因为只有“美元”为我的“满足”提供可靠的保障。“我”认同这一现实因为自己就是这样完全无条件地把自身沉溺于其中。

何顿的都市小说也对古典爱情神话进行了彻底的颠覆。文本中人物没有了由“爱”到“欲”的心理升华，只有从“欲”到“欲”的心理满足和感官刺激，人的社会性的一面不复存在。例如，《生活无罪》中狗子和兰妹的关系，“她（兰妹）没有信条，也不遵循任何规则，严格地说她没有爱情，狗子不爱她，只是需要她，而她也需要狗子，却不为狗子作任何道德的保证”；在汹涌而至的欲望面前，爱情不过是一件简陋的道具，完全褪去了它神秘、圣洁的光芒，而被实用地简化为一种“物”，可以随心所“欲”地招之即来挥之即去。

又如，李冯在《招魂术》中叙写“我”与女友一起去县里参加民俗会，作品中“我”与女友的关系为：“我既不图她的钱，又不想要她的感情，我只想同她发生一两次性关系。”这种赤裸裸地一味追求性欲的满足、漠视情感的方式，成了“60 年代”小说欲望描述的一大表征。

如前所述，“60 年代”这些都市小说文本在对彻底分离的性爱现实的书写中凸显性欲，并使性欲自身获得了前所未有的本体意义。要知道，“新时期”以来关于情爱的主题一直是思想解放运动的注脚。从张贤亮开始，性解放拉开了个人解放的序幕。不过，张贤亮小说中对女主人公的情爱往往并不真正指向具体的个人的存在，而是在被作为土地、“绿化树”等的象征意义上展开，这实际上仍然是一种男性意识形态的反映，是中国文学话语中的一种大叙事。尽管稍后王安忆《叔叔的故事》对这种性话语进行了解构，“叔叔”所遇到的爱情大多不过是一次性的艳遇，可是“叔叔”失败的结局表明其最终也没有实现真正的人性的觉醒和性的觉醒。从这个角度讲，我们可以说，如果 20 世纪 80 年代张贤亮、王安忆等人对性欲的表达是当代文学第一次冲破情爱性欲的欲望禁区，那么此后 90 年代的“60 年代”都市小说在其以从容、自由的姿态所营构的性话语中无疑实现了性欲书写的又一次突破。如果说 80 年代文学尚可找到“主体性”这样的概念，拥有历史的宏阔背景支撑，那么“90 年代我们面对的是一个空旷的历史背景，一个虚脱的历史现场”[①]，不存在自我认同的任何意义基础和价值前提，情感被瓦解，似乎只剩下欲望是真实的。应当说，基于当时特定的社会时代语境，“60 年代”敢于大胆推进一度屡遭禁令的欲望书写，这本身非但没有什么值得过于非议的地方，反而恰恰是其颇具先锋意味的一个亮点所在，若对此一味给予片面的道德伦理指责则显然是肤浅的、徒劳的。另一方面，“从理论上来说，没有任何理由认为关注‘性’的写作在艺术上就一定低劣，但是过分关注‘性’的作品也就难

---

① 陈晓明：《无边的挑战——中国先锋文学的后现代性》，广西师范大学出版社 2004 年版，第 337 页。

免有庸俗之嫌"[①]。

二 金钱物欲的追逐

除了对"性欲"的张扬,"60年代"物欲书写还体现在对金钱物欲的倾心推崇。在这方面,"60年代"作家何顿的创作颇具代表性。他的小说往往对个体经济时期特殊的历史面目不加任何修饰的刻画,直接还原生活现场的叙事,与现实生活的现实完全平行,因此被陈晓明先生称之"新表象"。何顿的《生活无罪》,在某种意义上讲,可谓"60年代们"对20世纪90年代世俗欲望真况的有力道白,从而宣告了一个物欲时代的到来。从"生活无罪"这个慷慨激昂的标题上,我们就可以很明显地感受到那种激烈的辩护色彩。在这里,生活意味着金钱,生活无罪亦即金钱无罪。"名誉是一堆废纸,只有老鼠才去啃它。"

小说《弟弟你好》中的"弟弟""因是穷教师被同学忘记在一旁",为了实现某种自我价值,"弟弟"由"教师"转而加入到"个体户"的行列中,至结尾"个体户"的"教师"对先前关系最密切的同学表现出来,与其说是蔑视不如说更是一种骨子里的嘲弄。相形之下,本被赋予某种价值象征意味的那个"同学",则显得迂腐、可笑,甚至惹人厌烦,表明其价值所在只是、也只能是价值的虚空。这里,金钱欲望不再被闪烁其词地言说、声色俱厉地指斥,而是被从容不迫地描写并获得前所未有的认同。

随着金钱意识愈演愈烈为判定人是否成功的先决性条件,"60年代"作品中又走出了以"赚钱"为正事的罗平、王志强(何顿《无所谓》)。他们"对知识不感兴趣","在一起谈论的是赚钱","赚钱"才是他们的"正事",就连一直在追求理想并企图在追求理想中"找到自身的价值"的李建国,在现实环境的逼迫下,最后也不得不为金钱而奔波、劳碌。在这里,人的精神追求被一种实利主义所取代,实利主义将人的一切需要都简化成对"金钱""实惠"的需要。当对金钱物欲的推崇开始打破人的伦理道德的底线时,张欣、邱华栋等笔下的各色都市人通过上演形形色色的言

---

① 陈晓明:《无边的挑战——中国先锋文学的后现代性》,广西师范大学出版社2004年版,第343页。

行,最终不约而同地亮出了相同的结果——在来势汹汹的金钱等物欲狂潮的冲击下人的尊严、理性乃至人格早已溃不成军、纷纷落马。

张欣《掘金时代》中的左云飞,将信誉、友情、人性都换成了对物欲的占有。他和毕业于中央美院的"黑田"联袂设下圈套,欺骗自己的同学穆青,让他在 80 万元的贷款单上签字,自己则拿骗来的钱挥霍,等几乎被置于死地的穆青责问他时,他的回答却是:"我在大街上找个人来骗,他会相信我么?"纯洁的同学关系,朋友的信任,竟成为行骗的工具! 人性在金钱的诱惑下彻底沦丧!

邱华栋《生活之恶》中最终抵挡不住物质的诱惑,而用自己的贞操换取了一套房子的单纯、漂亮的女大学生眉宁,《手上的星光》中为了飞黄腾达一再更换夫婿的廖静茹等都是被欲望俘虏的都市人的代表。欲望对人性的扭曲就这样在看似不经意的叙述中被惊心动魄地呈现出来。

可见,20 世纪 90 年代的"60 年代"作家何顿、邱华栋等人的小说对金钱物欲淋漓尽致的展示和满怀认同的表达,一方面使文学实现了对这一欲望禁区的纵深挺进和突围,从而使他们的小说具有了一定的"发现"意义。可是,另一方面,走进文本所构筑的这个金钱物欲主宰时空的欲望世界,目睹人们对金钱物欲由往昔"阿堵物"的不齿、不屑之态,转而不惜一切地拼力追逐、甚至是全然不顾地顶礼膜拜;目睹金钱物欲赫然撤去了掩面千百年的历史屏障,一跃跳到历史的前台,继而,堂而皇之地俨然成为人们言行举措评判选择的唯一标尺,甚或成为凌驾于道德伦理乃至法律之上的人生最高信条……何顿、朱文、邱华栋等人对这个时代的直接书写,充溢着生动恣肆的商品拜物教与消费主义至上的物欲图示。"这是一个只有外表而没有内在性的时代,一个美妙的'时装化'的时代,一个彻底表象化的时代。后来者既然捕捉不到'宏伟的意义',他们也只能是面对现实的生活表象展开叙事。事实上 20 世纪 90 年代崛起的一批作家正是以他们对表象的捕捉为显著特征,对表象的书写和表象式的书写构成了他们写作的基本法则。"①

---

① 陈晓明:《表意的焦虑》,中央编译出版社 2003 年版,第 143—144 页。

掩卷而思,不由不让人喟然发问:这究竟是怎样的一个时代呵?! 对此,张欣在《掘金时代》中就曾发出这样的感慨:这是一个“一切都不再神圣的时代”,“真正的现实是金钱意识充斥着所有的空间”。在《格格不入》中她又这样写道:“物质世界实在是一个吸引力巨大的磁场,只要你不是生在蛮荒之地,不是刀耕火种、目不识丁,就难免‘求不得’之苦。”“60 年代”小说对金钱这一物欲书写的日常生活叙事向我们表明,正是在这样一个物欲横流的年代,金钱物欲作为人类的基本欲望之一,在以赢利为目标的市场经济中,不断被市场所刺激、调动,从而成为一种强大的驱动力,以至可以左右人的命运,进而成为现代都市人无可逃避的一种宿命。但是,物欲真的已经成为现代人的一种“宿命”吗? 还是说,在“60 年代”小说中近乎极致的物欲书写中,让人感到了“无人可逃避的一种宿命”?

米兰·昆德拉说:“小说不是研究现实,而是研究存在。”令人欣慰的是,尽管 20 世纪 90 年代活跃于文坛的“60 年代”如此这般喧嚷拥抱世俗欲望、放弃精神高地,当他们进行欲望的极致书写时,实际上却并没有排斥体现精神深度的人文思考。法国新小说派作家罗伯·葛利叶曾说:“每个社会、每个时代都流行一种小说形式,这种小说实际上说明了一种秩序,即一种思考和在世界上生活的特殊方式。”①透过“60 年代”对情爱性欲、金钱物欲不乏夸大的倾力描写,我们可以体味到其在洒脱“穿越都市”、尽情挥毫浮华芜杂欲望景象的背后,还低回着一团对现代都市欲望“反抗的无奈”的复杂思绪。

比如,何顿的都市文本中,叙述者几乎都是知识分子或准知识分子,他们的叙述语调并不是热烈亢奋而是低沉感伤的,有时甚至伴随着一种莫名的失落感和焦虑感,如侯清清的心头一直萦绕不散的忧郁情绪和对少女时代纯真情感的不断追怀(《就这么回事》);何夫在大学同学走后难以名状的痛苦:“我为之兴奋的连续好几个月不能正常入眠的那些……在此之前称得上是一幅美好蓝图的东西,忽然在心里变成了零零碎碎的瓦

---

① 柳鸣九:《新小说派研究》,中国社会科学出版社 1986 年版,第 552 页。

片”(《生活无罪》)。在性欲泛滥的混乱无序中,何顿为真正的爱情也还是留出了最后一块狭小的领地,如大主和桔子(《我不想事》)、侯清清和林仔子(《就这么回事》)的爱情经历,他们虽然都经过了迷惘和困惑的寻找阶段,但最后属于他们的乃是一种内在的生命激情而非纯粹的性伙伴关系。

又如,朱文在《如果你注定潦倒至死》写道:“关键是在外面就没有谋生的心情,那是一种意外的生活,违背常规但是好像感觉是被允许的,同时自己心里也清楚,迟早还是要回到这里来,回到原来那些问题中,逃不掉的,而且也不打算逃掉。”正如霍可海默和阿尔多诺在《启蒙辩证法》中所论述的:“摆脱和逃避日常生活就像私奔一样,从一开始就决定了,一定会回到原先的出发点。”[①]人物心理和行为的如此循环,嘲笑了在路上的文学想象,打破了占据我们心灵已久的存在主义哲学命题,强调自我选择和看重过程的观念已无法解决现实难题。在俗世的厚茧中,无论再如何想逃也逃不脱欲望之手的牵拽。

张欣《岁月无敌》中临终的方佩给千姿的信:“……此行只在挣钱出名,这些固然重要,但更重要的是从中锻炼自己抗拒诱惑的能力,坚持诚实正直的能力,不模仿别人的能力,靠自己双腿走路的能力……”其中流露出了对身处欲望沟壑中的都市人尤其是都市女性的担忧及对现实横流物欲的隐忧。

邱华栋早期作品注重表现在“城市战车”上挣扎的外省青年的矛盾、愤激,90年代中后期的创作则更偏重于对这批外省青年在欲求达成之后的虚无、痛苦情绪的书写。这种转变本身也表明作家并非没有自己的思考,其对都市的认知是真切的而且是不断深入的。特别是他明显受到马尔库塞“单面人”理论的启发而推出面目相类的“城市空心人”系列,从另一角度也显示了作家对现代都市异化人性这一现实的深深忧虑。

从这些文本中可以看到,在欲望持续不断的遭遇受挫和获得满足的交替流动中,随之衍生的还有这般驳杂的意绪和思考,它们零星地点缀、

---

① 〔德〕马克斯·霍克海默、特奥多·威·阿尔多诺:《启蒙辩证法》,重庆出版社1990年版,第13页。

散落在“60 年代”小说丰盈的欲望世界里，低低地言说着欲求的失落、担虑、疑惑和困顿。

三　小结

米兰·昆德拉曾指出：“小说的精神是持续性的精神，每一部作品都是对前面的作品的回答，每个作品都包含着小说以往的全部经验。但是，我们时代的精神却固定在现时性之上，这个现时代如此膨胀，如此泛滥，以至于把过去推出了我们的地平线之外，将时间缩减为唯一的当前的分秒。小说被放入这种体系中，就不再是作品（用来持续，用来把过去与未来相接的东西），而是像其他事件一样，成为当前的一个事件，一个没有未来的动作。”[①]米兰·昆德拉对小说精神的这段批判恰恰适用于“60 年代”都市小说的物欲书写。

毋庸讳言，在当下这个世俗化、欲望化的时代，乌托邦的意义追寻早已成为隔世的风景，同强大的欲望召唤相比，潜留在“60 年代”文本中的如许思绪显得尤为苍白无力，让人感发“存在”之思时不由更添一份“没有过去也没有将来，没有爱也没有恨、没有近处也没有远方”（朱文的《傍晚光线的一百二十个人物》）的惶惑感。然而，我们禁不住要质询：难道生活真的就只剩下物质、身体、欲望，而毫无理想的爱情、精神的家园、诗意的象征、灵魂的寻找了吗？叔本华曾用欲望做钟摆对人类做了一个总结：人生就是一团欲望，欲望不满足便痛苦，满足便无聊。“人生是在痛苦和无聊之间像摆钟一样地来回摆动着，事实上痛苦和无聊两者也就是人生的两种最后成分。”[②]如果人生的最终目的都要通过欲望的满足来达到，那么在这样的满足后，必须面对的是什么？这欲望满足的背后又是什么？人可以用欲望的满足来填满大脑和身躯，可是内心的空虚又如何摆脱？可见，所有的欲望为了摆脱痛苦与无聊的困境，最终必将指向思想领域。

---

① 〔捷〕米兰·昆德拉：《小说的艺术》，孟湄译，三联书店 1992 年版，第 18 页。

② 〔德〕奥瑟·叔本华：《作为意志和表象的世界》，石冲白译，商务印书馆 1982 年版，第 427 页。

俄国20世纪思想家谢·弗兰克亦曾从世俗的角度和生命的自然形态方面指出“实际存在的生活是毫无意义的”，但这并不意味着人生就是无意义的，而是说明人必须克服人生这种自然形态的无意义感。所以，从这一点来讲，笔者以为小说还是应当具有一种“思想性”，即按照陈晓明先生的说法，这个术语通常指与感觉经验和情感体验直接相对的那种有启发性的思考意识和认识的综合体。① 具备了“思想性”，“60年代”都市小说文本所呈示的欲望写作才可能真正触及与生命个体内在的精神联系，从而避免流于镜像式翻拍的表象泛滥，及由此带来的对其个体精神敏感度和穿透力的伤害。

由此通观，“60年代”物欲书写的日常生活叙事，有意逃避超越世俗的种种形而上的追索和规范，在拥入世俗的怀抱中欢舞着欲望的呈示，背对传统意义阐释的写作使之在琐碎的生活场景中踏上了没有归途的欲望之旅。

一方面它真切地展示出昔日颇具制约力的道德、伦理等话语权威无不悄然弱化、甚至失语，而“欲望”却不可遏制地膨胀到了无以复加的地步，“物欲”——不论是情爱性欲还是金钱物欲——在他们笔下获得了本体性的地位，被“去蔽”并重新“发现”“照亮”了自身。与前此相比，“60年代”物欲书写的日常生活叙事在一定程度上体现了某种反叛传统意识形态话语的时代先锋意识。

但另一方面，特别需要进一步明确指出的是，并非所有“60年代”小说物欲书写的日常生活叙事都具有反叛的先锋姿态和人性发掘的深度。而且事实上，随着20世纪90年代以来现代都市商业文化氛围越来越浓重的浸染，小说物欲书写的日常生活叙事在纯粹的商业利润驱使下，变成了一心只为取媚大众而把“小说”沦落为贩卖品的肆意渲染和批量制作。这无疑有悖于当代小说物欲书写的日常生活叙事意义，也抹去了物欲书写立名之初的时代先锋意味，极大地损害着其自身的艺术水准。

---

① 陈晓明：《先锋之后：九十年代的文学流向及其危机》，《当代作家评论》1997年第3期。

第三节 物化表演

马克思曾把人类社会划分为自然经济、商品经济和产品经济三个发展时期，与这三个时期相对应，从人的发展状态看，要相应地经历"人的依赖关系""物的依赖关系"和"个人全面发展和自由个性"阶段。[①] 今天的中国虽是个发展中国家，但在现代化和全球化的潮流中，20 世纪 90 年代中后期尤其 2000 年之后，已经日益成为世界经济的一个热点，西方发达国家在 20 世纪 60、70 年代开始形成的"消费社会"[②]，也被称之为后工业社会、跨国资本主义等等，在当今的中国同样有所显现。于是，伴随着全球化消费语境在中国的逐步确立，当下中国社会正包含着非常丰富的社会因素，这就为其自身复制了一个想象性的幻影，即历时问题的共时呈现状态。随着高速发展的城市化和消费化，拉动内需已成为国民经济发展的重要动力，一些大都市在生产以及消费方面，已与那些发达国家相去不远，消费信心指数较高，已基本具备了"后现代"文化的某些特征，这些高速发展的地区就好像是处于一个发展中国家里的发达国家。中国当代文化日益呈现出消费性的新质。有关"日常生活"与"消费"论题在诸多学科领域引发了人们普遍的关注和研讨。

很多理论家指出，"消费"就其文化意义来看，它使得物品变成了某种符号。鲍德里亚指出，一个物品要成为消费的对象，它首先必须从物品变为系统中的记号，"这种身份转换，同时也包含人与人之间的关系的改变，它变成了消费关系，也就是说倾向于自我消解：人与人之间的关系在物品之中并透过物品自我完成和自我'消解'，而物品则成为人和人的关系必要的中介者，而且很快地，又成为它的代替记号"[③]。因此，消费行为已经不是一种单纯的和满足需求的"被动"程序，而是一种"主动"的关系模式，这不仅仅是人与物品之间的活动和全面性回应，恰在这一消费上，

---

① 叶南客：《边际人——大过渡时代的转型人格》，上海人民出版社 1996 年版，第 201 页。

② 〔美〕詹姆逊：《文化转向》，胡亚敏等译，中国社会科学出版社 2000 年版，第 21 页。

③ 〔法〕让 · 鲍德里亚：《物体系》，林志明译，台湾时报出版社 1997 年版，第 212 页。

文化体系的整体才得以建立。所以,尽管在吞食性的消费活动中,人们不仅仍会存在着衣食住行的"基本压抑",还有孤独感、厌倦感等"额外压抑",但是从意向性看其具备着一定的想象投射和意识形态的符号化。也正是在这个意义上,列斐伏尔倾向于用"引导性消费的官僚社会"来指称我们所处的时代,他认为在当代社会中,日常生活已不再是"主体性的",因为已经不存在具有丰富的主体性的可能,日常生活已经变成了"客体性的",变成了社会组织的作用对象,更谈不上日常生活叙事"主体"精神的探寻。而日常生活的这一变迁正是通过消费来进行的。

正是在这种现实和理论境况下,当代尤其当下中国大陆小说文本的"消费"特质日益显现,除了如前所述物的"询唤"、物欲书写之外,还呈现出"唯物"性更甚的物化表演的日常生活叙事文本样态。

一　现代化"幻象"的欲望表演

"美女作家"仿佛在一夜之间铺天盖地,瞬间大红大紫,个中主要原因其实并不是在于作家本身。《小说界》1996年起推出"七十年代以后"栏目;《山花》1998年推出"七十年代小说";《作家》1998年7月号推出"七十年代出出生女作家专号";《芙蓉》1997年第1期推出"70年代人",1999年第4期又推出"重塑'七十年代后'",《人民文学》《青年文学》也纷纷打出新人牌。于是,卫慧、棉棉、周洁茹、丁天、李岩炜、朱文颖、魏微、戴来、丁丽英、张人捷、尹丽川、桑邑等70年代出生作家集体亮相得以一夜成名,并迅速被媒体包装纳入一种既定的轨道。正像棉棉说的那样,"有各种各样的声音在我周围,这并不因为我是个作家,生活从来就是如此"[①]。

需要指出的是,尽管70年代出生作家中的一部分人表示过自己的小说是为特定的一群人写的,但是相对于"60年代"而言,总体上来看"70年代"的集合与时代风潮结合得更为紧密,意义却散向多元。正如李皖在《崔健与朴树:60年代与70年代》一文中所说:"相对60年代人而言,70

① 庞小培:《我们生于70年代》,中国档案出版社2001年版,第214页。

年代人是一种更纯化的自我关注、怜悯、迷恋和消耗，可能一不小心就会被时代冲走，被潮流或西方世界同化。70年代人是‘新生活’彻底的拥护者。本质上讲60年代人与70年代人都是理想主义者，都面对矛盾。但是60年代人的理想主义有历史和现实的背景，而在70年代人那里，历史背景被抽离了，留下的是个人式的忧伤、抽象的个人与众人之间的矛盾，更多的是一种基于年龄、基于生命本真冲动的无理由的冲撞。”[①]尽管“70年代”曾经接受过为了实现社会主义现代化建设而奋斗，为了崇高理想而献身的教育，但在现实中指导其思想行为的精神导师还是时代。跟随并身处前所未有的改革开放时代，“70年代”比“60年代”更早也更普遍地认同物质利益，更多地关注自我。他们常常为人生的低潮感动，常常背负着想象的重负。就像卫慧在《像卫慧那样疯狂》中说的“对一切都有热情对一切又都能很快厌倦……抽太多的烟、喝过量的酒、谈一场没有爱情的恋爱、做一次没钱的流浪者、孤独清高超越于人群之上其实最后又混迹于人群之中……”[②]如果说“70年代”登场之前，物欲书写的日常生活叙事样态已经被各种自在意义上的“欲望”所充溢，“欲望”（包括与之相联的人的身体）被处理成人的“本质”的一个相当重要的组成部分，特别在“60年代”日常生活叙事中有时候欲望甚至就是“人的本身”，“欲望”（“身体”）从而成了“人性”一面高高飘扬的旗帜，进而鼓励并控制了很大一部分的小说写作，物的欲望化叙事达到一种极致的书写，那么“70年代”笔下则各自拉开一道欲望表演的帷幕，从而上演出种种具有去历史化趋向意义和时尚化呈示效果的物的叙事样态，比如《像卫慧那样疯狂》《上海宝贝》《糖》等。

“70年代”这种物化表演首先体现在其欲望叙事发生场景的时尚化。作别了一度作为20世纪主流意识形态组成部分的劳动美学及其所代表的轻视物质享受的价值准则之后，“70年代”小说中，人物的生活场景很难再见到诸如田野、乡村、工厂等等孕育了劳动美学的场所，几乎都聚集在大大小小的西洋餐馆、迪厅、高级百货商场、幽暗不明的另类酒吧，最起

---

① 天涯之声 http://www.tianya.com.cn/cgi-bin/tyzs/content.asp? no=200107260005。

② 卫慧：《像卫慧那样疯狂·后记》，珠海出版社1999年版，第248页。

码,也是一间被装饰得合乎女主人个性的“自己的房间”,这些场景闪烁着五颜六色的灯光,将女性身体牢牢吸引,与名牌衣物和炫目的物质追求一道,装点了个体的日常生活,或者说,它们就是这一时期年轻女性向往的生活本身。“首先我是个女的,其次我才二十出头,在这种年纪的妙龄女郎通常该想些别的有意思的事儿,比如染发、真丝胸衣、男友、明星照、CD、口红、舞会、脸上的疙瘩、减肥,没有抽水马桶的生活无法想象。”①

于是,在一系列具有展览兴味的场景中,物化的不只是现实的景物,还有女性的身体。正是在身体的呈现过程中,集中而突出地标示出“70年代”“美女作家”的小说日常生活叙事物化表演的特质。其中,卫慧的《上海宝贝》可谓最典型地体现了这一点。《上海宝贝》的核心故事是倪可在与代表肉体的马克和纯粹精神性存在的天天之间痛苦犹疑,为这个核心情节营造氛围的,则是她与她的女性朋友们所出入的各种光怪陆离的场所(倪可与马克就相识于酒吧)。倪可“时时为自己的外貌能满足男性对女性的审美要求而自鸣得意:‘对于众多男人来说,我算得上春光艳艳的小美人……’有了消费的本钱,还必须有可被消费的商品”②。正是这些“70年代”作家笔下比比皆是的倪可们活跃在城市最易刺激想象力的地带,她们往往穿着华而不实的高跟鞋,洒上来自异域的名贵香水,从内而外挂满了拥有昂贵符号价值的名牌衣物(比如被反复提及的CK内裤),这一切,都给读者留下了深刻的印象。穿梭于都市,她们如鱼得水,然而一旦离开消费所代表的都市生活,离开由物质簇拥着的情调和现实享受,这些女性则几乎寸步难行,她们用一份份即兴书写的青春宣言表达了对消费生活方式的由衷赞美与毫无保留的热情,“我们的生活哲学由此而得以体现,那就是:简简单单的物质享受,无拘无束的精神游戏,任何时候都相信内心冲动,服从灵魂深处的燃烧,对即兴的疯狂不作抵抗,对各种欲望顶礼膜拜,尽情地交流各种生命的狂喜包括性高潮的奥秘。同时对媚俗肤浅、小市民、地痞作风敬而远之”③。可是,透过“70年代”小说

---

① 卫慧:《像卫慧一样疯狂》,《钟山》1998年第2期。

② 王周生:《关于性别的追问》,学林出版社2004年版,第122页。

③ 卫慧:《像卫慧一样疯狂》,《钟山》1998年第2期。

文本中倪可们这份“灵魂深处的燃烧”，最终我们并没有看到自我精神的涅槃，反而是自身灵魂的烧噬殆尽。

因此，对于70年代作家的创作，研究者的评价大多持批判态度，除了宋明炜、王纪人等认为卫慧等人的写作只是招牌式的时尚写作，“时尚写作不仅以时尚为内容，更进一步把写作作为时尚，以惊世骇俗的笔调写惊世骇俗的生活方式以惊世骇俗”①。赵栩认为卫慧、棉棉等人的写作无所谓“现实关怀”“人文关怀”，“而是一种塑造个人性格、展现私人隐秘的手段。创作往往采取准自传体，以第一人称貌似真实地讲述个人经历、经验，或虽采用第三人称，但仍努力将人物的经验与作家形象重叠”②。“70年代”小说文本中的确出现过大量放纵欲望、拒绝灵魂的片段，但是否可以断然认定这些一定都是源自作家个人现实生活经验本身？对此，笔者以为或许未必尽然，而且也不是本论所关注的问题要义。值得一提的是，倪伟在《论“七十年代后”的城市“另类”写作》一文中，对此曾作过相当精辟的分析：即使在这些“人的本身”的叙述中，“身体”也不是那样“纯粹”，而是印满了各种各样的意识形态符号，“身体的‘抽象化’只被用来拒斥一切社会性意义，而对物质享乐却从来是甘之如饴，其实这种享乐也不是纯物质性的……它需要借助各种符号的力量来获得快感，而这些符号所指向的正是中产阶级的优越、体面的生活”，换句话说，它同样是某种意识形态“驯化”的结果，这种“驯化”使得“欲望”的“解辖域化”能力逐渐丧失，“也就注定了身体在日后必然会回归到社会之中，而且会变得比以前更为驯服”，所以说，“这样的个体正是消费主义意识形态所召唤的‘消费者’……构成了消费社会时代的主流”。严格地说，所谓“内部/外部”只是一种批评理论叙述的“幻象”，从来就没有一种“纯粹”的“人的本身”的写作，“叙述”总是根植在历史和文化之中，是一种特定的社会历史中的建构，并且与权力、阶级、种族、国家等种种社会因素纠结在一起，本身就是一个复杂的政治场域。因此，所谓“纯粹”，所谓“内部/外部”，永远都只是一个文化政治的“借口”，而且，永远和对不同的“外部”的“拒绝/认

① 王纪人：《个人化、私人化、时尚化》，《文艺理论研究》2001年第2期，第47页。

② 赵栩：《女性文学与“70年代出生女作家”的讨论》，《中国女性文化》第1辑，第24页。

同"纠结在一起。在这个意义上,消费主义又与政治结下了不解之缘,消费空间、个人消费行为中的认同等私人体验本身也都变成了一种政治力量。吉登斯称之为"生活政治",这是相对于解放政治而言的,因为它并不主要关涉为了使我们作出选择而使我们获得自由的那些条件,它只是一种选择的政治。而学术文化界有关中国社会发展转型方向与目标的主流观点即所谓的现代性规划,按照香港学者金耀基的看法,那便是中国实现现代化的过程,是中国唯一的出路,"这也是全世界所有古老社会唯一可走并正在走的道路"①。

比如,韩少功《暗示》中的《时装》。也许,它能告诉我们"欲望"是怎样被历史和文化"设计""制造"出来的?"我重返太平墟的时候",发现"乡村首先在服装上现代化了,在服装、建筑等一切目光可及的地方现代化了,而不是化在看不见的抽屉里、蚊帐后以及偏房后房中。他们在那些地方仍然很穷,仍然暗藏着穷困生活中所必需的粪桶、扁担、锄头、草绳以及半袋饲料什么的",但是,"穿上现代化的衣装之后,他们对我的落伍行为大为困惑,听说我愿意吃本地米,有人便大惊:'这种米如何咽得下口,我买了二十斤硬是吃不完',听说我的小狗吃米饭,有人也大惊,说他们家那只小洋犬只吃鸡蛋拌白糖,吃肉都十分勉强,对不入流的米饭更是嗅都不嗅。在这个时候,如果你想从他们嘴里知道他们的父辈如何种粮、如何养猪……从而使他们能穿上时装,你肯定一无所获。他们……不愿意说道那些与时装格格不入的陈谷子烂芝麻"。在这里,我们可以感觉到,"时装"已经成为一种符号,隐喻着与"现代化"相关的种种新的生活方式,同时建构起"一种幻象",是"个体与其真实存在条件的想象性关系的一种'表征'",按照阿尔都塞的定义,这就是"意识形态"。正是在这种"意识形态"的"召唤"下,对新的生活方式的占有"欲望"就这样被"设计""制造"出来,这一过程使得文本日常叙事便同时具有了"表演"的味道。

① 金耀基:《从传统到现代》,引自刘小枫:《现代性社会理论》,上海三联书店1998年版。

二　消费都市“拟像”的仿真[1]表演

“现代性分派给劳动的主要职能是给予民众身份、社会联系、社会职责：你为谋生所做的就是你的身份。相反，在后现代栖息地，你购买的东西是你的身份。”[2]因此，在这个意义上讲，有人说在当代意识形态已经终结，实际上，终结的仅仅指政治意识形态，而一种新型的意识形态已经取而代之地迅速崛起，这就是所谓的消费意识形态。

杨映川的《做只鸟吧》，讲述了果果和树子两个女孩之间的情谊，人物设计上采用了最平常的二分法，一个独立自主保持了人格的尊严和完美，一个在物欲社会逐渐沉沦最终走向毁灭。人物的设置和情节的推动表明了作者自身的矛盾性，既期望抵抗消费社会的诱惑，但消费社会的审美原则已经成为主宰，除了毁灭个人无法挣脱。作为画家的果果以树子为模特作了一幅真人大小的肖像画，“里面的树子美目流盼，翩若惊鸿，一只玉手抚摸着自己的乳房，乳房上面有一圈明显的齿印，让人想入非非。果果说这幅画应该还有一个标题叫‘谁干的？’树子说不是你干的吗？说完她们就笑了起来，把这幅和真人一般大小的画，挂在床头。果果和树子每晚都靠着画上树子的大腿入眠。”[3]虽然作者希冀通过果果来反抗消费社会物的本质，但不幸的是她并未挣脱消费文化的原则，文本中对树子形象的描绘带有典型的玩赏、观看、猎奇的物化特点，画面上的树子更是成了一个纯粹被观看的客体对象，仿佛绣在屏风上的金丝鸟，美则美矣但没有生命。而画面的形式和美感更是一种广告式的，其创意跟都市街头许多暧昧挑逗的广告有着惊人的相似。果真，树子的肖像画最后挂在大街上成为某个商品的广告形象。从人到身体、到画中形象，最后成为广告形象，美丽的树子最终成为飘扬在街头的平面广告，人的物化、商业化的过程就此完整呈现。在这个过程中，艺术仅仅是物化包装的手段而已，根本

---

① 该词这里取意重在强调“现实”的被虚构性。参阅陈晓明：《仿真的年代——超现实主义文学流变与文化想象》，山西教育出版社 1999 年版，第 27 页下注解①。

② 〔英〕丹尼斯·史密斯：《后现代性的预言家齐格蒙特·鲍曼传》，萧韶译，江苏人民出版社 2002 年版，第 183 页。

③ 杨映川：《做只鸟吧》，《花城》2000 年第 3 期，第 193 页。

不具备救赎、升华的意义。但是,无可否认小说叙事的美感。正如陈晓明先生所点评的:"如果认为杨映川描绘的这个封闭的女性世界也充满了欲望或色情,那就错了。这个女性的童话世界也是一个女性的唯美主义世界,所有关于果果和树子的身体的描写,不是导向肉欲,而只是意指着一个超凡脱俗的唯美主义世界。"①

又如,张抗抗的《作女》小说结尾处,公司的产品发布会简直就是一个服饰展览会,生动画出一幅别样亮丽的都市风景线:柔媚华丽的软缎旗袍、黑色丝绒的晚礼服映衬着高耸的发髻、白皙的脖颈、丰润挺拔的身姿,一幅典型的都市华服美人图。但作者的用意并不在此,真正的主角是色彩纷呈、形态各异的玉石。它们各具艳丽形态:茄紫色的蝶形发簪、蓝紫色的珠链、粉色的玉戒、墨绿色的胸针、水绿色的珠子、奶白色的耳垂,材质大相径庭,有红玛瑙、黄琥珀、绿松石、孔雀石等不一而足。质地各异的材料和服装的色彩式样进行搭配,形成完全不同的视觉效果。而在触觉上,服装的质地如同女人的皮肤,成为女人身体的一部分。于是,女人、服装、玉石浑然天成,尤其女性自身在造就都市美丽景观的同时,也完成了将自身置入被展览的同质物化的表演中。

服饰的消费性决定了它的符号性、意义性、象征性,也决定了它先天具备表演的性质。日本学者冈本庆一指出其表演化和剧场化特征:"如果消费并不只是满足欲求的行为,而是表现行为及意义生成行为,那么消费行为便无法在私密的空间进行,它需要社会性空间——基于符码体系的戏剧性空间。适合这种消费行为表演的场所,就是都市核心和商店街。从前的人集中在特定的日子里,借祭奠、庙会、挑起兴奋,浪费钱财,但现在的人则天天少许地兴奋。演出那种祭礼、庙会气氛的,就是都市这个剧场社会的符号空间。"②

值得注意的是,眼花缭乱的服饰大餐秀过之后,让当代人最为感叹的是身体也随之开始走秀。波德里亚曾经将身体称为消费社会"最美的消费品",并指出在破除了禁欲传统之后,女性身体作为性解放符号的重新

---

① 陈晓明:《逃跑的童话——杨映川小说的反现代性取向》,《南方文坛》2002 年第 1 期。

② 王宁:《消费社会学》,社会科学文献出版社 2001 年版,第 194—195 页。

发现以及与身体密切相关的快感原则,都证明女性的身体在现代消费社会中已经成为欲望化和商品化的观赏对象。[①] 在市场化时代,在商业利益的驱动下,女性的身体被作为最有利可图的话语资源加以开发和利用,并成为最具有市场价值的促销符号。在这种商业化的情境中,一些市民小说也自觉不自觉地精心打造女性美丽的躯体形象,使之成为文本中一道靓丽的观赏景观。女性作家在塑造女性形象时,出于对女性一种情不自禁的偏爱,也出于对笔下女性形象的职业、身份考虑,总是将她们的形象塑造得美丽动人。例如,张欣向来倾心塑造白领丽人,她笔下的职业女性大多天生丽质,姿容清秀可人。《首席》中身着低胸露背晚礼服的梦烟“俏丽的双肩,温柔的两臂均裹在一层薄如蝉翼的黑纱里,透出她凝脂一般的皮肤,多出一份与众不同的神秘。她的秀发全部梳了上去,有意掉下来的丝丝缕缕的发丝恰到好处地衬出她的妩媚”。《亲情六处》则刻意突出了简俐清的时尚和性感:“穿一件红色的低胸无领吊带背心,外罩一件白色棉质大尖领衬衣,衣袖是三截式,喇叭口绽开。露出里面层层叠叠的花边。她似乎是无意地敞着领口,鲜艳的酥胸仿佛随时都会喷薄而出。”一个妖媚迷人、周身散发着蛊惑人心的性感魅力的时尚女性形象跃然纸上。这里,在消费文化语境的景观社会里,身体已然摆进面向社会的橱窗,并在消费的意义上一再成为被观赏、被展览的对象,服饰自是与之比拼不过而反退其后。看似女性自身的呈现,但这种“女性话语”的实现却恰恰投合了男性窥视的消费话语逻辑。尤其在“70 年代”作家笔下,身体早已丧失了写作的革命意义,她们的小说叙事所实践的只是“将女性和性解放混同,使它们互相中和。女性通过性解放被‘消费’,性解放通过女性被‘消费’”[②]。因此,乍一看来,似乎是女性获得前所未有的解放,但实际上却再次被消费这一新的意识形态所俘获,正是在这个消费最为吊诡的地方,女性的呈现继宏大历史话语之后,再次被新的消费话语意识形态所遮蔽,这一点格外需要我们引起足够的警惕。

---

① 〔法〕让·波德里亚:《消费社会》,刘成富、全志刚译,南京大学出版社 2000 年版,第 98—104 页。

② 同上书,第 159 页。

事实上,在都市同样遭遇消费文化的物化境遇的,不止于此,甚至还囊括了人的“个性”。这当以“80后”小说日常生活叙事最具代表性。“80后”文学的最初起步,是1999年《萌芽》杂志社为提高杂志的销售量而与数十家全国重点高校联合组织的“新概念作文”大赛。大赛由著名作家和高校学者担任评委,倡导与高考作文模式不同的“新思维、新表达、真体验”的文风,并奖励获奖者保送重点大学,这大大吸引了许多家长和中学生的目光,经过众多媒体的宣传和炒作,这一赛事被誉为“中国语文的奥林匹克大赛”,成为无数怀抱文学梦的中学生心驰神往的比赛。后经过杂志社策划和包装统一出版了获奖作品集,并陆续推出了许多“80后”文学作者。当下文坛风头正劲的韩寒、郭敬明、张悦然等“80后”文学作者,有相当一部分是新概念作文大赛的获奖者。“80后”最初现身文坛,以2000年5月韩寒的《三重门》出版为主要标志,那时崭露头角的作者还是个别和分散的现象。进入新世纪后,依赖网络和《萌芽》杂志两个平台,“80后”文学新的作者层出不穷,新的作品不断涌现,恭小兵(一个生于20世纪80年代的自由撰稿人)在他的一篇文章中首先提出了“80后”这一概念,使这一代人的文学有了命名。2004年2月2日,“80后”文学作者春树的照片登上了美国《时代》周刊亚洲版的封面,与另一作者韩寒一起被称为中国“80后”的代表,这一事件引起人们对“80后”文学及作者的关注,关注迅速从网络圈子上升至读书界、文学界,这一年被媒体称为“80后”文学年。从此,“80后”文学是指出生于1980—1989年的写作者的作品(简称“80后”文学),成为这个命名的定义。2004年7月19日,中国文联出版社主办、“苹果树中文原创网”策划编辑的“80后读者见面会暨《我们,我们——80后的盛宴》(“80后”文集)首发式”在北京举行,73位“80后”作家集体登场,当天下午中央电视台《读书时间》栏目制作了一档名为“恰同学少年——关注80后的一代”专题节目,以上可以视作国内媒体为“80后”文学登场的一次造势运动。2004年11月,“中国当代文学研究会”在北京语言大学会议中心举行“走近‘80后’研讨会”,这是学术界第一次正式直面回应“80后”写作现象,相当于文坛接纳和关注“80后”文学的集体宣言。至此,“80后”文学局面形成,完成了由网络的自发写作、零散写作向文学群体的过渡,正式进入文坛。

可见,与“70 年代”一样,“80 后”之所以获得文坛命名并迅速走红,其主要原因也不在作者本身,而是很大程度上凭借消费文化语境中诸媒体联手精心打造。事实上,对于“80 后”而言,写作并不是他们安身立命的职业,而只是他们喜爱的一种表达方式而已。因此,对于“80 后”的写作者,笔者更同意梁晓声的看法不把他们称为作家而称他们为“写手”,也是在这个意义上,“80 后”写作更是一种具有文化意味的文学现象。

正如“80 后”的陶磊在《后纯真宣言》[1]中所指出的:“我们不是纯真的一代,我们是后纯真的一代,因为我们生活的年代已经不是纯真年代,而是后纯真年代。‘后纯真’不是‘反纯真’,不是污秽的代名词,而是曾经沧海的拔高与扬弃。我们不是纯真一代,但是我们从骨子里比你们任何人都想纯真,而且比你们任何人都更有资格追求纯真,甚至可以说,我们才是真正纯真的代表。”“灯光打过来/没有话筒我们自己掰/请摘掉过滤镜/这里拒绝肤浅/我们不戴面具也不穿制服/我们不充大人也不扮小孩/现在/大戏就要上演/戏名叫做《后纯真年代》/所有的虚伪将被扫/所有的铜臭将被抽干/台上和台下的座位都还没订满/想上就上来/您爱看就看后纯真年代的宣言。”“80 后”的韩寒、郭敬明、张悦然、春树等人,他们的文学写作才华和他们那些有广泛影响的作品,如《三重门》、《幻城》、《葵花走失在 1890》、《北京娃娃》等,大都有着饱胀的性情、飞扬的个性特征,凸现在文本日常生活叙事中。例如,《北京娃娃》中的那个“春树”,是一个更为个性化的“我”,她“奋不顾身而盲目”地追求爱情,一次一次地进入而又逃离。其实,她从未弄懂爱情是个什么东西,性情和自由付给青春以痛楚,但她依然故我,孤独前行,为了追求自由而付出了非常代价,不仅任性,而且任情,没有理性深度。

又如,韩寒《三重门》中的林雨翔,严格而繁重的学校体制生活被他的个性改装为一种的有趣生活。他的《长安乱》中的少年主人公释然,则

---

① 陶磊:《后纯真宣言》,http://www.sina.com.cn 2003/01/27 15:09 新浪文化。

从一开始就不是一个生长在无忧无虑的童年旷野上的纯真少年,正如师父赐予他的名字,包含着许多说不清的含义。“我出生未知,父母不详,却不知为何有一个师父。我从小受困,四面高墙,一样不知为何。我懂事的时候命运安排我目睹武林中最浩大的一场比武。”虽然一生下来就没有父母的管教,但还是必须生活在师父的教导之下。即使逃离了高墙,那把师父让他携带的神秘宝剑还是将少年囚禁在自由之外。

需要说明的是,对校园教育的态度一如其文本所呈现的,韩寒只是不喜欢,却并没有因此和教育过不去,更没有如后来媒体和“韩迷”们所夸大的那样要反叛整个教育。如韩寒对网友所说:“我并没有对抗,只是把该说的说出来而已。”[①]或者说,韩寒只是不能实现自己“后纯真”的生命形式、生活方式与现行教育模式相调和。他无力改变教育的训导——对素质教育韩寒早已不抱希望,但也无计让教育驯服自己,仅此而已。韩寒的《三重门》《长安乱》等所写、所说的往往因为更多戏谑反讽,从而在叙事指向与意义上看,大多不是明确寄意个性张扬意义的“事情”,而只是止于文本表述自己心气的“事件”。

如果说韩寒围绕着读书“事件”写下一份青春的释然,那么同样记写校园时光的郭敬明、张悦然则喋喋不休地倾诉着那份难以释然的生命忧伤。“我的生命是从一场漂泊到另一场繁华或者苍凉,我停不下来。”于是,我们可以看到他们的小说文本中表达情绪、感觉等感性体验的描写大量存在,几乎没有“泪水”不成篇章。比如,郭敬明的《爱与痛的边缘》《幻城》《悲伤逆流成河》,周嘉宁的《夏天在倒塌》,叶子的《苏苏的幸福开始》等大都散发着或浓重、或淡然的青春忧伤。

“80后”小说的日常生活叙事,尽管我们从中很难感知到某种“历史”关怀,而多展示为一种无语的历史空白,常见的是一种“青春”世界的“个人”的自话自语。然而,无可否认的一个阅读直感是“80后”大多数小说日常生活叙事文本并没有足够的辨识度,从而让人不免产生某种书写的雷同感。这一点同样表现在他们的小说文本大量存在着相似甚或相同的

---

① 韩寒作客新浪网嘉宾聊天室实录,新浪文化 http://www.sina.com.cn 2001/12/21 18:28。

用字修辞等叙事语言上。而且,不只见诸不同作家文本之间,即使同一作家亦有此状况。对此,论题所限,笔者暂且不作具体的个中原因分析。但是,这一情况或许可以视作新的社会历史语境的某种症候性隐喻,即标示出“机械复制时代”这一全球化消费文化语境的到来。如果这一说法可以成立,那么是否可以进一步说,“80 后”正是以一种近乎历史意义空白的感性文字书写方式,喻示着当代小说某种新的物的叙事质素的孕育?这里,仅仅只是从文本的叙事表征而非叙事意义上看,“80 后”小说文本的日常生活叙事无疑打印着十分鲜明的“个人”性。正如张颐武先生所指出的:“‘80 后’更注重个性的自我完成,更注重自我感受,对于人类的普遍问题有相当的关切,但对社会规范的尊重和力争上游的斗志却并不充分。他们的价值观和前辈之间存在一些差异。”①

然而,“个人”性在消费主义的语境中,反观先前一度推崇的写作的“个人”化以及由此确认的“个人”与“社会”的二元对立逻辑关系,却不由不提出质疑:消费主义社会中是否存在所谓的纯粹的“个人”?“个人”又怎么可能完全对立于“社会”而存在呢?或许,我们可以说的只是在何种意义上、多大程度上存在的“个人”?而且,“个人”与“社会”也并不是决然二分那样简单的关系,恰恰相衍相生?换句话说,“个人”化恰恰不是“个人”的,而是具有“社会”性的。这个吊诡的地方就在于个人化其实已经被蔓延开去,当全部打上“个人化”烙印的时候,一种特殊就成了普遍,或者说是一种社会化的个人,或个人的社会化?随着市场消费的进一步强化,这个问题演化得更加公开而隐秘。特别进入“新世纪”,在各类大众传媒不约而同的倾力打造下,日常生活的内容变得日益纷繁,不同的阶层形成了自己不同的日常生活,“日常生活”这个词越来越具有了多面性,但是不管怎样不同,主流、民间甚至“草根”底层,所有人的理想似乎日益趋同于一种中产阶级的生活模式,这种生活越来越被各种力量精心打造成了大众对(理想、主流)生活的一种理解?然而,个人认为,“日常生活”在这个意义上,与其说展示了其所是的存在,不如说照亮了非其所

---

① 张颐武:《80 后寻找超越平庸的空间》,《黄河文学》2007 年第 12 期。

是的另面。任何一种极致状态在现实层面都是不存在的,一旦存在那就意味着谬误的同时显身。所以,真实作为一种真理同样无法也不可能真的现实把握,但并不是我们就落入虚无,束手无策、浑浑噩噩、坐以待毙,因为求真的意志、向度是始终存在的,可以追寻。同样的道理,"日常生活"怎就会等同于"现实",怎就和"社会""意识形态"构成了所谓的二元对立关系?即使当我们在言说自新写实小说以来的诸多日常生活叙事样态、直面文本"现实"时,也不禁困惑:似乎不经意中,自然而然我们就会把文学作品所谓的"日常生活"(吃喝等衣食住行)等同于生活、现实本身?其实,头脑冷静下来,仅凭常识我们也会知道现实是丰富的,绝非仅有衣食住行,毕竟人之为"人"是有理性的。

三　小结

吉登斯在《失控的世界》里说:"我们有更充分、更客观的理由认为,我们正在经历一个历史变迁的重要时期。而且,这些对我们产生影响的变迁并不局限于世界的某个地区,而是几乎延伸到了世界的每一个角落。"20 世纪 60 年代开始,随着现代科技的高速发展,西方社会进入一个全新的社会阶段——"消费社会"。"消费社会"的出现,使社会学家从传统的"生产"视角转向了"消费"。用"消费社会"来界定当代社会状况的波德里亚认为,"如果说有一样东西是马克思所未曾想到的话,那就是释放、耗费、奉献、挥霍、游戏和象征"。根据他的分析,当代社会与以往社会的根本区别并不在于生产力、生产方式或生产工具的变化,而在于人们关注的重心和生活的重心均从"生产"转向了"消费",人们不再为生产中的问题所困扰,而是被以供消费之物紧紧包围,在这样一种社会状况中,不是生产带动消费,而是消费促进生产,整个社会是以消费为轴心来运转的。

随着 20 世纪 90 年代尤其新世纪以来,中国的城市化进程加快,全球化浪潮一浪高过一浪,当下中国社会已然处在消费文化的语境中。如果说在"生产"唱主角的以往社会里人们更注重由工作、信仰等内容组成的"非日常生活"的话,那么在"消费"挑大梁的今天,人们更倾心的则是由休闲时间、个人享乐等内容组成的“日常生活”。改革开放以后，随着国家经济水平的发展和社会开放程度的提高，中国人的消费结构和生活方式悄然发生改变，“日常生活”在整个社会中所占的比重越来越大，尤其是1995年开始实行的“双休日”新工作制，使人们的工作时间相对减少、闲暇时间大幅增加。据有关研究报告显示，“工作”这一非日常生活活动在城市居民的生活中所占时间比例是21%，“个人生活、家务劳动”等纯粹的日常生活活动所占时间比例为54%，闲暇时间比例为25%。虽然闲暇时间的可支配自由度比较大，但同一篇文章的资料显示，人们业余时间的常见活动主要集中在看电视、打麻将、逛商场、唱卡拉OK、外出旅游等项目上，很少涉及政治、宗教、哲学等非日常生活活动。更为重要的是，人们的休闲观念发生转变，从传统的“休闲只为恢复体力”转向对休闲活动本身的高质量需求，换句话说，以前人们把日常生活中的个人再生产和业余休闲看成是为“工作”这一非日常生活行为服务的工具，现在则反其道而行之，认为工作是为了拥有更多的闲暇时间和更好的业余生活，“日常生活”本身的重要性日益凸现。

消费社会，日常生活的审美泛化，则消解了实在世界与虚拟空间的界限，打碎艺术与日常生活的边界，进而掩盖或削平一切差异和矛盾，最终使得美学化也成为一种遮蔽本真现实的媒介，即美学也商品化、消费化了。商品的符号价值决定了一切，所谓的生活的艺术化也只是鲍德里亚所说的“象征性交换”而已。此时贝尔所言的“有意味的形式”沦为空洞的“拟像”，对现实世界进行歪曲、美化，这种景观社会被居伊·德波称之为“永恒的鸦片战争”①，人们被催眠被麻醉而不自知，这跟中国传统审美理想完全不可同日而语。也就是说，现代社会所谓审美泛化，其本质即是现代生活的商品化。在生产—消费—流通—分配的生存基本秩序中，主体性的产品（比如文学、艺术、电影等）也只是消费链条上的一个环节，是符号链条中的一环而已，所以自律原则必然走向市场的他律原则，其所蕴涵的伦理的、审美的、思想的内涵都变得无足轻重。蒙克的《嚎叫》成为

① 转引自金惠敏：《图像增殖与文学的当前危机》，《中国社会科学》2004年第5期，第167—178页。

著名的广告商品,海德格尔“诗意地栖居”成为地产商推销商品房的响亮口号。小说日常生活叙事的种种,甚至连同其反映的生活本身都一起落入消费主义的视域中,成为一种“拟像”。

正是消费文化的大潮催生了新型的艺术方式,又改变了“文化策略”。面对当下“唯物”的种种文化景观,回首凝视 20 世纪 80 年代中国文艺的现代化之路,其主要表现为大量引进西方文艺理论与思想,努力把中国文艺纳入西方轨道。于是,一方面,较之先前唯物的小说日常生活叙事为我们提供了无可否认的新的美学质素,另一方面随着消费文化中物的步步深化,同样不可否认日常叙事的日趋物化使得小说文本呈现出西方后现代消费文化意义上的复制感,出现一定程度的文化失根所带来的迷失,即表现出对传统文化资源的抛弃,但却既未达到国际化目标又失去了本土化、民族化的特色。可见进入 20 世纪 90 年代,消费文化成为新的话语资源和文化策略消解了政治神话,但这个出口和道路看来并不能解决文学真正面临的问题,从政治话语的权威中挣脱出来,却落入了消费主义的泥潭,审美被消费所左右甚至被替代,这是当代小说美学的尴尬和无奈。

第二章

日常生活叙事的话语想象与实践：物的肯定与质询

日常生活世界是一个文化世界，“它之所以是一个文化世界，是因为对我们来说，这个日常生活世界从一开始就是意义的宇宙，也就是说，它是一种意义结构(a texture of meaning)”[1]。在当代学术界，文化研究是一个热点。但这个“文化”和自梁启超以来中国知识分子一直反思的“文化”已经相去甚远了，汪晖先生在《90年代的文化研究与文化批评》一文中，对这两种文化的内涵作了具体区分：“从‘五四’到80年代，文化概念始终与传统概念联系在一起，中国文化的概念也多半指的是中国的传统文化。把文化概念与传统概念相关联的结果之一，就是将文化放置在与未来的时间关系中，从而在方法论上自然地显示出文化进化论的前提：文化上的长期的、方向性的变化，表示社会结构自简单向复杂发展的过程。把东西文化的差异与现代化相关联的结果之一，就是将文化、特别是传统文化视为社会变迁及其方向的主要动力和决定因素。”[2]这个文化概念，是在“传统文化/现代文化”和“东方文化/西方文化”的二元对立框架中展开的，它“主要指的是一种精神、一种价值体系”。“核心的问题是中国文化与现代化的关系，即中国文化能否适应现代化的要求，抑或它是现代

---

① 〔匈〕阿尔弗雷德·许茨：《社会实在问题》，霍桂桓、索昕译，华夏出版社2001年版，第37页。

② 汪晖：《90年代的文化研究与文化批评》，《死火重温》，人民文学出版社2000年版，第377—378页。

化的阻碍?”[①]而当下视野中的文化,内容已经大大泛化了,它是“将一系列具体的当代问题作为文化问题来讨论:消费主义,大众传媒,大众文化,印刷文化,建筑与艺术,全球资本主义的经济活动与文化对话,市场与政治……当代文化研究的中心问题是作为社会再生产过程一部分的文化生产”[②]。

尽管如此,从日常生活批判的角度看,它们还是有很多共同之处。在《文学批评与文化研究》一文中,南帆认为,当代文化研究的创始人之一英国的威廉斯“考察了工业革命至当代‘文化’概念的种种含义。在他看来,各种形式的知识、制度、风俗、习惯都应当视为文化的内容。文化与人们的日常生活几乎是同义的”[③]。更具体地说,各种不同的文化概念,他们有一个共同点,那就是认证文化就是一种生活方式。因此,雷蒙·威廉斯直白地说:“文化分析就是阐明一种特殊生活方式、一种特殊文化隐含或外显的意义和价值。”[④]在此意义上,我们说,无论是在现代性视野中的文化,还是当代泛化意义上的文化,都与日常生活紧密相关,都与人们的具体生活方式高度一致。

自20世纪80年代特别90年代市场经济的确立,当代中国话语中原有的国家现代化自我内部宏大体系的建构愿望,逐渐被中国在全球化进程和世界市场中的特殊“位置”所左右。在这一全球化境遇的机遇和挑战中,“现代化”概念中的时间焦虑感亦逐渐转换为对全球空间的体认,正如阿里夫·德里克所指明的:“……全球化,这在过去的十年里作为一种变化的范式——同时也是一种社会想象——已经取代了现代化。”当今中国经济实现了日益迅猛的发展。于是,原有的民族悲情和挫折感开始逐渐被新的现代性话语想象所替代。中国日常生活的主导意识彻底完成了由“生产”到“消费”的转向。原有的以高速“现代化”为中心,以生产积

---

① 汪晖:《90年代的文化研究与文化批评》,《死火重温》,人民文学出版社2000年版,第377页。

② 同上书,第378页。

③ 南帆:《文学批评与文化研究》,引自金元浦:《文化研究:理论与实践》,河南大学出版社2004年版,第152页。

④ 罗钢、刘象愚主编:《文化研究读本》,中国社会科学出版社2000年版,第125—126页。

累为目的的持续的短缺和匮乏中形成的“节俭”“朴素”的生活观业已被持续的消费梦想所取代。为国家强大而进行的高积累对于日常生活满足的压抑,已经通过“扩大内需”促进经济的话语替代。原来将个人消费的满足无限“延迟”到未来,当下的人应该为未来的人们的幸福压抑自身现实的消费观念已经被工作和勤奋以获得丰富的消费为酬劳的观念所替代。人们对于“闲暇”“舒适”和欲望满足的追求开始完全合法化。“消费”不再是一种次要的和附带的行为,它本身似乎成了人生重要的目的。消费的冲动和欲望的满足似乎成为一种基本的社会驱动力。它建构了迥异于中国“现代化”宏大叙事的新的价值选择。原有的叙事中所强调的牺牲和禁欲的思路似乎被深刻地改变了。这些成为当代中国大陆新的文化前提,由此生成了新的国家—民族的现代性文化认同。而审视这一认同过程,我们可以发现,对于全球化的不同思考和探索以及不同的利益取向、价值取向,支配了现代性想象的不同走向与批判实践。透过当代小说日常生活叙事,我们可以感受到相关的某种症候性表征,尤其在女性“呈现”与话语权力、“文革翻转”叙事与个人记忆、“底层”叙事与城市形象这三大话语场,它们更为集中而明确地透示着也参与进当代中国现代化—全球化的文化想象的建构之中。

第一节 女性“呈现”与话语权力

一 女性之于日常生活话语

20 世纪 80 年代初期,日常生活一度被视作一种精神桎梏,甚至是导致落伍、庸俗、堕落的罪魁。例如刘心武《穿米黄色大衣的年轻人》、陈建功《飘逝的花头巾》。而在那些表现人文主体(具有知识分子身份的男性个体)精神成长历程的叙事中,主体总是对自然、自在性的日常生活保持足够的警觉,而且这一点总是自觉不自觉地激荡于文本的字里行间,从侧面反映出女性呈现与主流意识形态相抵牾的话语底蕴:在张贤亮《男人的一半是女人》中,章永麟刚刚填饱肚子就立即反省,“难道生活仅仅是吃羊肉吗?”同样的,一旦他借助黄香久的身体满足了自然的欲望,便要迅速超越这一欲望,投身于非日常性的公共领域,“在我又成为正常的人以后,我开始拿起笔来”,并最终离弃黄香久,“到更广阔的天地中去倾听人民的声音”。张承志《黑骏马》中的白音宝力格拒绝像索米娅和奶奶那样自然、自在的生存状态,远走高飞去追求“更富有事业魅力的人生”。张承志《北方的河》中的“他”(研究生)终于放弃“她”(女摄影记者)的爱情,独自踏上寻找北方大河的漫漫英雄路……在这些文本中,女性无疑象征一种居常的、庸凡的日常生活状态,对于富有“进步”思想追求的男性来讲,女性的这一特质无疑有阻碍性。因此,这种叙事中女性大多终被抛弃。也正是在这种叙事中,女性被悄悄放逐,“个人主体”尚待觉醒。对此,我们说,20 世纪 80 年代早期,文学一方面对物质性日常生活表现了前所未有的信任,坚信日常生活对主体精神成长的意义,另一方面,又对自在状态的日常生活心存戒心,认为日常生活终会销蚀精神意志。

相对于前此女性悄然被放逐,20 世纪 80 年代中后期新写实小说日常生活叙事中,随着 20 世纪 80 年代后期激进的现代性实践的受挫,日常生活所承载的精神性的因素日益剥落殆尽,“新写实”小说文本的日常生活叙事传达出对“日常生活”的质疑与困惑,比如刘震云“新写实”系列。洪子诚先生这样评价刘震云的小说:“无法把握的欲望,人性的弱点和严密的社会权力机制,在刘震云所创造的普通人世界中,构成了难以挣脱的网。生活于其间的人物面对强大的‘环境’压力,对命运有不可知的宿命感;同时又在适应这一环境的过程中,经历了人性的扭曲。”[1]这一评价是十分到位的。这时期的日常生活叙事不再是以往的“罪感”叙事,而是将“日常生活”在“还原”的意义上去打开和“照亮”。可是,“日常生活”一旦被发现,却有意无意之间,从叙事意义上再度遮蔽了“女性”的自我呈现,使之成为被“强大的‘环境’压力”所指挥的物的意义上的符码,女性之于“日常生活”的“家园”诗意感被剥离,而被“制造”为粗俗的面目。正如刘禾指出的,这些所谓的民族主体根本上是一个男性空间,民族主义将主体位置赋予到男人身上,促使他们为领土、所有权以及宰制的权力而

---

① 洪子诚:《中国当代文学史》,北京大学出版社 1999 年版,第 346 页。

战，而女人并未自动地共享那种男性中心的领土感。[①] 比如，在《单位》《一地鸡毛》《已婚男人杨泊》《离婚指南》《艳歌》以及出自女作家之手的《懒得离婚》《烦恼人生》等作品中，女性的人生完全沦为庸常、琐碎的日常性物质生活的异质同构体，“老婆孩子”成了每一个心仪人文理想的男性主体深陷其中、无以超越的一种纯粹客体化的存在。换句话说，女性的意义，继男权话语之后，又落入了物的日常生活话语权力之中。

新写实小说经典之作《烦恼人生》多聚焦于男性印加厚，其中唯一出现形象刻画的女性形象就是印加厚的女徒弟。但是，仔细读去，只是起到完成对（印加厚）“烦恼人生”主题叙事的必要交代，根本上也只算得是个苍白的符号化的指称，而非“人物”形象。更耐人寻味的是，尽管文本多次提及印加厚的爱人，但我们看到的亦非“人物”，而是对她不堪外貌、世俗言行的潦草勾勒。而这两位女性无疑都是印加厚眼中的形象。谁又能知道这两位女性的“庐山真面目”呢？同样，她们的所谓“语言”也与其说是她们自己的声音，不如说是印加厚的评论？因此，从叙事话语层面看，相对于男性，她们的真实形象几乎被隐匿为一片空白，言说被“制造”（或者说被销匿），女性客观“呈现”的被压制的日常生活话语地位由此可见一斑。可见，《烦恼人生》之于池莉，即使其创作主体的女性身份，小说日常生活叙事也未能生成一种女性的视阈。女性的具体的“人”不见了，而只是作为一个和其他物件一样的符码摆在文本叙事中，把人叙事成了“物”。这里，女性形象的深度物化，透过男权话语的视阈，更折射出自在意义上的“日常生活”这一物的话语对其的“制造”。

可见，这里女性之于日常生活话语，看似体现出一整套正面的现代性反思伦理，由此导向对女性存在的本质主义指认，实际上却是将男权文化对女性的角色定位（例如居家角色等）表述为所谓女性存在的全部生命本相、人性本质，从而借此来寻求自身逻辑的合法性——再也没有比为一种意识形态提供生物学的支撑更能证明其合法性的了。但是正如布莱恩·特纳所言：“妇女的从属地位并非本质的生理结果，而是因为文化把

① 刘禾：《跨语际实践——文学，民族文化与被译介的现代性（中国，1900—1937）》，三联书店2002年版，第285页。

女人的繁衍性阐释为与自然的牢不可破的联结性。当然,‘文化’与‘自然’的差别本身也是文化的产物,正是这种分类图式把妇女归入低级的‘自然’范畴,把男人归入高级的社会范畴。”女性主义学者艾德丽安·里奇(Adrienne Rich)在《女人所生》(*Of Women Born*)一书中,提出母性作为制度、意识形态和作为经验的区分,质疑那种将性别角色看成是生物本能的说法。母亲也好、妻子也好、情人也好,任何一种性别角色身份都只是一种社会建构的要求、一种性别经验。将局部的女性人生角色经验(哪怕这种经验为绝大多数女性人生所拥有)指认为唯一普世性的“生命本相”“人性”,进而演化为一种制度、知识形态,不仅控制文化象征系统中的性别表述,还最终支配日常性别意识,这正是知识生产中的霸权机制的完整运作过程。一如福柯所言:“权力产生知识,这不单是因为知识为权力服务而鼓励它,或是由于知识有用而应用它;权力和知识正好是互相蕴涵的;如果没有相关联的知识领域的建立,就没有权力关系,而任何知识都同时预设和构成了权力关系。”

进一步探寻,不难发现,其实日常生活叙事中女性“呈现”的这一内在的悖论,与现代文化二分规则有着根本的紧密关联。西方现代文化一直支持女性激情、男性理性这样的父权制文化二分规则,“尽管父权制独立于资本主义生产模式,作为一种特定的权力分配,资本主义社会通过提供理性与欲望在公共领域与私人领域之间的空间分布系统地阐明了这种划分,这种划分被家庭和经济之间的分离制度化”。也就是说,西方现代资本主义生产模式使父权制的文化二分原则制度化。男性被认为是理性的,女性则是情感的,而理性化是现代文明史的主题,整个现代文化被技术理性所统治着。这样一来,男性对女性的支配,也就被技术的生产组织合法化。现代社会的理性化与其主流性别意识形态实际上密切相关。

而这一文化倾向的思想资源无疑是多方面的,其主要的思想资源多来自于西方现代思想中的一种批判、反思现代性的理论流脉。马尔库塞、舍勒、西美尔都特别强调女性作为更感性、更接近自然、大地的一种存在,对现代父权制资本主义社会的拯救功能。舍勒说得更加明确,“在历史变易性之界限内,女性类型的任何变化从来没有改变下述事实:女人是更契合大地、更为植物性的生物,一切体验都更为统一,比男人更受本能、感觉和爱情左右,天性上保守,是传统、习俗和所有古旧思维形式和意志形式的守护者,是阻止文明和文化大车朝单纯理性的和单纯'进步'的目标奔驰的永恒制动力"。这样一种对女性看似肯定的价值定位,实际上更强化父权制文化二分规则以及建基其上的刻板的性别象征结构,即男性——非日常性公共领域,女性——日常性私人领域;男性——精神、意志,女性——肉体、情感。但正如这一思想流脉的代表人物西美尔所言:"我们的文化是从男人的精神和劳动中产生,确实也只适合于评价男人式的成功。"当现代文化尚未将肉体与情感纳入自己的演进逻辑时,人类生活依然受组织化、理性化原则操纵,那么,被指认为纯粹的肉体和情感性的女性存在,无疑只能永远被排斥在时代的现代性话语之外,于是在日常生活叙事中我们看到女性的"呈现"作为对于现代性话语的建构和反思,其文化价值意义并非只是单向度的,而是充满着言说的悖论性和荒谬性。这一点在女性之于消费话语的日常生活文本叙事中表现得更为斑驳。

二　女性之于消费话语

在中国现代化话语场阈中,如众所知,新中国成立初期一度重新构筑"东方女性"的神话。而与之并行的另一种话语,即将女性"性化(sexualization)",却相对少有提及。这一话语在20世纪90年代得到迅速回应。20世纪90年代以来,中国当代社会呈现为愈演愈烈的对女性性感与消费性的"女人味"的强调,并日趋形成"女性产业"赖以生长的物质经济基础,铺天盖地的大众传媒,包括某些文学艺术则在文化上逐渐开始这种产业化意义上的女性话语建构。特别是随着全球化消费语境在中国的最终确立,宏大社会历史背景的彻底落幕,文学叙事更加广泛地聚焦于日常性私人领域,叙事主体的精神性丧失殆尽,"女性"的呈现与消费话语越来越明显地纠缠一起,时常让人一时难以理析。

一方面,消费文化"女性产业"化直接或间接地助推"70年代""个人"的"身体写作"(卫慧、棉棉)和"80后"的"个性"写作,以及一些专门迎合“小资”“小女人”口味的小说写作。另一方面，赤裸裸的感性欲望成为叙事主体确认自我身份的唯一途径。比如“60年代”作家的小说日常生活叙事中，感性欲望无疑既是叙事主体，同时也是体验主体，这两种主体身份显然常常合而为一。于是，欲望的满足与否直接导致自我认同的实现和焦虑。而欲望实现的途径便是金钱和女人。女性客体化、欲望化的程度也就成了直接标示男性欲望主体身份的筹码，这样一来，对女性客体化、欲望化的书写便呈现出自中国现代文学以来前所未有的面目。至此，到20世纪90年代小说凸现的物欲书写日常生活叙事主体，已经演化为充满赤裸裸日常欲望化的“个人”。恩格斯曾指出：“在历史上出现的最初的阶级对立，是同个体婚制下夫妻之间的对抗的发展同时发生的，而最初的阶级压迫是同男性对女性的奴役同时发生的。”[①]或许，恩格斯当时并没有具体分析阶级和性别两对范畴的基本差异，因此后人很容易理解成私有制和阶级的出现是性别压迫的根本原因。但是，事实上在祛除阶级压迫的今天，女性再次落入了“消费”这一新的意识形态话语压迫之中，甚至发生了物的同化。

细读90年代小说，我们不难发现这时期小说日常生活叙事中大量充斥着对物的精心打造，不约而同地表现出对“物”的景观意义上的关注，甚或将人的在场排除在外，物在这里不再是任何人或事的背景，而成了其所是的叙事的真正主角。反过来，人被观看、被欣赏意义上的物化世界，我们看到了一种如前所述的物化表演的趋向。这表现在为了强化作品的日常现场感，男作家往往在小说日常叙事中填充城市的标志性符号，各种现代化的建筑、流行汽车牌号和流行音乐等等，试图借以再现20世纪90年代城市文化的一些标志性符码。这方面邱华栋小说日常生活叙事中的表述十分具有代表性。在他的城市美学中，城市意味着300米高88层的望京大厦、带有一个富丽堂皇大堂酒吧的晶都酒店、拥有保龄球星的丽都假日饭店以及赛特购物中心、国际俱乐部、贵友商场、京伦饭店、中国国际贸易中心、6缸的凯迪拉克、奔驰600SL跑车等等。这些现代的城市建筑

① 恩格斯：《家庭、私有制和国家的起源》，《马克思恩格斯选集》第4卷，人民出版社1972年版，第61页。

对邱华栋来说，已经不仅仅是城市的意义符号，也不仅仅是城市日常生活的表征元素，而是本身就构成了整个叙事的巨大动力，本身就构成了小说日常生活叙事文本的主导的审美意趣，甚至本身就膨胀为整个日常生活的表意空间。

如果说男作家这时期多理性地侧重描绘“物”的向外的无限延展，那么与此形成反差的则是以“70 年代”为代表的女作家的日常生活叙事。她们偏于对感性生活的向内的自我偏嗜，总是迷恋在由摆设、时装、首饰、化妆品、宠物、美食堆砌成的物欲城堡中，真正将现实迷失在女性化的物化的世界里。比如，棉棉的小说《啦啦啦》《一个矫揉造作的晚上》《九个目标的欲望》无不充斥着酒吧的室内环境与氛围；周洁茹的《告别辛庄》《我们干点什么吧》《到常州去》则被飘忽的物欲撕扯得七零八落；卫慧的《爱人的房间》沉迷于对房间的布置和对外景不厌其烦的刻画，人物的主体之光在隐晦不明的物体表面的折射下不再闪亮。卫慧的《纸戒指》那枚“古怪而美丽”的纸戒指，以及《黑夜温柔》中“忧郁的柔弱的钻戒”，与其说是它们“宿命般地依附着我”，不如说是它们寄寓着女性的阴柔发出了摄人的魔力。

女性特质，最典型也最具女人味的呈现，常常在她们对服饰的讲究与痴恋中进行。张抗抗的《作女》塑造了两个都市女性的典型，热爱折腾、不肯安分守己的卓尔和按照淑女标准打造自己的陶桃。服装是人的另一张面孔，陶桃长裙飘逸长发披肩，卓尔短发便装两者从外形上形成了鲜明的对照。两个人物描写虽然难免流于脸谱化，但依然具有很强的概括性，尤其是陶桃，是个深谙身体意义的都市女性。“一个现代女性首先要学会对自己的身体投资”，“身体是女人的本钱”，“女人用挣得的钱回归自己的身体，就进入了一个良性循环，那姣好的容貌和身体，才能把丽人的最终归宿，安置得妥妥帖帖”①，所以她一丝不苟地做美容、化妆、减肥，一切都是为了换得一个好婚姻、好男人。“每当她从这里走出去时，脚底生风、呼吸通畅，像是一个千变万化、日新月异、妩媚而鬼魅的女妖，在众人头上

① 张抗抗：《作女》，华艺出版社 2002 年版，第 84 页。

飞舞。”[①]服饰是陶桃的面具和外壳，她的价值和魅力甚至完全可以外化为不同功能和形态的服饰：晚宴上陶桃是一件旗袍，逛街时是一条长裙，在家里是一件内衣。虽然一切经过精心的设计和摆布，但年老色衰的阴影像幽灵一样无处不在，这是她最大的恐惧。天衣虽然无缝，但只要露出一根线头便会全线崩溃。一双没有涂指甲油的手就是毁灭她的那根线头，“暗淡无光的手指……就像一双未涂眼影的眼睛，无精打采而惨不忍睹”。薄薄的一层指甲油轻而易举毁灭了她的自信和优雅。都市女性的物化本质通过这样一个小小的细节表露无遗，张抗抗的刻画可谓入木三分。在小说中，另外一个人物阿不是作为一个都市另类出现的，如果说丽人华服是服饰符号消费性、物化的典型特质，那么阿不的前卫装束就是响亮而坚决的反抗与嘲弄：她穿着短小的露脐装，摇晃着翠玉脐环“在眼神的枪林弹雨中招摇过市”，裸露的身体无疑是她反抗的工具和方式，此时身体是武器，服饰是道具。一面是物化的表征，一面又是反抗的工具，服饰文化的多重性在这个展览意义上呈现共存状态。

服装的款式、色彩、质地三者一起呈现了其内在的气质和神态，旗袍、汉装、列宁装、洋装、牛仔、夹克、中性之风、未来感、环保风等等，成就了另一种意义上的时装史。以旗袍为例，它是历史的选择，也是民族、文化交流融合的产物。这种在某种意义上俨然已经成为中华女性象征的服装又在 90 年代大放异彩。旗袍在 90 年代的重新流行俨然正是时装与特殊历史文化的拼贴与吻合，世纪末的颓唐情绪与都市享乐主义精神的张扬加深了人们的怀旧情绪，于是三四十年代的海上繁华旧梦成为都市人的集体记忆，旗袍成为历史的道具，承载着都市人前世今生的梦幻与理想。旗袍几乎成为所有都市文本中的必备服饰，从卫慧、棉棉到魏微、朱文颖、徐坤、张梅、张欣，几乎每个作家都为她们的女性人物形象准备了至少一件旗袍。在王芫的小说《旗袍》中，旗袍不仅是物质的实体，还承载着漂浮的灵魂，在人影幢幢的街头，旗袍像个机械木偶“不肯安静，时而被一阵微风掀起，茫然而轻盈地，等待着自己的下一个灵魂”。

① 张抗抗：《作女》，华艺出版社 2002 年版，第 211 页。

在服饰符码中最鲜明、最具有性别意味的意象，当属高跟鞋。高跟鞋作为一种文化隐喻，在当代都市小说中呈现非常丰富的意义。朱文颖的长篇小说《高跟鞋》直接以高跟鞋作为书写对象，准确地抓住了时尚的命脉和女性潜意识的隐秘向往。高跟鞋是女性的鞋，红色的高跟鞋更是女性、性感、时尚的象征。王小蕊、安第的都市梦想在小说里通过高跟鞋得到了形象的外化，穿着红色的高跟鞋走在繁华的大街上就是她们的都市梦想。高跟鞋就像一条小船，能够载着她们到达时尚、精致、浮华的现代生活。在她们眼里，拥有高跟鞋才算是有了时髦、情调、品位等都会的现代生活。高跟鞋"每个细节都是经得起推敲的，都是极为精致的"，它成为区分女性阶层的标志物，因为为生计所累的所谓下层妇女是很少穿高跟鞋的。为了穿上高跟鞋，王小蕊和安第在都市中载沉载浮，甚至付出惨重的代价也在所不惜。红色的高跟鞋成为致命的诱惑，令人怆然。

人生活在文化符号中，吃饭穿衣是一种文化宣言或社会符号性暗示，它隐含了一种身份认同。正如凯亚·西若曼所说，"服装和其他的装饰品使得人体显现出文化意义……着装是形成主体性的一个必要条件"[①]。"同任何其他消费类型比较，在服装上为了夸耀而进行的花费，情况总是格外显著，风气也是格外普遍。"服装消费的最高层次便是消费奢侈，消费品牌，所谓名牌的象征意义与符号价值远远超过物质使用价值，它象征着阶级、品位、财富，意义无与伦比，消费文化中品牌具有宗教般的神圣性。在卫慧的著名文本《上海宝贝》中，香奈尔、CD、CK、范思哲、古奇等世界知名品牌随处可见，小说甚至成为品牌的展销大会。在炫耀性的品牌消费宣言中，种族、文化、地域、经济、阶级的差异被忽略不计，消费产生了乌托邦式的大同世界。

这些文本叙事充满着从物到物的"写物主义"，在一连串美轮美奂的物犹如演出般的展示中，物在物质意义上被擦拭出一道道耀眼炫目的美艳之光，但是透过这深度的物化叙事，我们同时感受到的是女性作为人的或逃逸，或挤压，或放逐，从中女性在作为"人"的首要存在意义上，呈现

---

① Kaja Silverman, "Fragments of a Fadhionable Discourse", In: Tania Modleskil, ed. *Studies in Entertainmrny: Critcal Approaches to Mass Culture*, Bloomington, 1986, p. 145.

出愈加隐秘而深刻的或物化、或缺失的状况。

三　小结

罗兰·巴特在《流行体系——符号学与服饰符码》[①]中把服装分为三个不同的概念:真实服装、意象服装和书写服装。意象服装即以摄影或绘图的形式呈现的服装,将这件衣服描述出来,转化为语言,就成了书写服装,两者都指向同一个物质:即现实中那件真实的衣服。意象服装停留在形式层面上,书写服装停留在语言层面上。他认为书写服装的存在完全在于其意义,时装描述的功能不仅在于提供一种复制现实的样式,更主要的是把时装作为一种意义加以传播,其实质就在于制造流行。所谓流行与时尚,其实质是规训了服饰的意义和话语系统:T-shirt 象征了自由与个性,高跟鞋张扬了女性的自信与骄傲,戒指意味着一生的承诺,香水是女人的私人标签,西服成为男人成熟有魅力的标志……服饰的符号意义经过强化、引申,成为生活品质、文化品质的象征。人们通过消费来界定社会地位,界定人物的关系和差别性,这又导致商品必须成为符号然后被消费。这一点深刻地剖析出消费话语女性"呈现"的虚假性。换句话说,正是透过这些小说在日常生活叙事中越是立意"呈现"女性自身,反而却越发让我们看到如花似锦的靓丽背后女性逐步被物化的可怖现实,从而揭示出女性自身在物质意义上的被装饰、被物化和被隐匿。

于是,这种大众物质欲望无限膨胀的同时,抹掉和掩盖了人们内心真正需求的可能性,文化本身所应该有的丰富意义和持久的价值和魅力被遮蔽和忘却。消费成为生活的中心,"流通、购买、销售,对作了区分的财富及物品、符号的占有,这些构成了我们今天的语言、我们的编码,整个社会都依靠它来沟通交流"[②]。消费文化使人产生错觉,以为主体与客体、个人与其消费的物之间已经融合无间,个人已经完全被物化了,文化认同的假象掩盖了现实中身份的缺失。尤其对于女性来讲,更是如

---

① 〔法〕罗兰·巴特:《流行体系—符号学与服饰符码》,上海人民出版社 2000 年版。

② 〔法〕让·鲍德里亚:《消费社会》,刘成富、全志刚译,南京大学出版社 2000 年版,第 71 页。

此。与其说,在这样的消费语境中,女性充分确认了自身的社会身份与性别身份,不如说同时衍生出更深层次也更急剧的双重身份认同的焦虑。

进入20世纪90年代,物质不仅成为目的,而且成为衡量人生价值的标准。相当多的人认为人的价值不在于自己的创造力,不在于自身的丰富性,而在于对物质的占有。人生活的意义、人生活的基准都被锁定在物质上,对于物质的占有与否,占有量的多少成为衡量一个人成功的尺度。当然,人有着基本的物质需要,这是正当的、无可非议的,但是当人的需要简单地全部聚焦于物质,人的价值也简单地完全依赖于物质而定时,人就被异化了,正如弗洛姆所言"人没有自己看作是自身力量及其丰富性的积极承担者,而是觉得自己变成了依赖自身以外力量的无能之'物',他把自己的生活意义投射到个'物'之上"①。因此,物的现代化虽然是社会现代化的一种表征,但却是不充分的。真正适宜的日常生活是人与物的协调,而不是物对人的挤压和由此产生的人与自我的分离感和焦虑感。正是从这个意义上看,物化表演以其物化的现代性话语叙事,反射出反现代性的话语诉求。

可见,重新解读"新写实"以及稍后的"60年代""70年代""80后"小说文本,不论是言说及"物",还是与之关涉的"物欲"等,彼此的具体差异暂且抛开不谈,它们在日常生活相对的面向上却一致达成了日常生活叙事的"女性"呈示的话语默契。自20世纪80年代尤其90年代本土多元文化以来,诸多小说文本中女性借助日常话语的物的叙事得以现身,特别在"回到身体"的呼声引导下逐步实践着"女性"自身的"呈示",这一点在女性作家笔下表现得尤为深切。她们将身体化为一种策略贯彻到日常生活叙事的具体操作中,以鲜明的性别色彩和不掩锋芒的言说方式,对千百年因袭的传统话语规则勇敢地宣告"去性别"或"无性别"文学话语时代的结束,显示出独特的女性叙事立场和话语蕴涵,由此女性不只是作为一个"人"而且是作为一个"有性别的人"同

---

① 〔美〕埃里希·弗洛姆:《健全的社会》,孙恺详译,贵州人民出版社1994年版,第124页。

时获得了政治的和美学的双重特质，这就为当代小说日常生活叙事注入了巨大的活力，为当代文坛提供了不同于男性叙事的别样珍贵的文学经验。但是，另一方面，小说日常生活叙事中对“女性”尤其女性身体的话语负载了过多的性别实践，以至于或多或少地消解了对女性问题的革命性颠覆。特别消费文化语境中，小说对女性身体的书写大多停留于一种“身体”的认识论意义上的探讨，尽管也有的作家并不满于男性只需物化和对象化女性（身体）的倾向，可是她们却未能在小说中成功地践行身体话语的文化使命——将身体打造为最高意义上的自足本体，及至“70 年代”比如棉棉等则更是完全放弃了女性的叙事立场，由衷认同并推进着女性的物化书写。于是，我们在更多的小说日常生活叙事中可以读到一个处于灵魂与肉身对立和分裂状态的身体。“他们都对身体美学进行了粗暴的简化——到最后，身体被简化成了性和欲望的代名词，所谓的身体写作也成了性和欲望的宣泄渠道。……蔑视身体固然是对身体的遗忘，但把身体简化成肉体，同样是对身体的践踏。当性和欲望在身体的名义下泛滥，一种我称之为身体暴力的写作美学悄悄地在新一代笔下建立了起来，……”[①]这也是当代尤其 20 世纪 90 年代以来小说叙事中，女性之于日常话语很难完全绕过的一个险滩。这一点特别生动地体现在女作家的小说日常生活叙事中，从陈染、林白、海男到卫慧、棉棉、周洁茹，她们的写作可谓详尽地展示了女性感受的方方面面，但在身体话语的建构中，她们的小说呈现出前所未有的迷乱和焦虑，这种焦虑与女性在当代社会文化中的边缘处境本身不无关系。

总之，正是在女性和日常话语权力的种种纠葛中，当代小说日常生活叙事透示出多重矛盾性话语面向，并且借此恰恰巧妙地实现了小说现代性话语的想象、构建、延伸、嬗变和颠覆。

① 谢有顺：《身体修辞》，花城出版社 2003 年版，第 36 页。

第二节　“文革”“翻转”叙事与个人记忆

一　“文革”叙事“翻转”的意义

王岳川先生认为：“所谓旧历史小说，即严格地按照历史本来的情况出发加以创作的小说。在这类作品中，虚构总是服从真实，服从历史本来的面目，其所谓成功与否，大致是以刻画的生动性、情节的曲折性、细节的真实性和语言的艺术性为标准。”[①]与此相对，“文革”的“翻转”叙事，其中“翻转”的意义，针对的就是这种“旧历史小说”的叙事理念。或者说，“文革”“翻转”叙事针对的潜文本就是以往宏大历史理论框架中的“文革叙事”，并不将史实的真实地位看得至高无上，更侧重叙事的真实。“翻转”背后有着与此前不同的历史观念，即不再把历史看作具有无可怀疑史实性的宏大历史，而是更多立足于个人记忆的小历史。“历史事件首先是真正发生过的，或是据信真发生过的，但已不再可能被直接感知的事件。由于这种情况，为了将其作为思辨的对象来进行建构，它们必须被叙述，即用某种自然或技术语词加以叙述。”[②]

有目共睹，在2005—2006年出现了一批不约而同地以“文革”为叙事背景的长篇小说，东西《后悔录》、莫言《生死疲劳》、严歌苓《第九个寡妇》、陈继明《一人一个天堂》等等，其内在表达的历史观念显然迥异于以往，对此，一方面有论者从先前的“大历史”理论框架出发，认为蓝脸（莫言《生死疲劳》）、王葡萄（严歌苓《第九个寡妇》）这一类人物形象是“扁形人物”（福斯特语），对此的依据就在于：蓝脸、王葡萄身上那种强劲的近乎偏执的生命力，不具有艺术的真实性。而另一方面，以陈思和先生为代表的观点，则从生命力的意义充分肯定了人物的艺术性与真实性。可见，问题分歧的关键就在于：蓝脸、王葡萄等此类人物形象是否具有叙事的话语合法性？

---

① 王岳川：《中国镜像——90年代文化研究》，中央编译出版社2001年版，第260页。

② 张京媛：《新历史主义与文学批评》，北京大学出版社1993年版，第100页。

从经典马克思主义唯物历史观角度去看,无疑小说中“单干户”蓝脸、私自藏匿地主分子的王葡萄这类人物形象,从某种意义上说,对他们凡此行为的不无肯定、甚至赞颂的书写本身,确实是对“大历史”的一种改写。这是显而易见的。但是,如果以此立论而认为其在艺术处理上缺乏某种现实、社会、历史的依据,女主人公人物形象的艺术真实性难以成立,那么恐有失偏颇。

事实上,恰恰是这种“翻转”的历史书写,让我们可以看到它背后隐藏的消费之手,这些作品并非旨在翻转历史的书写。正是在消费语境中,文本日常生活叙事的“历史”是否有“物化”、被“抽空”的“符号”嫌疑,多用作充当故事的一部道具、一个背景、一块帷幕?其中,被批评为“太简单”的“一根筋”式人物(比如蓝脸、王葡萄)是否简单得不“真实”?

如果说其定位就是相对于作为学科范畴的客观求实的历史学,那么正如作家严歌苓曾反复强调的,这样的人与事记录在案,有卷宗可备查证。她怎么会没有依据?又怎么会不真实呢?当然,我们这里所探讨的显然不是这个层面的。

如果说其定位是文学艺术的范畴,那么小说作为一种具体的文学样式,当然要遵循一定的艺术真实性的创作规约。这一人物形象应有其艺术发展的现实、社会、历史的逻辑。事实上,透过文本中对王葡萄这个率性奇女子成长历程的一点点细微的展开,比如写她由开始什么事情都一股脑说开去到慢慢学得说三句留一句。为什么?很简单,活下去。这就是王葡萄强大生命意志力的全部来源。仅只这些吗?是的,就这样。因为一如小说反复强调她“一根筋”,从来就不会用什么脑子去“思考”什么事。如作家所说,她在创作中并没有很强的意念性,也从没有意识形态等政治概念的立意,而只是想把这个让人震撼的故事讲出来。

的确,反复阅读后的感受大多最为凸显的是,王葡萄“一根筋”这一形象的鲜活性,以及她身上那种旺盛强劲近乎疯狂的生命力。她时常具体可感地活跃在你的眼前,给人留下很深的印象。如小说所写,王葡萄是个没有那样多的社会历史现实或说世俗等“考虑”“思考”的人。小说也明确而具体地写到的,她和其公爹孙怀清在艰难的岁月里挣扎着生存,并没有什么想法，无非就是都信着好死不如赖活着这样一个简单得没法再追问理由的理由。全篇她在种种历史人事变迁中所表现出的纠葛与争斗，更多的都不是基于苦大仇深的喜儿式的阶级观念，而往往只是出于她率真的近乎蒙昧的本性流露。所以，小说反复写葡萄是“一根筋”，她是个很简单的人，以至简单得不会去思考什么，对她来说就是活下去。生命意识，这一来自人最原初的求生欲望的本能。也正是在这一角度，论者阐释并肯定了该文本。也正是在这个意义上看，“简单”并不意味着平淡。恰恰相反，简单也会达到在一种极致。或者说，在与她完全不是一种逻辑的世人眼中，王葡萄成了极其怪异的另类。于是，王葡萄变成了众人眼中屡启不发、愚顽不可救的“一根筋”。

其实，她只不过是以自己很简单的态度认识着自以为很简单的道理，从而做出了自以为很简单的行为。而且，对于这一切，她不是一时的，而是始终坚持用“七岁孩子的目光”来看待。她很多看似不可思议的戏剧性行为便由此衍生。换句话说，正是这种一成不变的简单，使她把自己推向了别人看来有些愚木，有些蒙昧，甚至有些疯狂的人性极致。然而，在那个风云变幻的年代，同忽“左”忽“右”的众人相比，她骨子里这种始终的“简单”又坚持得何尝“简单”？其间恰恰写出了一种人性的率真与可贵。由此，如果说那个动摇年代的“历史”是众人缔造的，她无疑在“历史”之外，从她身上我们能够感受到这种“历史”之外真正的历史的真实。因为历史从来不是当代人的历史。只有在历经时间洗涤之后，才能淘澈出历史的清流，显示出历史的本相。所以，无怪作家不时强调小说素材的有案可查。因此，笔者尽管并不认为这一形象塑造毫无指摘，但是认为“简单”并非是其塑造成功与否的诟病，反而恰恰是其妙处所在。王葡萄为文学长廊中这一系列女性形象从凯瑟琳（艾米莉·勃朗特的《呼啸山庄》），到花金子（曹禺《原野》），到繁漪（曹禺《雷雨》），增添了一个夺目的亮点。文本通过戏剧性的事件对她强有力的生命力进行了淋漓的表现，从而展示出其善良、执着、勇敢等人性的亮丽。进而由此反过来看，她又何尝不是恰恰书写了一种“历史”之外的历史呢？正如哲学家维特根斯坦所说过的：“真正奇妙的不是世界是怎样，而是世界就是这样。”而

"简单"的效果却恰恰又是消费语境中人们的一个基本理念?

对此,似乎产生某种阐释的乏力。不过,这里论者无意于对有关人物、文本作出具体的阐释和评价,而是旨在借对新世纪小说日常生活叙事中"文革""翻转"的评价谈开去,即试图作出对评价的评价,以期重新打开并进入凡此日常生活叙事文本背后所寄寓的"历史"与"个人"之间微妙而复杂的话语关系:当下"文革"叙事的"翻转"话语如何产生、又为何产生呢?

二 历史叙事与个人记忆

其实追溯起来,当代小说日常生活叙事对"文革"历史所作的"翻转"尽管出现在新世纪,可是"翻转"的这种叙事历史的方式却在上世纪 80 年代末 90 年代初,就已经活跃在诸多小说叙事中,即一度掀起的所谓"新历史主义小说"的写作高潮。这批新型历史小说,始自 20 世纪 80 年代后期出现的乔良的《灵旗》,其中当以莫言、苏童、格非、余华、叶兆言、北村的"先锋派"小说,比如《一九三四年的逃亡》《罂粟之家》《夜泊秦淮》《迷舟》《青黄》《鲜血梅花》《古典爱情》等最具代表性,其小说叙事表现出将历史的具体历时形态予以打碎,而找出其中的基本元素重新组构,他们不对历史负责,而醉心于对历史偶然性的描述,完全区别于主流话语叙事。

进入 20 世纪 90 年代,"新写实小说"代表作家刘震云、池莉、方方和文坛独树一帜的王小波以及其他一些作家也纷纷转向历史创作领域,突破了"先锋派"作家原有的案臼,走向丰富与复杂,确立了自己独立的风格。即所谓"后期新写实小说"。比如,叶兆言的《枣树的故事》《半边营》《十字铺》,苏童的《米》《我的帝王生涯》《紫檀木球》,余华的《活着》《许三观卖血记》,格非的《敌人》《边缘》,刘震云的《故乡天下黄花》《故乡相处流传》《故乡面和花朵》《温故一九四二》,刘恒的《苍河白日梦》,丁当的《正果》,北村的《披甲者说》,墨白的《同胞》,王小波的《青铜时代》等。

需要特别指出的是,诸多论者用"新历史主义"一词概括上述小说,对此笔者以为或有商榷。这一界定尽管有其相当恰切的道理,但是目击当下尤其新世纪“文革”“翻转”叙事的文学现状,恐有所拘囿。再者,理论上讲,“新历史主义”一词源自西方批评家斯蒂芬·葛林伯雷、海登·怀特等的理论,在特定意义上用来形容文学批评动向,他们强调历史的非连续性和中断论,否定历史的乌托邦而坚持历史的现实斗争,拒斥历史决定论而张扬主体的反抗颠覆论,将这些重新描述历史的作家归为“新历史主义”,无疑是看到了他们与西方理论的某种相似性,但这样一来不仅极易混淆理论与创作本身,而且也会因顾及了中西方精神的相似而多少忽视了中国当代文学自身的特质。

正是在“翻转”的历史叙事意义上,我们说新世纪“文革”“翻转”叙事其实与此前的“新历史小说”特别是“新写实小说”中的“文革”叙事一脉相合。比如,池莉《你是一条河》中的沔水镇“是个古老的镇子,青砖黑布瓦的民宅蜘蛛网样密密层层盘旋着,大街上掀起多大的风波吹到民宅深处也是些些微微有点飘动头发罢了”。主人公辣辣和她的八个孩子除了温饱,其他什么重要运动似乎与他们家总是隔膜着。辣辣对重要运动的隔膜,不由让人想起《第九个寡妇》中那个常常被进步群众教育的思想意识迷糊的王葡萄,二者在此简直如出一辙。即使像“文革”这样的大事,除了辣辣家的两个男人(小叔子和儿子)比较热心外,其他人并没有给予更多的关注,辣辣的两个女儿艳春和冬儿甚至可以偷偷地阅读当时的禁书《钢铁是怎样炼成的》;毫无政治头脑的艳春幻想着做“冬妮娅”却歪打正着地掩护了一个正遭厄运的“走资派”;而辣辣自己则只关心八个“嗷嗷待哺”的孩子怎样吃饱肚皮。当还只剩下两天的饭钱时,她诅咒起来:“该死的!这场热闹还有完没完?”文本中日常生活叙事最充分地展开其实就是围绕着母亲辣辣一根筋地忙活生计、一家子的过活。同样的,与“文革”重大运动相比,王葡萄似乎清醒的、关心的,而且是一根筋式地只关心自己和公公的吃饭等日常生活。在她眼里,出身地主的公公不是什么“地主分子”,而只是一个让她可亲的长辈、亲人。由此可见,不管世事如何变迁,哪怕是史无前例的“文化大革命”,民间却自有一套生存伦理和生活逻辑,生存是人生第一要务,这是任何政治话语和主流意识形态所无法控制的,千百年来人们口口相传的“不管由谁当家,总得吃喝拉撒”

“开门七件事，柴米油盐酱醋茶”的说法就是明证。生存是世界上唯一最真实、最无可争辩、最需要付出全部心血与努力的事情，这使得庸常的日常生活成为民间恒久不变的常态。“只有日子是最不讲道理的，你过也得过，你不想过，也得过。”①虽然它是平淡的和琐碎的、凡俗的和无奈的，但恰恰由于这一点，才建构起了民间最深厚的伦理根基，也是生活其间的人们最根深蒂固的朴素的个人记忆。

三 小结

至此，新世纪小说“文革”“翻转”叙事听到了来自“新历史小说”尤其“新写实小说”日常生活叙事有力的回声。从中可见，这一“文革”“翻转”叙事，与其说是“文革”题材，不如说是“去文革”题材。它并非是对“旧”历史观念的颠覆和重写，甚至无关“文革”自身的宏大历史的书写，而是立足日常生活的民间的个人记忆。

但是，另一方面相对于“旧历史小说”的宏大叙事规则，“新历史主义小说”尤其“新写实小说”日常生活叙事中所呈现的“文革”话语表达方式，无疑具有“翻转”性意义。相对于宏大话语历史背景，这些“翻转”叙事着眼于开掘民间话语，颠覆了多少年来千篇一律的规则化叙事，反对主流意识形态影响下的宏大叙事方式，反对历史决定论，反对一切幼稚虚伪的乌托邦神话，揭露历史中被定型凝固的空洞理论，而更注重人类命运的偶然性、神秘性、不可预见性，以及历史的滑稽可笑、无迹可寻。有时，为了矫枉过正，在颠覆简单的二元对立规则时较为自觉地走向主流话语的反面。

因此，新世纪“文革”“翻转”叙事，这种不时跃出当代小说日常生活叙事视野的群体式的对于主流话语的另面书写，自然不是偶然的。笔者以为，它起码来源于三个方面。一是20世纪80年代的“寻根文学”，因为它开启了民间话语的发掘源头，将小说关注的目光开始转向丰富多彩的民间生活，并努力开掘民间生活所蕴含的原始、单纯、粗野与韧性。二是

---

① 池莉：《生活秀》，昆仑出版社2001年出版，第53页。

20世界80年代初产生于西方的新历史主义理论影响,它对当代中国小说的历史书写提供了学理上的依据。虽然并没有具体作家明确声称自己的写作是受其影响的结果,但不能否认西方新历史主义与中国20世纪80年代出现的许多"新历史主义小说"叙事神韵多有暗合。三是20世纪90年代的新写实小说所肇始的日常生活叙事的写作语境。反思历史虽然在20世纪80年代多次出现于文坛,但是20世纪90年代特别是新世纪小说叙事却更显得平民化,更多以个人记忆反观历史,因此,叙事的"翻转"成为可能和诉求。

第三节 "底层"苦难与城市形象

"我抬起头来,看着天高云淡,看着偌大的广场,看着广场外像海一样深的楼丛,突然觉得,五富也该属于这个城市,石热闹不是,黄八不是,就连杏胡夫妇也不是,只是五富命里宜于做鬼,是这个城市的一个飘荡的野鬼罢了。"①

一 新世纪小说"底层"苦难书写

自2004年前后发轫的"底层"文学,近年日益受到人们的关注,并成为越来越多作家的笔投所向,在文坛声名日炽。"底层",作为一种概念术语,究其学理意义而言,迄今为止论者仍然分歧重重,相执不下。不过,作为一种文学表达的体认,尤其对"农民工"这一群体,人们对它的"底层"意义一般没有歧义,而且会达成"苦难"的共识。因而,对于农民工的"底层"苦难,这两年来作家颇多书写。对此,权威的文学期刊自不必多说,哪怕随手翻开近三年来影响较小一些的文学期刊,我们也会看到充满苦难的"底层"农民工的讲述,而且它在当下小说日常生活叙事中占据着相当大的比重,其地位与影响不容小觑。

① 贾平凹:《高兴》,作家出版社2007年版,第431页。

王新军短篇小说《馒头店》[1]叙述的是,一家小城镇的馒头店一而再、再而三地找了几位乡村姑娘作帮手。第一个是心气很高却有些眼高手低的小周,没多久她自己偷偷离开了馒头店而沦为城里的舞女。第二个是小李。因家庭困难她不得不辍学来店里打工,最后通过自己的努力考取了一家电脑公司而离开了小店。随之代替小李的则是新来的又一个乡下妹妹小马……小说并非为了讲述小店的帮手女孩一个个具体的个体故事,而是透过具体不同的个案描述,试图在一个更宽阔的视点上即共性的、人类的层面上点示出城市化进程席卷下乡下打工妹这个群体的生存世相,或者说小说将它关注与思考的目光投向更为深远的城乡、女性等问题,叙事意味就此深化,让人思忖开去。只是前后读起来,如果前半部风物描写稍微就简些,整部叙事的节奏与意味或许会更到位。

潘永翔短篇小说《天堂的礼花》[2]中,讲述了一个令人心酸的悲情故事,生发出这样的疾呼:"对待知识分子的态度标志着一个民族的文明态度,对待工人农民的态度,则可考验这个民族的良心。"高中毕业回村务农的满囤善良、热心、能干,凭借自己的智慧与勤劳一度成为当地的富户。然而,一场他人的意外事故却使一心为他人着想的满囤的生活从富足坠入困窘。于是,他转身成了"站大岗"的进城农民工。尽管六年来尝尽了白眼与艰辛,满囤却有着自己的快乐与荣耀。满怀对家人团聚、节日鞭炮的幸福期许,在天寒地冻的大年三十他四处奔波终于如愿以偿办齐了年货。可眼看他快要到家的时候,鞭炮却零落在路上,不是与盼归家人一起点燃,而是满囤这个已打算回乡的城市过客用自己的生命鸣放了他全部的年华,最终永远地留在了城里。

王十月《底色》[3]这一中篇小说言尽了"贫贱夫妻百事哀"。刷胶工刘冬妹和摩托佬张大快为了实现八年后家庭幸福的梦想辛苦打拼,然而就在日子一天天看好的时候,刘冬妹却意外查实自己竟得了职业病症。面对两万元的补偿与一生青春年华,面对一己生活的安稳与众多生命的可

---

① 王新军:《馒头店》,《红豆》2006年第8期。

② 潘永翔:《天堂的礼花》,《红豆》2006年第11期。

③ 王十月:《底色》,《特区文学》2006年第5期。

危,法律、利益、人情、良知……再次汇集争鸣,究竟孰是孰非?如何选择呢?小说用朴实的文字真实逼现出朴实打工人悲惨的生活境遇,通过对这对夫妇故事的聚焦作者流转自然地叙述了贵州妹、文安等一个个故事中的故事,从而有力开掘了底层民众所蕴藉的特有的情感底色——丰厚、真切而又沉痛,触撼人心,发人深省。

李进祥《狗村长》[1]中,老村长德成老汉病倒好几天却无人知晓探问,村人的耕牛遇贼人公开抢劫而老弱无助,女人遭坏人欺侮却得不到他人的救护……眼看种种危难顷刻即是,不是人,而是黄狗力挽狂澜。它俨然成了整个村子的守卫者,名副其实的"狗村长"。如果说一度人情淡漠是城市的代名词,浓烈质朴的乡情则是人们心中的暖灯,可是随着现代化进程的日益推进,大批青壮年农民工蜂拥进城,留守下的乡情却渐自惨淡。对此,小说不仅成功地写出了人与动物之间的感人情感,同时道出了作者对城市化进程中酸楚世情的另面关注与思考,不乏深度。

同样关于乡村"留守"问题题材,同样以和农民最亲近的动物"狗"为题眼,同样有对"留守"农家悲剧所引出的城市化进程的思考,余同友的中篇《黄狗大平》[2]叙事的主线是赵志文一家人的生活波折,副线是大黄狗大平及其小狗的来龙去脉。在妻子与婆婆的激励下,丈夫及公公先后进城打工,但不久却都音信全无。孤儿寡母,一无寄靠,生活本不宽裕的赵家一下子生计艰难。更不幸的是,一心谋生计的妻子中了别人圈套而沦落为酒楼招待,受尽欺凌。这部小说中,狗与人两线巧妙比照,大黄狗大平不期而至之际恰值丈夫离家之时以及两者相似的眼神,小狗降生与家庭变故,难道仅是巧合?结尾婆媳的终不知所向,孩子的幻想,无不貌似平淡却惊人心魄,从而有力逼现了农村底层"留守"农家生活的凄楚与悲惨。

阅读新世纪以来的这些小说文本,我们看到的是,作家用现实主义笔法真实地写出了农民奔着过富裕日子这个生活目标踊跃进城做工的时代图景,同时也不约而同地写道,不管他们自身,还是他们尚留守在乡村的

---

① 李进祥:《狗村长》,《回族文学》2007 年第 1 期。

② 余同友:《黄狗大平》,《厦门文学》2007 年第 2 期。

亲邻，最终却并有享受到生活的幸福，反而历经人世的苦难，富有悲剧性。

不难发现，同此前当代小说日常生活叙事的农民苦难书写相比，新世纪以来尤其当下对同一主题的描述，区别之一就在于城乡叙事空间组合关系的变化，由过去城乡的相对独立，走向日渐紧密的彼此互动。前者，以新时期小说为例，作家们更多侧重对乡村生活自身的贫困，农民的苦难发生在相对封闭的乡村空间。即使出现高加林们进城，他们的喜怒哀乐开始在城市空间回响，但是乡村、城市仍然是两个彼此互无关联、甚至彼此对立的空间意象，各自讲述各自所发生的日常生活苦与乐，城市与乡村分别代表文明和愚昧、工业文明和农业文明、进步和落后等一系列二元对立概念。后者，则不然。特别是农民工这一群体兼具乡村和城市双重社会身份，因此，他们生活的苦难来自乡村，也来自城市，而且在他们身上生动形象地表征出新世纪尤其当下以来乡村与城市这两个意象空间的交错态势。

其次，区别之二还反映出作家对城市生活的不同认知。前者作家写出农民对进城的热望，其实也反映出作家对城市文明的无限乐观和毫无保留的认同。也正是因为这个原因，甚至一度把城市看作是现代化的全部要义所在，城市就是现代化，就是进步力量，代表着中国未来毫无疑问的发展方向。因此，当时的小说日常生活叙事中常常把城市和乡村对立，认为城市富于现代化文明的进步意义，而乡村则是愚昧、落后的代名词。所以，大量出现对农民进城抱以热情歌颂的文本表述。而后者则复杂得多。随着现代化的展开，特别是城市化进程的逐步深化，城市在繁荣景象背后，出现了“60 年代”“70 年代”“80 后”小说所呈示的物欲横流、小资颓废、残酷冷漠，这无疑可谓对此前“进步”“繁荣”的城市形象一种新的打造。另一方面，作为农业文明因袭厚重的中国，人们对乡村本身就多有近乎集体无意识的文化情感积淀。对于中国大多数作家都是如此，尤其名作家，比如贾平凹等。他们本身大都农民出身，或者因着各种缘由而十分熟悉乡村生活。但是，今天他们大都久居城市，亲历着城市的变化。对于乡村、城市表现出爱与哀的复杂体认。对此，贾平凹的《高兴》很好地诉说了个中隐情。

二　繁华城市形象的另面

贾平凹历时三年修改五次于2007年推出的长篇力作《高兴》,主要写的是贫困农民“我”刘高兴和同乡五富为谋生计背井离乡,穿行在城市的大街小巷,靠捡垃圾、卸货车、挖地沟等讨活,后五富因病暴亡,“我”背尸回乡而未果,最终仍然选择留在城市。

作为贾平凹城市主题与返乡主题的重要作品,从《废都》到《怀念狼》,再到《高老庄》和《秦腔》,字里行间无不透示出作者对城市的隔膜、疏离与怅惘,多年来挥之不去。《高兴》中亦可看出贾平凹依然坚持了对农民及城乡关系问题一贯的现实关注与精神质询。不过,与贾平凹此前长篇小说多为纯粹的乡土题材不同,《高兴》虽然写的是西安城里的“边缘人”——在城里靠拾破烂为生的陕南农民,但其实写的是城市,以至于书稿曾干脆拟名为《城市生活》。[①]

显见,不论从写作对象为弱势农民工群体的选取上看,还是从凸现这一群体城市生存境遇的苦难叙事上来讲,一如诸多论者所指出的,《高兴》无疑可谓“底层”文学或打工(农民工)文学的创作范本,真实写出当下城市日常生活繁华富足的另面即城市“底层”面相。

值得一提的是,近年来声名日响的“底层”文学或打工(农民工)文学尽管佳作频仍,却也逐渐呈现出为惨烈而惨烈、为苦难而苦难的创作端倪,即要么大书特书、过度造势关于苦难、暴力和血腥的惊悚效果,以取媚、迎合于大众的“底层”想象诉求;要么流于社会观察、新闻报道般的事件纪实,虽有旁观者的同情之心却难得穿透笔端的体认之情。所幸,《高兴》作者凭其独运的匠心,迥然未入上述流弊。《高兴》中贾平凹以相对克制的情感基调,用日常世情的现实笔法,借第一人称娓娓讲述“刘高兴们”城市日常生活中的吃喝拉撒与生死爱恨,涉笔缘情拙朴、细致入微,从而具体、逼真地写出进城农民工特别是拾荒者群体的城市隐形生活景况——潦倒困苦而又坚忍自得。这一点集中而典型地体现在主人公刘高

① 贾平凹:《高兴》,作家出版社2007年版,第449页。

兴身上。比如,刘高兴给五富做糊涂面吃那个生活片段,文中写道:

我(刘高兴)[1]吃饭是讲究的。就说吃面吧,我不喜欢吃臊子面,也不喜欢吃油泼面,要吃在面条下到锅里了再和一些面糊再煮一些菜的那种糊涂面。糊涂面太简单了吧,不,面条的宽窄长短一定要标准,宽那么一指,长不超过四指,不能太薄,也不能过厚。面条下锅,要一把旺火立即使水滚开,把面条能膨起来。再用凉水和面粉,包谷面粉,拿筷子迅速搅成糊糊,不能有小疙瘩,然后沿锅边将糊糊倒进去,又得不停地在锅里搅,以免面糊糊裹住了面条。然后是下菜,菜不能用刀切,用手拧。吃这种面条一定得配好调料,我就告诉五富,盐重一点,葱花剁碎,芫荽呢,还得芫荽,蒜捣成泥状,辣子油要汪,醋出头,白醋最好,如果有些韭花酱,味儿就尖了。

五富说:你说得都对,但咱只有一把盐。[2]

刘高兴这番对面条做法的品评可谓深得要领,如此这般细致、精到,可见用心,令人咂舌。这样讲究的一通吃做方法,恰恰说明刘高兴确实非常关注吃,而且大有十分入心的观摩和体察。那么,刘高兴精心"做"出来的面条味道究竟如何呢?欲待分解,却迎来五富看似不经意间抛来的那半句回话"……但咱只有一把盐",一语道破天机:原来,此前刘高兴津津乐道的面条"做"法,远非现实中的进行曲,而只是用嘴巴"做"饭——一顿止于想象而现实根本不可能实现的糊涂面。俗话说,民以食为天。对于"刘高兴们"来说,实际生活的贫困使得人类得以维持自身生命存在的基本日常活动"吃"竟然都成了没有着落的问题。这当是怎样愁困的一种生活啊?难能可贵的是,面对一时无法扭转的现实困境,他们不哀怨满腹、愁苦整天,而是用自己的方式——通过丰富的想象力获得实现愿望的精神满足——照样撑起一方属于自己的天空。无独有偶,不免想起余华《许三观卖血记》中许三观的类似菜肴。那是在一个饥荒年代的夜晚,许三观用语言给自己的孩子和老婆"做"了那道屡为人道的经典菜——

---

① 括号中的内容为笔者加注。

② 贾平凹:《高兴》,作家出版社 2007 年版,第 43—44 页。

"炒回锅肉"。一次次目睹这些用嘴巴"做"出来的饭菜,一次次震撼和揪心于生活竟然可以如此困苦与酸楚,同时却也不由不一次次感叹艰难困苦中生活的人们的自得其乐、达观与坚韧。

同样,刘高兴的爱充满了重重波折,但最终留下的不是怨、不是恨,而只是爱。他无父无母,高中毕业不得不在家务农,乡村的贫困使他连老婆都娶不起,卖血卖肾换来两间房,新娘却又嫁给了别人。后来终于结识了自己一直梦想追寻的女孩孟夷纯,可到头来却不得不面对她是妓女的事实。如此一连串的打击,当何去何从呢? 会难过,这自是人之常情,情理之中。尤其对于困窘贫苦而又心性高傲的刘高兴,一度打击得"地裂"般的痛彻心扉,亦无可厚非。可是,刘高兴毕竟是刘高兴。不论再怎样的难过,他也还是会有得过的,而且很快就会使自己的日子过得别开生面。因此,对于卖肾的身心痛楚,刘高兴竟会由此别样地想定"我一只肾早卖给了西安,那我当然要算是西安人",而且越来越笃信这种意念,进而促发他终如愿进城,一圆西安梦。由此及彼,对于第一次婚姻的失败,生气过后,刘高兴却乐得发现并坚持自己城市化的爱情审美观,认定自己的老婆本来就不应是那个后来嫁给别人的女人,而当然应是西安的女人。后来孟夷纯的出现,带给刘高兴从未有过的困扰,也曾一下子挣不脱地裂般的打击,但是当他得知她沦落的原因——为筹措警方抓捕杀兄在逃罪犯的经费,更多对女孩不幸遭遇的同情和同处城市底层的生活体认,依然倾其所有地帮助她,默默地守候她。

透过刘高兴面对艰辛生活与波折感情的自得与坚忍,我们能够真切体察到其内心深深蕴涵着的城市向往和认同:

> 我说不来我为什么就对西安有那么多的向往! 自我的肾移植到西安后,我几次梦里见到了西安的城墙和城洞门扇上碗口大的泡钉,也梦见过有着金顶的钟楼,梦见我就坐在城墙外一棵弯脖子松下的白石头上。[1]

就这样怀揣着强烈的西安梦,刘高兴说服乡党五富一起来到了城里。

---

① 贾平凹:《高兴》,作家出版社 2007 年版,第 5 页。

在七个月的西安城市生活里，刘高兴遭际同行挤压，地痞流氓算计，城里人歧视，更遭遇到始料未及的伤情与痛逝同伴的重创……然而，所有这些非但没有使刘高兴放弃城市，反倒更坚定了他留城的意念。“如果我真的死了，五富你记住，我不埋在清风镇的黄土坡上，应该让我去城里的火葬场火化，我活着是西安的人，死了是西安的鬼。”哪怕自己非常要好的同伴五富暴死西安，他仍然义无反顾地表示自己“永远会呆在城里！”

但是，在农民工刘高兴与城市的互动中，他对城市表现出全身心的热望和认同，城市的回应却显得格外惶疑与冷漠，充满了不定、无常的命运感。如果说刘高兴开始卖肾是为了买房结婚、扎根乡下，那么随后他近乎魔怔地探寻那个买肾的城里人，从某种意义上讲就是找寻自己扎根城市的位置，或者说找寻命定应在城里的另一个自己。因此，当刘高兴一度认定和自己长得很像的韦达就是那个买他肾的城里人，他异常地激动和高兴。也正因这个缘由，当他最后知道韦达并没有换肾而是换肝时，他的失望可想而知。“我之所以信心百倍我是城里人，就是韦达移植了我的肾，而压根儿不是?! ……我遇见韦达并不是奇缘，我和韦达完全没有干系?!”这其实也暗示着刘高兴和城市关系的一厢情愿——他虽然进了城，但是却不可能完全融入这个城市。于是，当刘高兴热心帮助钥匙落在家里的教授打开家门后，却被教授与邻居当作小偷嫌犯来猜忌；当他不图回报地热心帮助七楼的老太太把米搬进家后，却又被误解存心不良——想让老太太一直背负人情债……善意的援手却招致没来由的质疑，究其根本还是因为“我”是一个进城的农民工。不然的话，假如换作教授或老太太彼此一方帮助另一方，想来必定不会有如此横来的冤屈。可是，又能怎么办呢？假如只能是假如。刘高兴只能是刘高兴。尽管他愤懑至极，却无语以对，只能是暗自决意今后再也不会到这个小区拾破烂。

然而，不来这个小区就会躲过所有这些无妄的困扰吗？一向身强力壮的五富突然暴病身亡，就像一把利刃再次刺破城市文明的面纱，让刘高兴饱受警察等众人一再追问的困扰，却也使他得以重新正视自己。五富暴亡来得是那样惊魂，让素有主见的刘高兴也一时惊惶无措，但有一点就是他要把五富尸体背回乡下，这是他很明确的念头和很明确的做法。用事后他自己的话说：

> 对于一个连工钱都不知道能不能拿得到的拾破烂的、打工的，一个连回家的路费都凑不齐的乡下人，在一个陌生的城市里，突然发生了死人的事，显然是大大超乎了我的想象和判断的。是的，我是五富的依靠，是我把他带出来的，而且生前五富一再要求我，我也给了他承诺，我就有责任要把他的尸体运回家去。生要见到他的人，死了要见到他的尸，这是我的信念，也是清风镇的规矩。当时事情的突然发生，彻底的慌乱，脑子里一片茫然，自始至终却只有一个念头清晰，那就是不管怎样，我刘高兴要为他省下钱，要和他一起回去！①

这番朴实无华的话，感人至深。引人思忖的是：对于背尸事件，警察审问，刘高兴一句也说不出，反而表现得支支吾吾，好像是他害死了五富。事后真相大白，众人追问，刘高兴还是说得颠三倒四。一旦众人散去，刘高兴却可以说出那番令人无不动容的话。究竟什么原因使得能言善辩的刘高兴一再失语呢？答案就在于刘高兴对自己的重新认知。"直到这个时候，我才知道我刘高兴仍然是个农民。""刘高兴们"终归不是城市的鸟瞰者，而是被城市有意无意遗忘的另类居民——城中村的农民。

尽管"刘高兴们"的生活不乏爱的温情，最终五富命陨城市的凸现悲情却将其所有的自得一扫而过。及至回首过往，即使曾有过的温情记忆回味起来也满是辛酸，只是更加反衬出"刘高兴们"现实遭际的残酷与苦楚，人生选择的无奈与困惑，以及难以言尽的生命悲情与个中沉痛。从开始到结束，《高兴》中刘高兴和五富等底层农民工的生活世界充满着苦涩的黑色幽默意味，他们在城市的梦想与绝望，似乎都是必然的，像是画上一个圈，不幸的是五富的圈在城市里直接画到生命的终结。至于仍要留在城市过活的刘高兴，是否会幸运如愿地成为真正融入城市的城里人，放在末尾五富魂灵飘荡的慨叹悲情中，似乎并不见乐观。

---

① 贾平凹：《高兴》，作家出版社 2007 年版，第 412 页。

事实上，每一次大规模的城乡人口迁移现象都发生在社会历史转型的关口，在这样特殊的时期整个社会的经济基础和上层建筑都处于波动状态，社会整体价值观念发生或即将发生巨大变化，并导致人们生活范式的重大变革。1979 年后，中国实行“改革开放”，重新开启从传统到现代、从乡村到城市的现代化进程，中国社会从此开始发生了一场“史无前例的大变迁”[①]。这场社会变动至今仍然在延续，从农村到城市，从南到北，几乎所有的地区和个体都卷入了这场“现代化”的运动之中，其中“城市化”是现代化运动的一个重要指标。对此，马歇尔·伯曼曾精辟概括：“有一种富有活力的经验，它是空间和时间的经验，自我和他人的经验及生命的可能性和危险性的经验，今天全世界的男男女女都感受着它，我把这种经验称之为‘现代性’。成为现代的，就是发现自己处在这样一种环境中，它向我们许诺了冒险、权力、快乐、成长以及我们自身和世界的变化，与此同时它又威胁着要摧毁我们所拥有、所知道和所归属的一切。现代的环境和经验冲破了一切地理和种族的界限、阶级和民族的界限以及宗教和意识形态的界限。从这个意义上可以说，现代性把全人类统一了起来。但这是一个充满悖论的统一，一个没有统一性的统一；它把我们所有人都注入到漩涡中，一个斗争和矛盾的漩涡，一个混乱和焦虑的漩涡。”《高兴》便如实而具体地艺术呈现了中国当下现代性城市发展中难以规避的“漩涡”。它不仅在物质层面破入现代化进程中日常的城市繁华，真实展示出其底层另面的境况，而且在精神层面突出表现了我国城市化进程中乡村义理与城市法律之间的冲突与矛盾。刘高兴背尸还乡，他的重承诺、讲信义，合乎人情义理。但另一方面，这一行为本身却又有违城市文明，有悖法律条令。情与理，义与法，城市法治与乡村伦理由此汇聚交锋日益激剧。究竟孰是孰非？从中，我们不难感受到作者对当下城市化进程特别是农民工潮的深切思索。

总之，《高兴》这部小说不仅为我们生动再现了城市生活中拾荒者这一特殊人群的底层生存境遇和生活状态，而且透过“刘高兴们”的日

---

① 周晓虹：《传统与变迁——江浙农民的社会心理及其近代以来的嬗变》，三联书店 1998 年版，第 223 页。

常生活叙事，对他们的精神层面进行了有力的发掘，进而表达了作者对当下现代化语境中农民的真切关怀与城乡关系问题的深切思考。贾平凹自己在创作后记中明确表示过："我要写刘高兴和刘高兴一样的乡下进城群体，他们是如何走进城市的，他们如何在城市里安身生活，他们又是如何感受认知城市，他们有他们的命运，这个时代又赋予他们如何的命运感……"[①]可以说，《高兴》确实比较成功地实现了作者的这一创作初衷。

三　小结

在现代性叙事词典里，苦难被更多地指认为贫穷，是物质匮乏和文明落后的结果。正如《发展的幻象》所指出的："在西方现代文明的视野中，经济贫穷乃'耻辱与苦难'；一些自甘清贫，过简朴生活，认为远离物欲乃一种福气和可追求更高的境界的哲学却被贬抑……争相赚钱不但成为生存最重要的目的，也成为了新社会的道德依据。"[②]因此，现代社会认为"发展"和"进步"可以最大限度地提高人们生活水平和需要的满足，从而尽可能地消除苦难与贫穷。但是，苦难不只是物质上的，更多是精神上的。正是在这个意义上，当下小说日常生活叙事中对农民工的"底层"描述，诉说了物质的，更是精神的"苦难"。

作为兼具"农民"和"工"这一城乡双重文化性质的特殊社会身份，对其"底层"的物质和精神的双重"苦难"呈现，一笔两处，自然而然地在城市与乡村的意象空间交错中充分表达了爱恨交加的世事情感，言说了城市日常生活的另面，由此在农民工"底层""苦难"中颇具象征意味地在"进步"的、"颓废"的城市形象之外，实践了又一种"困惑"的城市形象的话语构建。换句话说，我国城市化逐步推进的过程中，高楼林立的日益繁华的城市，并非一时之力促就，而是凝聚着众多城市建设者的辛苦劳作，其中非常大的比重就是农民工。但恰恰是这些建筑高楼大厦的最大生力军却一直得不到基本的生活保障，处在城市的社会底层。而且，一旦建筑

---

① 贾平凹：《高兴》，作家出版社 2007 年版，第 431 页、第 440 页。

② 许宝强、汪晖选编：《发展的幻象》，中央编译出版社 2001 年版，第 396 页。

落成，对他们来讲没有剪彩的欢乐，他们又不得不到别处讨活。这里，不禁让人想到《高兴》结尾中犹如利刃般刺破富庶城市景象的那道惊魂，和张爱玲《现代》杂志封面设计中那个鬼魅的阴影，都异曲同工地暗示出：现代性本身总是会产生魂灵般如影相随的自我悖反性，而这个魂灵无疑是让人困惑难解的。

第三章

日常生活叙事现代性的审美认知

黑格尔在其著名的美学讲演中提出了一个惊世骇俗的命题:艺术已经终结。“从这一切方面看,就它的最高职能来说,艺术对于我们现代人已是过去的事了。因此,它也已丧失了真正的真实和生命,已不复能维持它从前的在现实中的必须和崇高的地位。”①黑格尔这一后来被克罗齐称之为“葬礼演说”的论断,并不像他的某些追随者所说的那样,是一时心血来潮之后所随便下的结论。② 事实上,他将此观点置于全部美学的绪论之中。换言之,正是因为艺术的终结才使得对艺术本质的思考即美学具有了可能性。作为艺术的结晶化,作为艺术实现了自身后的华丽转身,美学乃是对艺术的盖棺定论:“所以艺术的科学在今日比往日更加需要,往日单是艺术本身就完全使人满足。今日艺术却邀请我们对它进行思考,目的不在把它再现出来,而在用科学的方式去认识它究竟是什么。”③应该指出,此番论断包含着两个互相联系的维度:一方面,美学作为艺术科学,是对一种已经停止了线性进步的精神活动领域的总结性认识;另一方面,艺术被呈现为或被理解为思想,正是艺术成熟到濒临死亡的症候。用丹托的话来说是这样的:“历史随着自我意识到来而终结,或更恰当地说,随着自觉到来而终结。在某种程度上,我想我们个人的历史具有那种结构,至少我们种种教育的历史具有那种结构,因而它们终结于成熟期,

---

① 黑格尔:《美学》第 1 卷,朱光潜译,商务印书馆 1982 年版,第 15 页。
② 朱狄:《当代西方艺术哲学》,人民出版社 1996 年版,第 510、511 页。
③ 黑格尔:《美学》第 1 卷,朱光潜译,商务印书馆 1982 年版,第 15 页。

在它们这里,成熟被看作了解(和接受)我们是干什么的,乃至我们是谁。艺术随着它本身哲学的出现而终结。”①

当下我们所处的时代,不仅在制造大量即时消费的影像商品,而且把传统的高雅文化低俗化、平面化,甚至把它们改造成为面向大众的消费品。用费瑟斯通的话说:“具有崇高艺术规则的、有灵气的艺术,以及自命不凡的教养,被‘折价转让’了。”人们开始追求打破艺术和日常生活之间的界限,消解艺术的“灵气”,认为一切都可以成为艺术或审美的对象。于是,出现了审美的日常生活化,艺术变得无处不在:大街小巷、废弃物、身体、偶发事件等,无一不可以进入审美的殿堂。同时,人们也实践着将生活转换为艺术作品的谋划,具体指追求生活方式的风格化、审美化,即所谓日常生活的审美化。显然,时下艺术的确“已不复能维持它从前的在现实中的必须和崇高的地位”。在审美日常生活化的时下,作为已属边缘地带的文学样式,小说当如何面对日常生活审美化?与之相关,小说的日常生活叙事呈现出怎样的景观呢?对此,我们怎样才能更为有效地进入这一问题呢?

如前所述,日常生活的理论其实大致可分两大类,一类是以马克思、胡塞尔、赫勒为代表,其论述更多是建立在生产主义话语理论的基础上,另一类是以列斐伏尔为先导,后以鲍德里亚、费瑟斯通、德波为代表的日常生活论述。列斐伏尔是将日常生活置于比生产更突出的主导性的位置上。他认为在新资本主义社会,现代日常生活已经被全面组织和纳入到生产与消费的总体环节中去,日常生活已经被技术和官僚阶层相结合的统治方式牢牢控制住了,当代资本主义社会统治和奴役结构也从物质生产—经济领域向消费—符码领域转变。他说:“在现代世界里,日常生活已经不再是有着潜在主体性的丰富‘主体’;它已经成为社会组织中一个‘客体’。”②“消费物不仅被符号和‘美德’所美化,以致它们成为消费物

① 〔美〕阿瑟·丹托:《艺术的终结》,欧阳英译,江苏人民出版社 2005 年版,第 121 页。

② Henri Lefebvre, *Everyday Life in the Modem World*, trans, Sacha Rabinovitch, London, 1971, pp. 59—56.

的所指，而且消费基本上同这些符号相关连。”[①]可以说，列斐伏尔对于现代技术和官僚阶层的作用，使得符号控制取代生产控制，成为社会控制的主要形式等问题的思考对后来德波、费瑟斯通、波德里亚等关于消费社会、虚拟社会和后现代文化研究具有开山引领作用[②]。德波、费瑟斯通、波德里亚等正是通过对“二战”后现代西方发达国家在物的极大丰富与系统化下形成以消费拉动社会发展的消费社会的描述，向人们揭示消费潜藏着的控制力量及其对人类文化、审美和个人日常生活的深刻冲击和影响。这些日常生活理论，无疑有力地推介着有关当代尤其当下小说日常生活叙事的美学探讨。

同时，作为一种文学艺术，小说日常生活叙事也有着自己相对独立的审美逻辑。波德莱尔：“现代性，就是短暂、易变、偶然，就是艺术的一半，而另一半是永恒和不变。”“日常生活”如其所是就在于“不论日常生活有哪些其他的面向，它拥有一个根本的特质，即，它是无可掌握的、是稍纵即逝的”[③]。“日常生活”正是以其自身特殊的悖论性（短暂、易变、偶然与永恒、不变）恰当而准确地体现了“现代性”的要义，本身具有一种反现代性的（审美）现代性特质。可见，“日常生活”和现代性具有某种天然的同构性，现代性是切入日常生活相当契合的视角。事实上，在审美层面，关注日常生活的当代小说叙事也的确表现出意味繁复的现代性意蕴。

自20世纪80年代以来，改革开放送来了物质的丰裕，也带来了邓丽君“甜蜜蜜”的生活小调，思想解放汇聚如潮，中国社会生活呈现出一派生气勃勃的新气象。随着中国现代化进程的迅速展开和不断推进，经济体制改革的顺利转型，一座座城市拔地而起，整个中国社会空间的重心从农村转移到了城市，其间人们的生活不断冒出令人新奇、焦虑与向往的世事与情感。对此，“新写实小说”日常生活叙事从前期到后期，相应地真实标示出社会生活的这一转型。城市步伐的迅猛加快，物质生活进一步

---

① Henri Lefebvre, *Everyday Life in the Modem World*, trans, Sacha Rabinovitch, London, 1971 p.92.

② 周宪：《日常生活批判的两种路径》，《社会科学战线》2005年第1期。

③ Ben Highmore：《日常生活与文化理论》，周群英译，韦伯文化国际出版有限公司2005年版，第1页。

的丰富和发展,尤其全球化浪潮下消费文化的汹涌而至,社会整体上开始从生产型到消费型的迅速转变,人们的生活开始从温饱奔向小康,商品意义的“物”从无到有及至扩展并充斥在人们的全部生活空间,当下中国出现了现代性状况与后现代性体验并存。这种体验同样变动不居地投射或折射在当代小说日常生活叙事中。由此审视,或许我们也同样可以说,当代小说日常生活叙事在一定程度上实践了审美的日常生活化。

第一节 摹写方式:无聊与神秘

什么是“无聊”? 蓝包尔(Laurie Langbauer)在探讨无聊和日常生活关系的一篇论文中曾写道:“城市生活的无聊,就是装配线上的那些枯燥动作,一个接着一个、一片接着一片,固定在永无止尽的一连串活动上,却永远没有真正的进展:它的变化越多,它就越是没有变化。”(Langbauer,1993:81)[①]从中不难看出,“无聊”的核心要义就是枯燥、单调、乏味,而且这一意义同时指向其时间与空间的维度。

什么是“神秘”? 在《奥德赛》中,我们永远无法知道海妖们对尤利西斯唱了什么歌。因为荷马只是引用了这支歌,想要说明真正歌将怎样令人无法抗拒,然而一旦尤利西斯抵抗不住海妖们的诱惑,那么这歌就并不是他所听到的。同样,当我们开始阅读文学作品,所持有的一种情感就是自身的好奇心。但是,文学却始终保守着自己的秘密。我们好奇地想知道海妖之歌听起来到底怎么样,因为只有亲耳听过它们的歌声,才能够明白尤利西斯是否在夸大其词。可是,我们也知道这首歌是十分致命的,亦如白朗修在《海妖之歌》中所指出的,海妖之歌被看作是“想象之物”的一个寓言,是全部文学的危险性的寓言。要听到海妖之歌,你也许会受诱惑,而永远脱离尘世责任的日常生活世界。[②] 我们对文学秘密的探求历

① Ben Highmore:《日常生活与文化理论》,周群英译,韦伯文化国际出版有限公司 2005 年 3 月版,第 8 页。

② 〔美〕希利斯·米勒:《文学死了吗》,秦立彦译,广西师范大学出版社 2007 年版,第 60 页。

程,其实就如同遭际“海妖之歌”的境遇。尽管具有难以抵达的不可知性,但是仍然不免好奇地愿意一探究竟。

事实上,这一点十分具体而充分地体现在中国当代小说日常生活叙事充满矛盾性的审美意蕴的呈现方式中。对于日常生活,这个充满无聊与神秘的矛盾物,一旦将其落入小说叙事中,从一个字到一个字,这样的“写”的意义上看,“日常生活”可以说甚至只要它一经被叙述,那么被记录的词语与其指称物之间便会遇到“真实”的程度问题。因为“日常生活”,作为一种直接相遇的时空景观,它的经验性既诉说着个体每每不同的新异感知,同时随之衍生无聊的状态属性。而这种新异与无聊矛盾性的内在共生,本身就又诉说着“日常生活”的神秘。这一存在既是时间性的,又是空间性的。

因此,正是在“写”的意义上,由于“日常生活”自身诸多面向的矛盾性,对于它的“写”无疑具有某种对其自身的不可绝对抵达性。也正是从这个意义上讲,小说对日常生活的叙事,作为一种特殊的文学的“写”的呈现方式,有着其自身相对独立的审美逻辑与要求,而最接近日常生活本性的摹写方式便是尊重它的特性,即无聊与神秘,这也是我们进入并探求它审美意蕴的一个有力视角。

一　日常生活叙事的时间编码与意义指向

巴赫金在《小说的时间形式和时空体形式》一文中,有过这样一番描述:“这里没有事件,而只有反复的‘出现’。时间在这里失去了向前的历史进程,而只是在一些狭窄的圈子里转动,这就是一日复一日、一周复一周、一月复一月、一生复一生的圆圈。过了一天是老样子,过了一年也是老样子,过了一生仍然是老样子。日复一日地重复着同一些日常的生活行动,同一些话题,同一些词语等等。人们在这个时间里吃喝睡觉,娶妻子,找姘头(不带什么浪漫蒂克),搞些小阴谋,坐在自己的店铺或办公室里,打牌说闲话。这是普通世俗的圆周式的日常时间。……这一时间的标志很简单,明显地表现为物质的东西,并同局限性的日常生活紧密联接在一起:这日常生活的局限事物,是指小城里的小屋和小房间,昏沉的市街，尘土和苍蝇，俱乐部，弹子房等等。这里的时间是没有事件的时间，因之几乎像停滞不动一样。这里既不发生‘相会’，也不存在‘离别’。”[①]这里，巴赫金的论述直接针对的是《包法利夫人》，他对日常生活的时间特征作出了具体而明确的阐发，即重复性与不变性。也正是在这种时间意义上，我们所熟悉的日常生活本身便具有了梦魇般难以摆脱的无聊面向。而小说日常生活叙事最神秘的一个地方就在于，它可以化无聊为奇观。

我们知道，在小说文本中，叙事时间与现实世界的生活时间并不完全一致，但二者又紧密相关。很多时候，叙事时间是以现实时间为基础，又不完全等同于后者，而是带有经由作者重新编码的意向性。这种编码的行为，往往直接决定着小说叙事时间的方式，而不同的叙事时间方式又直接表明现实的时间意义指向。因此，时间一旦落入小说叙事，就衍生出各种时间编码及其不同指向的意义。

1 线性时间的空洞化意义

我们知道，相对于古老的传统农业文明的乡村，单位、医院、学校等这些场所本身就具有现代性含义。就时间而言，前者感知“日出而作，日落而息”，后者则指涉各种“标准时间”的表格和计量。因此，现代性日常生活的特质，是一种以分、秒为基础的共时生活。在现代景观中，成千上万的工作者依赖时刻表上一致的分秒时间。在中国当代小说日常生活叙事中，最典型地反映出这一现代性诉求的时间编码就是线性的时间编排。比如，《人到中年》中作者对陆文婷大夫的日常生活有这样一段描写：

> 每天中午，不论酷暑严寒，陆文婷往返奔波在医院和家庭之间，放下手术刀拿起切菜刀，脱下白大褂系上蓝围裙。可以毫不夸张地说，这是分秒必争的战斗。从捅开炉子，到饭菜上桌，这一切必须在五十分钟内完成。这样，园园才能按时上学，家杰才能蹬车赶回研究所，她也才能准时到医院，穿上白大褂坐在诊室里，迎接第一个

① 〔俄〕巴赫金：《小说理论》，白仁春、晓河译，河北教育出版社 1998 年版，第 449 页。

病人。[1]

“放下”“拿起”“脱下”“系上”“捅开”“上桌”“上学”“蹬车”“到医院”“穿上”“坐在”“迎接”这一连串先后承接的动作，发生在明确计量的“五十分钟内”，发生在“必须”之后接连三个“才”字的条件语境里，无疑这样的一套安排体现出时间的有序，表明了一种“分秒必争”的算计，确实如同一场“战斗”，让人倍感局促和紧张。这个意义上看，它们不是空洞的，而是具有鲜明的现代性意义指向的时间观念。如果前面所讲的这个完整的过程只是一次，自然是具有充分的说明意义，即陆文婷生活安排的紧张而忙碌。

可是，细心体察，就会注意到，前面这个完整的过程，并非仅仅只是一次性的，而是有一个大的时间概念前提，即“每天中午”“不论酷暑严寒”。我们说，(某天)“中午”“酷暑”“严寒”，这种时间尚具有具体意义性，至少有这种时间意义的可能性。其中，“酷暑严寒”一旦合起来，虽然还有一种相对明确的“年”的意义，同时却也有了某种非确定性意义的指向即“每年”。而且，它们的前面一旦再加上“每天”“不论”，则突出说明了具体时间的重复性，反而这些具体的时间没有了特定指向性，就不再有明确的区分表征意义，最终时间意义落入了空洞化，即除了说明符号化的时间本身外，再也没有什么特别的含义。如果非要说有，那就是写出与之相关的世事的常态——生活的琐碎与无奈，从而写出用这样没有意义区分度的时间，去计算这样没有变化的日子：无聊。又比如下面的这段文字：

> 陆文婷啃着冷烧饼，望着窗台上的小闹钟：一点五分，一点十分，一点十五分了！怎么办？该上班去了？明天去病房，门诊还有好多事需要交代。可，佳佳交给谁？再给家杰打电话吗？附近没有电话。就算有电话，也不一定能找到他。再说，他已经耽误了十年，现在不该再占他的时间，不能再让他请假！

---

[1] 谌容：《人到中年》，张忆编：《人到中年》李双、张忆主编：《中国新时期文学精品大系》，中国文学出版社 1993 年版，第 29 页。

闹钟无情地嘀答着，已经一点二十分了！实在没办法，她只好找院里的陈大妈帮忙。[①]

“一点五分”“一点十分”“一点十五分了！”“已经”“一点二十分了！”陆文婷眼睁睁地看着上班的时间从最初五分一格，再五分一格地不停跳跃，一次惊叹之后，直到闹钟嘀答到最后，发出再一次的惊叹，陆文婷才不得不决定行动。她内心的犹豫、为难、歉意与无奈由此淋漓揭示。显然，这里的时间表现出线性发展趋向，这无疑是一种现代性的意义诉求。她要去上班的意愿，就在这样的时间意向里得到了契合的呈现。然而，只一个字“再（给家杰打电话）”却再次说出了事情不止一次发生的日常性。

从上面两段文字中，可以看出一秒一秒，一分一分，一小时一小时，一年一年……在这种时间的计算中，让人感受不到岁月的累积或缩减，琐碎中透着乏味，对于这些时间所关涉到的事物也没有多大的直接影响，有的只是一种似乎永远没有尽头的一成不变和絮叨反复的常态，毫无时间的意义，时间成为空洞化的符码。如果非要指认出它们的意义的话，那么这里的时间全部的意义也就是如前所表述的——没有意义——“无聊”。而像这样的时间编码在很多小说的日常生活叙事中大量存在，充满着大量的数字及其计量。

显然，透过这种空洞化毫无意义的线性时间编码，它本身根本无法负载小说的意义。小说的意义势必也只能落在别处。于是，《人到中年》的意义指向在刘学尧的那番“位卑未敢忘忧国”的感慨中才得点亮。显然，小说主旨点亮的也不是日常生活自身的时间意义，而是宏大话语的再度建构。事实上，这种叙事时间的展开方式与意义呈现，在“新写实小说”以前的日常生活叙事中大量存在着，而且文本也几乎都是以宏大话语为其意义所向。而且，这种时间的编排本身也表明其对历史主体的认同寄寓，而并非遵照日常生活本身的时间意义。真正挑战这一线性编码时间观念的当推“先锋派”小说。余华、格非、北村等通过时间的循环性编排

① 谌容：《人到中年》，张忆编：《人到中年》，李双、张忆主编：《中国新时期文学精品大系》，中国文学出版社 1993 年版，第 31 页。

挑战历史进步的线性时间观念,以非理性的心理时间感知挑战理性化的历史计时,不断反复切割着叙事时间,以完成对历史连续性的阻断。及至,“新写实小说”则从日常生活的“存在”意义出发,完全抛开了历史的时间观念,并真正展开了以日常生活的时间理念作为小说主导叙事时间的美学实践。

2 日常生活时间的“存在”意义

日常生活真正进入并成为叙事的主角是在“新写实小说”那里。这一点同样深刻地体现在它第一次将日常生活意义上的时间引入了小说叙事。巴赫金曾说:“任何的具体化,即便是生活习俗的具体化,都会带来自己的规律性、自己的规矩、自己的必然联系,把这些加到人的生活中去,同时也带进来这一生活的时间。”[①]最典型的可谓池莉的小说《烦恼人生》。小说写的是印家厚一天的生活:孩子掉下床,和老婆吵架,起床,挤公用卫生间,坐公交,乘渡轮,送孩子去幼儿园,车间里的工作,同女徒弟的情感纠葛,随份子,领奖金,吃饭……凡此这般庸常琐事居然占据了一整天的时间!小说只是写这样的一天,这样的一个普通人普普通通的一天。写了印家厚的一天,就等于写了他的一周,一年,乃至一生;写了印家厚一个人,就等于写了他所代表的那个群体。在这里,没有大的事件,没有大的冲突,有的只是上班下班,鸡毛蒜皮,锅碗瓢盆。这一点和《人到中年》中的作息意义形成了鲜明的对比,即同样是围绕着家庭、孩子、事业等个人生活展开,《烦恼人生》显然和政治、历史、革命、现代化等宏大话语言说毫无关系,而是与人的日常生存状态关联,小说叙事起支配作用的完全是具有普遍性日常生活的时间意义。

科西克认为,“平日中运演着两类可重复性和替换。平日中的每一天都可以换为相应的另一天”[②]。“同时,任一平日的主体,都可以任意换为

---

① 〔俄〕巴赫金:《小说理论》,白仁春、晓河译,河北教育出版社 1998 年版,第 291 页。

② 〔捷克〕卡莱尔·科西克:《具体的辩证法》,傅小平译,社会科学文献出版社 1989 年版,第 54—55 页。

别的主体,平日的主体是可以互换的。”[①]如果说,《烦恼人生》中通过写印加厚日常一天而写出他人生的意义布满了如网一般挣不脱的烦恼,那么《一地鸡毛》《单位》里“钱、房子、吃饭、睡觉、撒尿拉屎,一切的一切,都指望小林在单位混的如何”则写出了小林的,也是很多人的一种人生焦虑。法兰克福学派学者弗洛姆这样描述:“对分离的体验激发出焦虑;此体验无疑是一切焦虑的总根源。分离意味着人被隔绝,人无力运用其人性的力量。由此,分离孤寂即是衰弱无力,不能主动去把握世界——事物与他人。世界可以拥有我,而我却无力作出反应。”[②]刘震云笔下的小林则无时无刻不被这种焦虑所笼罩着,让我们感受到现代社会异己力量压抑下的生存危机。小林走出校园就好比离开一个“母体”,他被抛入到陌生的环境里,新的人生经验纷至沓来,让他无所适从。获得新认同感、安全感、成就感,无不激起他的焦虑。这种焦虑,在刘震云的“新写实”系列小说中,主要来自经济束缚和世俗压力两个方面。这样个人的日常生活就同广泛的社会生活联系到了一起。个人的生存空间,原有的人生价值和情感取向也因此同外在的社会化、体制化的空间产生了勾连。日常繁琐的生活世界成了“我们判断世界的标准,也成了我们赖以生存和进行生存的证明”[③]。处在这种生存状态中的小林,必然会在与外界的对抗和妥协中产生对于生存的焦虑,生活的激情必将被一点点磨损掉。小林生活中唯一的娱乐“看足球”,也因解决不了“身边任何问题”而被取消。可以说,小林生存的焦虑产生的根本原因就是对自我的无法把握,对于世俗和社会生活控制的无力摆脱的一种“分离感”。通过对城市中以小林为代表的人的生存处境的展示,刘震云也完成了对理想中城市形象的放逐。城市并不是人理想的精神家园,而是充满世俗与竞争的社会化了的组织。个体在社会化的潮流中无所适从,被无形的力量支配着,人人自危,为工作和家庭打拼,处在焦虑的状态之中,这种焦虑的症状是普遍存在的,而

---

① 〔捷克〕卡莱尔·科西克:《具体的辩证法》,傅小平译,社会科学文献出版社 1989 年版,第 55 页。

② 〔美〕弗洛姆:《弗洛姆文集》,冯川主编,改革出版社 1997 年版,第 341 页。

③ 刘震云:《磨损与丧失》,《中篇小说选刊》1991 年第 2 期。

且是永远也无法摆脱的。

于是,从池莉《烦恼人生》,到方方的《风景》,到刘震云的《一地鸡毛》《单位》等等,在这些"新写实小说"的代表作中,我们再也找寻不到那种昂扬、进步、上升的历史观念和宏大话语指向,感受到的只有日常生活时间的周而复始,甚至几近停滞地缓缓流动。也正是在日常生活的时间叙事中,"新写实小说"揭示出活生生的个体人生的"存在"意义:无聊与烦恼及焦虑。这些小说日常生活叙事给我们带来最多的与其说是思考不如说是体悟,是一种对生存的反思。正像克尔凯郭尔所说的那样:"当你把它当作小说一样阅读时,你会嘲笑他;当你听别人谈论时,你会取笑他;可当你亲身体会时,你就会理解其中的真谛。"①

从中可见,"新写实小说"的日常生活时间游刃有余地穿梭在叙事文本中,并生动而逼真地完成了烦恼、无聊、焦虑等人生"存在"意义的揭示。从时间意义上看,"新写实小说"一方面是现代性意义上"时间"的他者,因为它叙事并不在意时间的历史进步性,没有强烈的历史感,反而给人的感觉是只强调时间的相对稳定性,甚至凝滞性、不变性。可是,我们知道现代性意义之维的"时间"最大的特征就是线性发展的飞速即逝。所以,单从时间意义这一点看,"新写实小说"似乎更多传统小说叙事意味,而非现代性的。有意味的是,同样无法否认"新写实小说"所描述的空间,比如单位、(现代意义上的)家庭,无疑又是整个现代社会机制有效运行的基石,是现代日常生活中的重要基本组成空间。正是在这个意义上,"新写实小说"别具现代意义。于是,在"新写实小说"这里,便出现了时间与空间向度上的交错。英国社会学家安东尼·吉登斯(Anthony Giddens)将这种时间与空间的混杂排列称为"时空分延"(Time-space distanciation),他认为这是全球化的基本特征,吉登斯不仅看到了全球化是政治与经济两种影响合力推动的进程,而且认为全球化在建立国际间新秩序的力量对比的同时,正在改变着我们的日常生活,因而"全球化的内容不仅仅是,甚至主要不是关于经济上的互相依赖,而是我们生活中的时空

---

① 〔丹〕克尔凯郭尔:《颤栗与不安》,阎嘉等译,陕西师范大学出版社 2002 年版,第 166 页。

巨变”[1]。这一点,在“60年代”“70年代”等作家的小说日常生活叙事尤其空间审美呈现中得到了更为充分的体现。

3 日常生活时间的“现在”意义

20世纪80年代以来,“印加厚们”“小林们”的日常生活一改往日的崇高理想、革命豪情的激情人生状态与进步人生追求,而是将人生存在意义上的无聊,充分定格在人们的脑海里。“新写实小说”日常生活叙事方式本身也由此定格。它这种表意的充满随意性的日常生活的时间编码,也随其显著的叙事效果而一度深入并成为其后大量日常生活叙事文本的主导时间方式。单从日常生活时间的叙事作用来看,“60年代”“70年代”小说和“新写实小说”极为相似。比如何顿的《生活无罪》《太阳很好》、朱文的《什么是垃圾 什么是爱》《傍晚光线下的一百二十个人物》、李洱的《儿女情长》、叶弥的《小女人》等等,小说文本在日常时间近乎凝滞的循环中,将没有伟大革命道义和社会担当的小人物的日常生活加以生动呈现,吃喝拉撒,衣食住行,写出了生活的原汁原味,写出了他们最为具体的感性的存在意义。可是,如果说,“新写实小说”日常生活时间意义上对无聊的摹写方式,一改往日由宏大话语一贯倡导、演绎的大叙事景观,从而产生一种与大历史断裂的新奇感,那么随着这一叙事方式的继续推进,日常生活时间叙事所带来的过于琐碎与庸常,拖沓的节奏,冗长的感觉,越来越显示出其艺术美感的匮乏,开始变得让人难以忍受。正如巴赫金所说,日常时间“是浓重黏滞的在空间里爬行的时间。所以它不可能成为小说的基本时间”[2]。

特别新世纪以来当代中国消费文化社会的确立,日新月异的变幻景象,快节奏、高效率的生活步伐,人们的审美需求发生着深刻而巨大的变化。安妮·弗莱伯格说:“由于摄影术的推广,公共和家庭的证明记录方式都被改变。电报、电话和电力加速了交流和沟通,铁路和蒸汽机车改变了距离的概念,而新的视觉文化——摄影术、广告和橱窗——重塑着人们

---

① 〔英〕安东尼·吉登斯:《第三条道路:社会民主主义的复兴》,郑戈译,北京大学出版社2000年版,第33页。

② 〔俄〕巴赫金:《小说理论》,白仁春、晓河译,河北教育出版社1998年版,第449页。

的记忆和经验。不管是‘视觉的狂热’还是‘景象的堆积’，日常生活已经被‘社会的影像增殖’改变了。”[①]目及当下，在现代大都市里，琳琅满目的橱窗、铺天盖地的广告、标新立异的生产商号和商标、美轮美奂的购物中心、各具匠心风格的城市建筑等等，所有这些构成了一个庞大的景观，而且这些景观还在日复一日地不断地增殖、扩大、蔓延……对这一现象，居伊·德波把它称为“奇观社会”。他说：“在现代生产条件蔓延的社会中，其整个的生活都表现为一种巨大的奇观积聚。曾经直接地存在着的所有一切，现在都变成了纯粹的表征。”[②]在德波看来，奇观是商品实现了对日常生活全面统治的时刻，“奇观是当今社会的首要产品”[③]，“奇观呈现给视觉的世界既在这里又不在这里。它是一个主宰着一切生命体验的商品的世界”[④]。奇观并不是消费社会特有的现象，实际上，在过去的社会里，在各种宗教仪式、各种狂欢节、各种节日庆典中都有奇观，然而前消费社会中的奇观只存在于特定的空间和时间，“那奇观的世界都必定要存在于一个与日常世界迥然不同的空间中”[⑤]。前消费社会的奇观不是随处可见的，而“在当代奇观社会中奇观的存在与发生不再有赖于空间的区隔，世界本就是由各种各样的奇观所构成的”[⑥]，可以说，奇观广泛存在于我们的日常生活中，这是一个由五花八门的种种商品及其形象构成的世界。它借助消费为主导的社会生产方式将商品推向前台，并证明现存体制条件和目标总体的合理性，它由新闻或宣传、广告或娱乐所颂扬的消费观念而被普遍接受，“奇观体现了流行的社会生活方式”[⑦]。于是，我们看到因落入日常生活时间的黏着化而呈示过于日常世相的“新写实小说”，在文

---

① 〔美〕安妮·弗莱伯格：《移动和虚拟的现代性凝视：流浪汉/流浪女》，罗岗、顾铮主编《视觉文化读本》，广西师范大学出版社 2003 年版，第 327—328 页。

② 〔法〕居伊·德波：《奇观社会》，吴琼编：《视觉文化的奇观》，中国人民大学出版社 2005 年版，第 58 页。

③ 同上书，第 63 页。

④ 同上书，第 71 页。

⑤ 吴琼编：《视觉文化的奇观》，中国人民大学出版社 2005 年版，第 11 页。

⑥ 同上书，第 12 页。

⑦ 〔法〕居伊·德波：《奇观社会》，吴琼编：《视觉文化的奇观》，中国人民大学出版社 2005 年版，第 60 页。

坛一时风光无限之后便转身流散而去,如今已然销声匿迹。

但是另一方面,巴赫金也认为日常时间也并非绝对不能充当小说的基本时间的观念,“小说家利用它作辅助的时间,它同其他非圆周式的时间系列相交织,或为这些系列所打断。它常常作为相反对照的背景,借助背景来映衬事件性强的富于活力的时间系列”①。也就是说,作为一种艺术创造,小说在叙事层面完全可以对日常时间进行灵活多样的重新组装和意义指向设计,在文本世界里摆脱日常时间的循环、黏滞,并打破由此带来的单调、乏味。因此,秉承日常生活时间基本理念而并不拘囿于此的“60 年代”“70 年代”等后来者开始一次次叙事时间上的探索和突围,并且在“现在”的意义上得以重新出发,活跃至今。“60 年代”“70 年代”等作家成功运用的叙事时间方式,归纳起来大致主要集中体现在以下三方面:

首先,“60 年代”引入历史背景反衬日常生活的时间意义。当前较为普遍的一种观念认为,“60 年代”是没有历史的一代作家,尽管他们在“文革”中出生,但是“文革”的历史记忆比较淡漠。其实,这些作家的笔下没有出现以规律和本质的形式存在的历史,与其说他们的笔下就没有历史,不如说他们以一种新的视点重新打开了历史:立足日常时间,并由此反观历史,以历史对日常时间的挤压来记忆和书写历史。打开他们小说文本,所记叙的历史多是关于“文革”、“反右”、知识青年下乡等当代史,而不是革命战争史,更不是民国史。可见,历史在他们的笔下,不再是铿锵有力、具有伟大超人力量的“大历史”,而是一个抽却坚硬与伟岸,却富有丰盈的血肉和敏锐的神经的“小历史”,正是这种“小历史”的书写往往更加深刻地触到历史的痛处。比如,荆歌的《画皮》,毕飞宇的《怀念妹妹小青》,韩东的《扎根》,迟子建的《不灭的家族》,朱文的《他们带来了黄金》,从中我们可以看到,“文革”前后,在历史时间的挤压下人们的日常时间发生了变形,日常时间改变了它特有的平缓、温和、冗长的特性,而以紧张、压抑和疼痛的姿态表现了出来。

---

① 〔俄〕巴赫金:《小说理论》,白仁春、晓河译,河北教育出版社 1998 年版,第 450 页。

新时期以后，经济取代政治而成为历史的时代主题，历史开始迈出快节奏、高速度的步伐，与此相关日常生活时间也逐渐改变了自己的舒缓状态。自进入后现代以来，日常生活被自觉地纳入到社会的整体规划之中，日益成为生产、消费和意识形态控制的一个重要环节。无论是法兰克福学派，还是列斐伏尔、波德里亚，都明确地指出了这一点，并得到了广泛的认同。日常生活被科技的发展、时尚的变更、效率的追求所牵引，日常时间变成一种加速运动。在邱华栋的《时装人》中，时尚不断变更，时装人感到"生活变化多端、转瞬即逝，已经没有任何一点可以被我抓住的永恒的事物了"①。《公关人》中的"公关人"，则在飞速流动的日常时间中，完全失重，最后因不能适应而自杀。而《午夜狂欢》中，不断加快的日常时间给人带来了精神分裂症——只能感受到当下时间，这是一种后现代的日常时间感受方式。杰姆逊说："后现代社会里关于时间的概念和以往的时代是大小相同的。形象这一现象带来的是一种新的时间体验，那种从过去通向未来的连续性的感觉已经崩溃了，新时间体验只集中在现时上，除了现时以外，什么也没有。我将这一体验的特点概括为吸毒带来的快感，或者说是精神分裂。"②现代性和后现代性，引起了日常时间的质变，改变了人们对日常时间的感受方式。

可见，日常生活并不是一个可以完全隔绝于历史之外的独立领域。实际上，历史无时无刻不以其无处不在的强力，直接或间接地影响和干预着个人的日常生活。在不同的时期，历史拥有不同的时代主题：启蒙、革命、救亡……这一切都或多或少地不断形塑着人们的日常生活，不断地改变着人们的日常生活体验，影响着人们的日常时间感受。在中国近现代以来的绝大部分时空里，日常时间都不是一种真正自足运行的时间，而是始终被历史这种合目的的强大力量所左右前行。事实上，无论是中国的历次政治运动，还是中国的现代化进程，这些宏大历史主题最终都要落实到时间观念的变革上，进而影响人们日常生活时间的感受，而这种对日常时间的感受实际上就是对个体生命的一种体验。"60 年代"作家非常自

---

① 邱华栋：《时装人》，《眼睛的盛宴》，华文出版社 2001 年版，第 1 页。

② 〔美〕杰姆逊：《后现代主义与文化理论》，北京大学出版社 2005 年版，第 205 页。

觉地将日常生活时间和历史相结合。这里,历史不再是空洞的庞然大物,而是改变着人们日常生活的真切的历史。可以说,历史正是融入了人们的日常生活之时,才真正得以祛除意识形态的遮蔽。同时,"60年代"小说日常生活叙事历史维度的引入,丰富了日常生活时间意义,从而使之走出了"一地鸡毛"的狭小格局的拘囿。

其次,注重选取富有非日常性因素的日常生活时间。"在均匀流逝、凝固恒常的日常时间中,有时也会出现某种'顶点'或'高潮',从而把日常生活主体带入巨大的日常满足和巨大痛苦的体验之中。"[①]日常时间中的高潮或顶点,主要有两类,一是人的生老病死的重大生命事件,二是关乎人间世事的各种节日和节气。这两类时间,既属于人们所熟悉的日常时间,却又是日常时间中最具有突破常态意义的非日常性临界点。因此,这些"高潮"或"顶点"自然而然地成为诸多小说家所热衷选取的叙事时间,从而既得以书写日常时间,又可以避免坠入日常时间所带来的沉滞与庸常,节奏上也不再过于滞缓,而是代之以富于变化的节奏感和紧凑感。正是借助这一巧妙的日常生活叙事策略,一改"新写实小说"的弊端,"60年代""70年代"小说日常生活叙事取得了相当新奇的艺术效果。

出生和死亡,婚嫁和殡仪,这些既在人世常理之中,却又尽在日常世事之外,别富人生的转折意味,因而成为小说家们一再关注的视点。单以"死亡"这一特殊的日常时间为焦点,"新写实小说"以后的日常生活叙事中就不胜枚举。比如,迟子建的《亲亲土豆》《白雪墓园》,李洱的《导师之死》《葬礼》,荆歌的《太平》,鬼子的《苏通之死》,等等。生老病死是人生的重要环节,既包含着人的生命高峰体验,也蕴藏着人际关系的纠结点。而另一类,各种别具含义的节日,同样被大量地纳入当代小说日常生活叙事的文本中。比如,以新年为切入点的鬼子的《大年夜》、迟子建的《逆行的精灵》,描写了"三八"节的马枋的《生为女人》,戴来的《恍惚》则从一个节日写到另一个节日,从清明节,到旧历新年,再到球迷的"节日"世界杯等等,小说的各个部分几乎都选取了节日作

① 衣俊卿:《现代化与日常生活批判——人自身现代化的文化透视》,人民出版社2005年版,第22页。

为时间支撑。在这样的时间段里，不仅有利于展开人际关系的繁复性和人性的复杂性，而且连同这些节日自身所富有的丰富文化内涵也被自然地带入其中，从而增加了小说日常生活叙事的文化厚重感。不过，从新年春节到婚丧嫁娶到生老病死，对于新写实小说以后的作家尤其“60年代”来讲，这里与其说是节日狂欢的感性抒发，不如说是借此对人际关系的集中揭示和剖析。

此外，他们还努力以融入传奇化、心理化、生理化的时间呈现方式来增殖日常生活的时间意义。比如，艾伟的《越野赛跑》写了两个地方，一个是南方一个比较闭塞的村庄，一个是这个村庄附近一个叫天柱的地方。村庄里正发生着“文化大革命”，“阶级斗争”的热潮弥漫着整个村庄，日常生活的时间被历史所打断。步青和步年兄弟因“阶级斗争”而反目成仇，步年和妻子小荷花被驱逐到荒郊野外的天柱。天柱是这样一个神奇的地方：

> 步年来到天柱后就有点搞不清这里的时间，他觉得这里的时间有着自己的方式。这里的时间不是出太阳显现的，这里的时间是由那些古老的树木、神奇的昆虫和那些看上去极为原始的植被显现的。[①]

传奇化的时间呈现方式出现了，在这一时间维度里，“牛鬼蛇神”的亡灵和步年一家过着平和而幸福的日子。传奇化时间呈现出另一种生命的存在方式，这既构成了对历史的批判，也构成了对日常生活时间的拯救。又如，陈染的小说《破开》中，“我”在飞机上做了一个梦，灵魂瞬间脱离了肉体，穿越时光隧道，来到大国，实际上是脱离了日常生活时间，进入到传奇化的时间里。

> 我意识到此刻已是旭日东升的黎明，由于时间的坍塌与割裂，这个崭新的毫无阴影的早晨对于我显得格外陌生。我没有想到，在人间被黑暗和恐怖渲染得毛骨悚然的死亡，竟是这样一片妖娆芬芳、绿

---

① 艾伟：《越野赛跑》，人民文学出版社2001年版，第112页。

意葱茏、圣洁无瑕的地方。[1]

当“我”一梦醒来,那梦中老妇人赠送的珠子竟然分明正捏在手中,这一切是梦境,还是现实?传奇化的时间和日常生活时间融合一处。

须兰的《千里走单骑》则充满着意识流的心理时间,甚至它几乎盖过了日常生活的时间流动,从这个意义上看它算得上是一部小型的《尤里西斯》。艾伟的《爱人同志》,日常生活时间的循环往复与心理时间的纵深挺进彼此交融一处。在陈染、林白、海男等这些女性作家的小说中,日常生活时间和心理时间齐头并进,往往以一种没有固定方向的心理时间,实现对单向循环的日常生活时间的超越。一些成长小说,像邱华栋的《西北偏北》、陈染的《私人生活》和林白的《一个人的战争》,通过写青春期生理发育引起的肉体和心灵的骚动而延伸出生理化的时间,从而构成了表面平静的日常生活时间下的涌动潜流。正是这些灵活多变的时间方式的加入,小说叙事中日常生活时间的意义不再单调,而别样生动丰富。

二　日常生活空间的审美呈现及其意向化

在漫长的历史长河里,时间一直在时空系统中处于主导地位。随着现代化的进程和交通信息技术的发展,空间障碍逐渐被克服,空间也正在逐步代替时间,成了时空系统的主导性因素。吉登斯所谓的“时空脱域”,哈维所谓的“时空压缩”,都包含着这层含义。空间地位的上升、时空观念的变化,必然也在文学领域中有所反映。在西方,自现代主义文学以来,就有一种“克服时间的愿望”,吴晓东先生就认为,“克服时间的愿望”之所以能够产生,最根本的原因就是现代世界的空间化属性。[2] 现在一般都认为,空间是生产、消费和权力纵横交错的复杂领域,文化意义极为丰富。在《规训与惩罚》等著作中,福柯把空间看成政治控制的一种手段,权力通过空间设置对人进行监督和规训。在列斐伏尔眼中,空间是一种强大的生产力,其专著《空间的生产》就精深地阐释了这一观点。事实

① 陈染:《破开》,《另一只耳朵的敲击声》,作家出版社 2001 年版,第 181 页。

② 吴晓东:《从卡夫卡到昆德拉:20 世纪的小说和小说家》,三联书店 2003 年版,第 178 页。

上,在当代,空间生产已经成为一种新兴的社会支柱产业,各种人造空间和自然空间,都被开发为商品,纳入到生产消费领域。当代社会,正经历着一场深刻的日常生活变革,艺术开始走出象牙塔,走向寻常百姓的日常生活,这就是所谓的日常生活审美化。现代都市的日常空间,很能体现出这种审美化倾向。

就中国当代文学而言,20 世纪 80 年代以余华、格非为代表的“先锋派”及此前的小说,都是以时间的实验为主,及至“60 年代”“70 年”小说,这种局面才发生了巨大的变化,尽管时间实验并未退场,但是空间化倾向更是这些小说的一个重要特征。这里所要讨论的空间,主要是指参与到人们日常生活的日常性个人空间即日常生活空间,比如厨房、浴室和卧室,而不是宏观意义上的生产性空间。

需要说明的是,“日常生活”自身的意涵可谓感性十足。它是经验性的,是日常性的。但是,它同时又含有不容置辩的另面自反性的特征,即理性的思考方式。一句话,日常审美经验与理性思考同时并存于“日常生活”里,是其十分重要的面向所在。正因为如此,“日常生活”常被人们等同于“日常生活批判”。在这个意义上可以说,“日常生活”一旦进入小说叙事,成为一种日常生活空间意象,那么它本身充满了对感性/理性的解构与反叛。显见,感性—理性是“日常生活”,也是日常生活空间的一体两面,这种奇妙而复杂的多维思维向度无法也不可能决然分开。对此,这里论者只立足日常生活空间自身,加以各有侧重的直观考察,姑且从如下两方面分别论述,但是这二者之间实非绝缘,而是彼此相衍相生。

1. 日常生活空间的感性之美

实际上,在 20 世纪 30 年代的都市文学中就已经出现了日常生活空间的审美化倾向。从茅盾《子夜》中的高楼大厦,到“新感觉派”笔下的街道舞池,以声、光、电为要素的现代艺术都装点着这些都市空间。比如,在穆时英的《夜总会里的五个人》中,就有这样的描述:“红的街,绿的街,蓝的街,紫的街……强烈的色调化装着都市啊!霓虹灯跳跃着——五色的光潮,变化着的光潮,没有色的光潮——泛滥着光潮的天空,天空中有了酒,有了灯,有了高跟儿鞋,也有了钟……”在《上海的狐步舞》中,他这样描写舞场:“蔚蓝的黄昏笼罩着全场。一只 Saxophone 正伸长了脖子,张着大嘴,呜呜地冲着他们嚷。当中那块光滑的地板上,飘动的裙子,飘动的袍角,精致的鞋跟,鞋跟,鞋跟,鞋跟。”后来随着中国大陆都市文学的衰落,这样充满都市感的空间也在当代小说的视野中一度消失得无影无踪。

此后,相当长的时期里,个体意义上的日常生活空间十分脆弱,几乎早就是公共空间的延伸部分,或者说已经处于外在空间的监视之下。比如:《人到中年》陆文婷夫妇住在一个大院里,自己的那个房间非常狭小,既是居室,也是书房,还得兼具孩子做功课、丈夫和自己搞科研,可谓斗室虽小可所有事情都汇集于此。而且,更多的时候,什么事情也都是大院里人们互相通晓。可见,陆文婷的家看似个体意义上的日常生活空间,实际上却并没有真正的私人空间意义可言,它表达的正是一个克服工作和休息、工厂和家庭、公共时空和私人时空之间的界限的诉求。正是在这个层面上,小说捕捉到整个时代对现代化充满矛盾的想象关系,平凡的日常生活必须从属于超验的意义,否则日常生活本身便无意义。尽管这里的日常生活空间尚难以摆脱宏大主流话语的支配,但是在客观上呈现出个体的日常生活意义上的空间诉求。

直到 20 世纪 80 年代中后期特别是 90 年代以来,随着城市化进程的不断推进,审美化的日常生活空间才在都市文学的复苏、发展中重新得以呈现和展开。特别是在“60 年代”及其后的小说文本中,高楼大厦、高级饭店、酒吧、咖啡厅、香车豪宅……都成了人们日常生活中置身其间的靓丽风景。这方面最具代表性的作家邱华栋,就常常以欣赏的口吻,描写北京等大都会的现代空间:

> 有时候我们驱车从长安街向建国门外方向飞驰,那一座座雄伟的大厦,国际饭店、海关大厦、凯莱大酒店、国际大厦、长富宫饭店、贵友商城、赛特购物中心、国际贸易中心、中国大饭店,一一闪过眼帘,汽车旋即又拐入东二环高速路,随即,那幢类似于一个巨大的幽蓝色三面体多棱镜的京城最高的大厦京广中心,以及长城饭店、昆仑饭店、京城大厦、发展大厦、渔阳饭店、亮马河大厦、燕莎购物中心、东信大厦、东人艺术大厦和希尔顿大酒店等再次一一在身边掠过,你会疑

心自己在这一刻置身于美国底特律、休斯敦或纽约的某个局部地区，从而在一阵惊叹中暂时忘却了自己。灯光缤纷闪烁之处，那一座座大厦、购物中心、超级商场、大饭店，到处都有人们在交换梦想：买卖机会、实现欲望。①

从中，我们看到这些知名的建筑本身就是体现了现代之美的造型艺术，豪华奢侈的布置和装点，更是把它们塑造成为梦幻般的世界，人们徜徉在这样的环境之中，就仿佛置身于虚像和实像之间，行走于现实与梦幻之中，现代空间物质自身之美可见一斑。

物质之美富丽堂皇，同时这一审美化的现代都市空间也同样激发人的欲望，自身往往便成为衍生欲望的一个所在，即欲望空间由此而生。于是，出现在灯红酒绿、飘缈迷离的氛围之下，人的道德面具荡然无存，各种欲望蠢蠢欲动，而舞厅、饭店就成了容纳各种欲望的最好容器。何顿笔下的人物，就经常出没于这类空间。在他的长篇小说《就这么回事》中，各色人物从一个舞厅到另一个舞厅：长沙大厦歌舞厅、长城宾馆歌舞厅、蝴蝶舞厅……在暧昧的灯光和充满诱惑的音乐中，他们疯狂地消费，疯狂地娱乐。何顿的大量小说，写的都是长沙的“暴发户”。粗鄙的人格和低下的文化教养，使得这些人缺乏追求高雅的精神需要的素质，到这类空间中追求刺激、释放欲望，成了他们日常生活的一项重要内容。《生活无罪》《我不想事》《太阳很好》《荒原上的阳光》，都充塞着这类奢靡颓废的娱乐消费空间。

中国文化缺乏真正的精神信仰，一般百姓的基本追求都是世俗性的，满足食欲的“吃”在日常生活中无疑占据了非常重要的位置，无论是各种聚会，还是日常仪式，都离不开餐桌饮食。饭店之类的消费空间，成了人们日常生活最为常见的场景，也成了“60年代”及其后小说经常书写的意象空间。朱文的《我们的牙，我们的爱情》《小刺猬老美人》，写的都是聚会，故事就发生在饭店。徐坤的《乡土中国》，写的是一次家族聚会，整个活动都是在一个饭店的餐厅里进行的。在这篇小说中，饭店不仅是一个

① 邱华栋：《手上的星光》，《手上的星光》，华文出版社2001年版，第2页。

聚会场所和消费空间，更是显示能力、表达情感的意向空间。饭店之类的空间是人的日常消费场所，而另一些空间，本身可以被占有，构成人们日常消费的对象。豪宅就是这样一个在新生代作品中频频出现的消费性意象。它不仅以巨大的面积给人以自由，也不仅以豪华的装修让人置身于艺术化的天地，更重要的是，空间还是一种符号，是占有者个人财富和身份的一个象征。徐坤的长篇小说《春天的二十二个夜晚》中，透过毛榛的眼睛，作家这样描写大富豪汪新茎的住宅：

> 灯光乍一亮起时，毛榛眯了眯眼睛。待她再睁开眼，才看清这是一幢复式建筑，上下两层。跟所有的复式建筑一样，螺旋楼梯紧通二层卧室，一层客厅中摆设着彩色大型背投电视、真皮沙发、羊毛地毯、胡桃木围墙，楼梯拐角处设置铁艺装饰，一旁的拐角上还摆放着几摞装饰性的书和一架从未动过的钢琴……①

上下两层的复式建筑，一应俱全、极尽讲究的高级家具，精心设计的装饰……这一切本身可谓是豪华之至，美轮美奂，尤其对于一片乍亮的灯光下似醒非醒的惺忪睡眼中，别有一种近乎梦幻的美感。这显然是一个审美化的豪华空间，而这个空间的占有者，正是要借助它的价值，来炫耀自己的身份和财富，也要借助它的艺术色彩和装饰来显示自己的文化品位。

这些日常空间，或以艺术化的装点散发着魅力，或以欲望化的色彩召唤着人们，或以身份象征的魔力满足人的表现欲，从这个角度上说，迎合人们的感性满足成了它们最主要的特征。对于这类空间，“60年代”作家的书写态度十分暧昧：一方面对审美化、欲望化的空间不无向往，另一方面却是故作姿态的批判，可以说是欣赏与指责并行不悖。

2　日常生活空间的理性之思

实际上，日常空间不仅仅是一个感性空间，还是一个精神空间。在此方面，自“60年代”小说开始即有所探索，这就是所谓的日常空间的“意向

① 徐坤：《春天的二十二个夜晚》，春风文艺出版社2002年版，第310页。

性”。日常生活空间,是一个秩序化的空间,这种秩序带来了合目的性,“这种完全被组织了的空间是客观精神的一个构成部分。因此,它对我们是可以理解的”①。熟悉感和秩序感导致的是精神上的安全和放松,因此日常空间带有精神家园的性质。日常空间的这种精神性质,鲍勒诺夫在《生活空间》一文中是这样描述的:“据我所知,宾斯万格是引入意向空间(gestimmten Raums)概念的第一个人。所谓意向空间,他是用倾向性来指一个人自身所有的并同时把他束缚于周围世界中的全部感觉状态,这种感觉状态是心灵一切活动的基础,并且以某种方式影响心灵的全部活动。在这种意义上,我们可以说,生活空间是依赖一个人的当前心境。”②日常生活空间,实际是比较典型的“意向空间”。人们对空间的感觉和特定的心理感受有关。比如毕飞宇的《家里乱了》,探索的就是日常空间的情感色彩问题。小说主要讲的是,主人公苟泉和乐果结婚以后,情感却日益紧张,两个人日子过得磕磕碰碰。乐果出于对贫穷生活的不满,于是自己偷偷地跑出去做妓女。不想,后来她卖淫被抓,在电视上曝了光。得知真相的苟泉一下子感到家里乱了:

> 家里乱了。托尔斯泰说,奥布朗斯基的家里乱了。苟泉的家里也乱了。苟泉关上电视,巡视家里的陈设和器皿。它们都是现世静物,等待生活,或等待尘封。家里很安静,近乎闻寂,这是乱的症候,乱的预备,乱的极致。家里乱了。苟泉记起了托尔斯泰。伟大的托尔斯泰真是太仁慈了,他忧郁的目光正凝视每一个家。家里乱了。上帝创造了人,创造了家。创造完了上帝就把它们遗忘了。记起它们的是托尔斯泰。奥布朗斯基的家里全乱了。③

实际上,家什并没有真的乱了,乐果的行为对家庭的秩序形成了巨大的冲击,家里潜在的角色秩序发生了变化,“无秩序,它挤压着人的活的空间……”④因此,苟泉才感到家里乱了。

---

① 刘小枫主编:《现代性中的审美精神》,学林出版社 1997 年版,第 1041 页。
② 同上书,第 1043 页。
③ 毕飞宇:《家里乱了》,《轮子是圆的》,江苏文艺出版社 2004 年版,第 154 页。
④ 刘小枫主编:《现代性中的审美精神》,学林出版社 1997 年版,第 1042 页。

又如,徐坤的《爱你两周半》,也有关于空间意向性的讨论。因为“非典”,于珊珊所居住的社区被封闭了,而这时候,她的情人顾跃进恰恰就在她的寓所。偶然的相会或许会给他们带来些许的幸福,但两周半的时间待在一起却使他们如同抱在一起取暖的刺猬。顾跃进身上的“老人味”,如雷的鼾声,已经使于珊珊痛苦不堪,她还要以主人的身份照顾顾跃进的起居,这更使她忍无可忍。而于珊珊小女人的浅陋,趣味的狭窄,也使得顾跃进度日如年。两个人都感到了公寓的拥挤、空间的狭小和无处躲藏的痛苦。这情形就如同萨特《禁闭》中的三个鬼魂,彼此都感到对方就是地狱,不能容纳对方的紧张关系,使共处的空间变得也异常狭小而不可容忍。

鲍勒诺夫认为:“在嫉妒和竞争控制了人的地方,每个人对别人都是妨碍,在这个地方是痛苦的褊狭和摩擦。但是,当人们是以真正的共事精神共同相处时,摩擦就消失了。一个人并不剥夺别人的空间,相反地,通过与别人一起工作,他是增多着别人的行动空间。”①天使愈多,自由的空间就愈多,融洽的关系,会使人感到空间的自由性,甚至是狭小的空间也显得开阔无比。在《春天的二十二个夜晚》中,作为一名普通的青年教工,陈米松分不到房子,同屋外出进修,才成就了他和新婚妻子毛榛有了一个狭小的私人空间,小说对此这样描写道:

> 筒子楼,言外之意就是说楼道像一个直筒一样,一眼望到底,类似于低等办公室或招待所一类,除了有公共盥洗间,就任何生活设施也没有。能够有个落脚的地方,让小夫妻俩团聚,他们就比什么都兴高采烈了。一个十二三平米的房间,搁着一张双人床,一台彩电……②

可见,正是因为有了这种亲密、和睦的夫妻关系,即使这样小的空间,也让人感受到了充分的和谐与自由。所以,鲍勒诺夫说:“情人们不断地

① 刘小枫主编:《现代性中的审美精神》,学林出版社1997年版,第1044页。

② 徐坤:《春天的二十二个夜晚》,春风文艺出版社2002年版,第63—64页。

互相产生出空间、宽容和自由。”[1]

在当代小说日常生活叙事中，日常生活空间逐步由公共空间转向私人化的空间，这一点相对集中汇聚并体现在以下三个空间意象上：

(1) 厨房。厨房被认为“是现代家庭内部的一个手工车间（空间能指化），它囊括了一个与底层工人类似的劳动过程，在大部分时候，厨房既代表着家庭自身固有的烦琐，也代表着家庭中的屈从位置，它令人望而却步。家庭内部的空间之战，最激烈的形式就是厨房之战：谁逃避了厨房，谁就宰制了空间。厨房成为夫妻权力结构的测量砝码。一般来说，厨房总是妇女们的空间，……厨房是接纳父权制的最佳场所，是社会结构刻写在家庭空间中最深的痕迹”[2]。在传统意义上，厨房是一个和女性联系紧密的空间。女权主义者，往往从捍卫女性权利的角度，对厨房进行激烈的抨击。比如，徐坤的小说《厨房》中的枝子，深刻地洞察了女性的这一遭遇，并进行了决绝的反抗。枝子曾是大学里的高才生，但结婚后被封闭在家庭的日常劳作之中，一事无成，这使她感到极为失落。痛定思痛，她毅然摆脱了家庭的束缚：

> 离异而走的日子，她却只有一个简单的念头：她受够了！实在是受够了！她受够了简单乏味的婚姻生活。她受够了家里毫无新意的厨房。她受够了厨房里的一切摆设。那些锅碗瓢盆油盐酱醋全都让她咬牙切齿地憎恨。正是厨房里这些日复一日的无聊琐碎磨灭了她的灵性，耗损了她的才情，才让她一个名牌大学毕业的女才子身手不得施展。她走。她得走。说什么她也得走。她绝不甘心做一辈子的灶下婢。无论如何她得冲出家门，她得向那冥想当中的新生活奔跑。果真她义无反顾，抛雏别夫，逃离围城，走了。[3]

在枝子的眼中，女性置身厨房，就等于接纳了以男性为核心的社会秩序，“正如女性被摒弃在主流和中心之外，厨房也同样处在这个世界的边

---

① 刘小枫主编：《现代性中的审美精神》，学林出版社 1997 年版，第 1045 页。
② 汪民安：《身体、空间与后现代性》，江苏人民出版社 2006 年版，第 164—165 页。
③ 徐坤：《厨房》，《橡树旅馆》，中国文联出版社 2004 年版，第 4—5 页。

缘和角落:她/它不可或缺,却被深深遮蔽,被忽视,被遗忘,被埋没,被否定"[①]。厨房里的劳动毫无创造性,完全抹杀了人的才能。可是,创业的道路是艰难的,功成名就之日,也是她身心俱疲之时。于是,她想在画家身上找回自己的爱情,找回自己失去的家庭。这时候,她竟对自己曾深恶痛绝的厨房充满了思念和期待:

> 家中的厨房,绝不会像她如今在外面的酒桌应酬那样累,那样虚伪,那样食不甘味。家里的饭桌上没有算计,没有强颜欢笑,没有尔虞我诈,没有或明或暗、防不掉也躲不开的性骚扰和准性骚扰,更没有讨厌的卡拉OK在耳边上聒噪,将人的胃口和视听都野蛮地割据强奸。家里的厨房,宁静而温馨。每到黄昏时分,厨房里就会有很大的不锈钢锅咕嘟咕嘟冒出热气,然后是贴心贴肉的一家人聚拢在一起埋头大快朵颐。能够与亲人围坐吃上一口家里的饭,多么的好!那才是彻底的放松和休息。[②]

徐坤这个小说的深刻之处在于,她没有像一般的女权主义者那样,一味对厨房进行抨击。厨房固然是扼杀女性创造力的处所,但同时也是保护女性的天然屏障,有着自由的一面。它与社会隔绝,是"一个不受侵犯,没有规矩约束的相对独立的空间,那儿远离政治、种族、国家等男性'宏大'命题"[③]。不仅如此,厨房还是"由生活在空间中的人来形成适合于他们目的的生活空间"[④]。因而会产生一种稳定秩序,成了一个精神的栖息之所,给厨房的主人以海德格尔所说的"在手边"的感觉。

其实,在小说中厨房的意义指向并不是固定不变的。马枋的《生为女人》厨房出现了两次,一次是冬子约走了和她有肉体关系的电视台某部主任顾一:

> 她在傍晚时分,在他的老婆正挥刀舞铲奋力拼搏于厨房之中,为

① 金元浦:《文化研究:理论与实践》,河南大学出版社2004年版,第304页。
② 徐坤:《厨房》,《橡树旅馆》,中国文联出版社2004年版,第5页。
③ 金元浦:《文化研究:理沦与实践》,河南大学出版社2004年版,第305页。
④ 刘小枫主编:《现代性中的审美精神》,学林出版社1997年版,第1041页。

他筹备晚餐，在全家人团团围坐静享一派天伦的美好时刻，竟然把电话打到他的家中，叫他出去陪她。[①]

这里，厨房成了指责他（即顾一）背叛家庭的道具。

另一次是冬子、晚晴和如歌三个人生活在了一起，按照民主平等的原则分配家庭义务，如歌收拾房间，冬子负责采购，而晚晴则负责厨房，在这里，厨房又成了平等和谐的象征。同样是厨房，语境不同，产生出了褒贬不同的情感价值指向。

（2）浴室。依照文化学的解读，浴室的意义和厨房正好相反，它代表的不是劳作，而是享乐。这是一种比较西方化的观点。在“60年代”及其后的小说中，浴室的含义并不固定。在徐坤的《出走》中，两位好友在旅馆的浴室，裸体相向，尽管不免一丝尴尬，但也说明两个人关系的坦荡。陈染的小说，多次写到浴室，在《私人生活》里，出现了大浴缸这样一个有名的意象。男友出国，母亲和禾寡妇死去，倪拗拗感到世界上已经没有真正爱她的人了，万分孤独之中，就逃到了浴缸里居住。

我先把浴缸擦干，然后回到房间里把床上的被褥、枕头统统搬到浴缸里铺好，像一只鸟给自己衔窝那么精心。[②]

浴室的景致非常富于格式、秩序和安全，而外边的风景则已经潦草得没有了章法、形状和规则，瞬倏即变，鼓噪哗乱。[③]

在倪拗拗眼里，那个浴室里的大浴缸，既是自恋的投射，也是逃避社会的处所。浴室和大浴缸，在小说中成了意义丰富的象征性道具。

（3）卧室。这是“60年代”及其后小说日常生活叙事文本中大量存在的一个空间意象。这一空间指向一种对很少重视个体独立与自由的中国传统文化的背离，突出强调个人空间的独立拥有，强调对个人隐私权的尊重。陈染曾写过一篇名为《隐私权与个人空间》的文章，批判中国人缺乏尊重别人隐私的意识，强调私人空间的重要意义。实际上，隐私意识非

---

① 马枋：《生为女人》，《大家》2001年第1期，第106页。

② 陈染：《私人生活》，作家出版社1997年版，第237—238页。

③ 同上书，第245页。

常重要，在某种程度上，个人空间是形成独立人格的先决条件。在何顿的《无所谓》中，“我”和妻子刘进生活在岳父家，长辈的监视对他们的心理造成了伤害，刘进的母亲更成了夫妻做爱的阴影，最后，他们下定决心，花了一万块钱，买了一室一厅的旧房，获得了自己的私人空间。试图拥有自己的卧室，以卧室这样一个封闭的空间和外界隔绝，就意味着对隐私权的自觉。一间不受监控的卧室，是基本隐私权的基本保证，隐私权是自由的基础，没有隐私也就谈不上自由，没有自由也就谈不上幸福。在缺乏隐私意识的环境之下，获得隐私的愿望与消除隐私的集体无意识之间，就会不可避免地发生冲突。

隐私固然重要，但也不能走向极端。“如果人把自己关锁在他的住宅之内以逃避外部空间的危险，那么他是会萎缩下去的：他的住宅立刻就变成了他的牢狱。他必需走到世界中去以办理他的事务和实现他的生命使命。安全和危险都是属于人的。”[①]陈染的《私人生活》中的倪拗拗，一次欲望试探被班主任夺去了贞操，一次投入的恋爱男友却远走异国……每次深入社会都受到伤害，于是她就躲在自己的卧室里，以绝对隐私的生活避开了社会。然而这种对绝对隐私的追求，实际上却使她患了幽闭症，无所寄托的时候，她把全部的情感投射到自己身上，对镜自怜，自我抚摸，走向了自恋。在邱华栋的《环境戏剧人》《正午供词》，林白的《一个人的战争》等小说中，也都出现了类似的幽闭症患者或窥视者。他们躲在自己的卧室里不敢走进社会，而逃避就意味着生命的萎缩，因为脱离外部空间的人就无法真正实现自己的生活使命。

正是在与外部空间的关系上，卧室不再只是私人化的空间，也是微妙而凝聚地折射并指出人与人之间社会生活意义之所在。比如，毕飞宇的《五月九日和十日》写得更为微妙。“我”妻子林康的前夫出狱到来，“我”和妻子一时茫然失措。他什么也没干，就平淡地睡在隔壁，但“我”和妻子的关系一下子就处在崩溃的边缘。夫妻回到卧室，人与人之间关系的脆弱性暴露无遗。写的虽是夫妻的卧室，投射进的却是巨大的社会内涵。

---

① 刘小枫主编：《现代性中的审美精神》，学林出版社 1997 年版，第 1037 页。

深入到卧室，就深入到人性的深处，深入到社会关系的深处。丹尼·卡瓦拉罗认为："在某种程度上，空间总是社会性的空间。空间的构造，以及体验空间、形成空间概念的方式，极大地塑造了个人生活和社会关系。"①

一般地讲，卧室是一个充满情欲的地方，"60 年代"及其后小说的物欲、物化等日常生活叙事都离不开卧室。比如，朱文的《什么是垃圾 什么是爱》《磅、盎司和肉》里，卧室都是未婚男女的同居之所。在陈染的《沉默的左乳》中"我"把年轻的理发师勾引到自己的卧室，满足自己的情欲……这些小说日常生活叙事中，卧室，尽管富有诸多社会关系内涵，但是更多的则直接表达着和理性最为对立的欲望空间意向，是和人的非理性状态紧密联系在一起的。

卧室是一个最私人化的空间，而旅馆可谓是临时的卧室。旅馆似乎天生就是一个放纵的空间，更具欲望色彩，因为旅馆都在陌生的环境中，人完全逃脱了熟悉环境的监控，更容易放松道德界限。徐坤的长篇小说《爱你两周半》，梁丽茹和董强专门外出旅游，到旅馆里同居，旅馆成了他们摆脱道德监控的欲望之所。关于旅馆，写得最精彩的，恐怕是徐坤的《橡树旅馆》。伊玫觉得和当律师的丈夫大鹏之间缺乏激情，就找了一个当旅馆老板的文化商人做情人。一次出发回来，她拒绝和丈夫同床，只是为了保持新鲜的状态和情人约会。去会情人的路上流了鼻血，她就本能地折回，跑到丈夫那里寻求救助，在丈夫的悉心呵护之后，她对丈夫和情人有了新的反思：

> 他们都是她生命中不可缺少的，她对他们的爱，是不能替代，又是同等程度的。但是这会儿，她还是有点看清楚了，那种情感程度毕竟是不一样的。她把难看相留给了丈夫，因为丈夫是自己人；她用愉快相面对情人，因为情人是熟悉的陌生人。到了丈夫那里，是休憩；到情人那里，却是燃烧。而她更多的时候，并不是要燃烧，只是受了委屈和惊吓时，有个地方哭。有个安全温暖的怀抱供她哭。肉体的

---

① 〔英〕丹尼·卡瓦拉罗：《文化理论关键词》，张卫东、张生、赵顺宏译，江苏人民出版社 2006 年版，第 180 页。

燃烧只是偶尔，更多更多的时候，她却是希望得到灵魂的慰安和满足。①

最后，女主人公还是放弃了旅馆，回到了家庭。

三　小结

一如导论所述，有关日常生活的理解，作为一种现象自然由来已久。但是，作为一个概念，它却是在现代社会消费主义、大众文化、现代性与后现代性等理论背景下被提出的，“日常生活”本身存在着日常与非日常、不变与常变等一系列互衍互生的充满悖论的现代性内涵。这一点非常形象而充分地体现在当代中国小说日常生活叙事中。特别在较为年轻的新一代作家，从“60年代”“70年代”到“80后”，他们以敏锐的另类感受和新异的表达方式，通过不断地探寻言说的话语方式，应当说其不同程度地触摸到日常生活所独具的时间和空间维度特质，并且颇具匠心地掀起了日常生活自身化无聊为奇观的神秘面纱的一角，现有相当数量的叙事文本都表现出对当代小说叙事既有美感经验和审美范式的有力冲击，不同程度地融入到其时的社会文化生产体系中去，日趋成为消费文化的一大审美景观。同时，纵向探寻诸多小说在时空维度的日常生活叙事发展的大致线索，其从日常生活的角度再次佐证了中国当代小说时间的空间化与空间的平面化特质。杰姆逊正是在对这一点进行考察的基础上，提出了“超时空”这一重要概念。在他看来，后现代的“超空间”是在晚近消费社会普遍的空间转化中生产的。这个超空间显然与具有一定结构和秩序、并有明确定位的正常空间不同。在正常空间中，人们通常能明确自身的空间方位，同时还能感受到时间和历史的存在。而在超空间中，人们既找不到方向感，也找不到时间感，因为在这个空间中不但汇聚着过去、现在和未来，而且汇聚着大量由传媒制造的仿真世界，一个充斥着形象和符号的世界，常常导致现实与仿真之间的区别变得模糊不清、难以辨别，人们由此获得的空间感常常是失去组织性和结构性的。同时他还进一步阐

---

①　徐坤：《橡树旅馆》，《橡树旅馆》，中国文联出版社2004年版，第84页。

发了后现代空间的几个重要特征。首先，他充分注意到电子传媒技术的突飞猛进带来视象文化的主导地位，其结果是在社会空间中人们被视象文化所制造的各种“类象”所包围，这些“类象”在强化人们视觉感官的同时，抑制了我们其他感官功能的作用。更为重要的是“类象”的泛滥取代了真实的世界，使后现代空间表现为一种文化幻象，这将导致人们感受方式和经验方式的改变，最终改变人们的思维方式。其次，后现代空间消除了距离感，也消除了时间感和方向性。在这个空间里似乎无所不包：城市与乡村、现实与仿真、传统与现代、高雅文化与大众文化等，但又什么都不是。这使人们在传统和现代社会中建立起来的认知体系丧失了区分和辨别的能力，处于一种茫然的馄沌状态。再次，虽然后现代超空间有极强的混淆性，似乎无所不包，但它同时又是一个具有异质性的空间。尽管混淆性使后现代超空间消除了一切距离、打破了一切差别，具有同质性的一面，但它同时又允许在多种多样的层面上同时展开不同质的事物，具有异质性。也就是说，后现代空间存在着同质性与异质性的二律背反现象。它一方面消除了种种距离和差别，另一方面又允许差异的存在。“如西方发达国家与第三世界国家共存于当代这一时间段中，在发展阶段上却存在着非共时性的差异。在这种共存中，各民族身份和民族生活方式被包装起来向世界市场推销，以期求得身份认同。后现代空间的异质性变成了同质性；反过来，高度标准化和统一的世界空间必须以一种多样性和他性的方式向各民族国家进行渗透。后现代空间的同质性又变成了异质性。杰姆逊认为这两种特征都存在于后现代超空间中，并且是无法调和、无法解决的。”[①]中国当代小说日常生活叙事便日益呈现出这种后现代性的“超时空”特质，也正是在这个意义上，不可否认它在时空维度的叙事具有一定的审美文化蕴涵。

---

① 〔斯洛文尼亚〕阿莱斯·艾尔雅维茨：《图像时代》，吉林人民出版社2003年版，第2页。需要说明的是，本论此处的“杰姆逊”与原文不符，原文翻译为“詹姆逊”。这里，仅为避免阅读的混淆和保持行文前后一致性，故做此改动。

第二节 寄寓方式:时空交错的组合状态与流向

艺术中的时间和空间问题是艺术理论中的一个传统论题。早在18世纪,莱辛在《拉奥孔》中就对诗和绘画这两门艺术作了卓有见地的比较。他认为诗是时间艺术,“时间上的先后承续属于诗人的领域”;而绘画是空间艺术,“空间则属于画家的领域”[①]。评论家杨匡汉在《艺术的时间》中也支持这种观点,他说:“古往今来,诗人们飞文染翰,时空浩叹玉成了无数韵林绝响。作为时代的‘感官’,他们既感受着时间概念,又从各自的角度获取着时间感觉,更逸兴揣飞地创造着众多‘艺术的时间’,从而使理性的、物质的‘时间’,在缪斯这里更加诗意化、感性化、风格化和个性化。”[②]无疑,莱辛等为代表的这一精准的比较识见确实有助于人们把握诗与绘画不同的艺术特质,具有相当合理性。但是,同时却也不免一些割裂时空的嫌疑。20世纪这一合理性即受到新的艺术实践的质疑和叩问。

“20世纪强调的是与早期变化的艺术相对立的并置的艺术。”(罗杰·夏塔克语)由此,时空视点也日益成为思考和审视不只是诗、绘画,还有小说等诸多艺术形式十分重要的参量向度。比如,20世纪初叶出现的现代主义小说,从一开始便与19世纪批判现实主义文学主潮迥异,它不再采用传统小说所提供的时空观。“我们所面对的是一种无限的多样性或不可胜数的社会空间……在生成和发展的过程中,没有任何空间消失。”[③]列斐伏尔在他1974年法文版的著作《空间的生产》中,力图纠正传统社会政治理论对于空间简单和错误的看法,他认为空间不仅仅是社会关系演变的静止的“容器”或“平台”,相反,当代的众多空间往往矛盾性地互相重叠,彼此渗透。列斐伏尔的著作《空间的生产》发表六年后,福柯写作了《地理问题》一文,他同样注意到了空间概念在西方思想史中的

---

① 杨匡汉:《时空的共享》,河北教育出版社1998年版,第180页。

② 同上书,第181页。

③ Henri Lofebvre, The Production of Space, Oxford:Blackwell, 1991, p.86.

命运，空间长期以来一直被看成是死亡的、固定的、非辩证的、静止的。显然，空间和时间观念在西方人文、社会科学中的发展是极不平衡的，空间成为与时间及其所代表的丰裕性、辩证性、富饶性、生命活力等相对立的观念。1986年，福柯在《关于其他空间》中认为20世纪预示着一个空间时代的到来，这与19世纪的特征恰好对立，后者一直为与时间相关的主题所纠缠，比如对历史的迷恋，对发展、悬置、危机、循环、过去、死亡等的关注。在福柯看来，我们正处于一个同时性（Simultaneity）和并置性（Juxtaposition）的时刻；我们所经历和感觉的世界可能是一个点与点之间互相联结、团与团之间互相缠绕的网络，而更少是一个传统意义上经由时间长期演化而成的物质存在。

中国当代小说日常生活叙事时空寄寓具有"同时性""并置性"的特征，这一点在文本中十分典型地表现为不断涌现出"怀旧"与"时尚"，而它们可以说非常形象而生动地代表着当下中国消费文化视阈中的另类时空。

一　怀旧："历史"的物化

应当说，"文学怀旧"作为一种文化怀旧的重要形式，并非是现代社会才出现的。古往今来的中外"文学怀旧"现象屡见不鲜。在中国文学史上，孔子崇尚周礼、老子向往上古之民风、崔颢的"黄鹤一去'、苏轼的"大江东去"、郭沫若的《屈原》、余秋雨的《文化苦旅》等，是为怀古；"昔我往矣，杨柳依依""举头望明月，低头思故乡""江南好，风景旧曾谙"、鲁迅的《故乡》、沈从文的《边城》、余光中的《乡愁》等，是为怀乡；"日之夕已，牛羊下括""有所思，在远道""记得小频初见，两重心字罗衣"，苏轼的《江城子·十年生死两茫茫》，归有光的《项脊轩志》，鲁迅的《藤野先生》《闰土》，冰心的《小桔灯》，杨绛的《我们仨》等，是为怀人。同样的文学怀旧情感在西方文学史上也不胜枚举。从文艺复兴的追忆古希腊古罗马的文化精髓，到古典主义的理性复归，从拜伦的《哀希腊》到米兰·昆德拉的《无知》，从司各特的历史小说到《哈利·波特》与《指环王》对异教精神神话传奇的复活……怀旧，所引起的有关旧乡、旧居、旧人、旧物的审美情愫贯穿人类文学史的发展过程,是人类所怀有的一种美丽而优雅的惆怅心绪,一种源自一个民族的集体无意识心理和情感召唤。

“怀旧”,追溯起来它在西方文化中最早的确定和阐释是在病理学当中。从西文词源学角度看,“怀旧”一词源于两个希腊词根:“nostos”和“algia”,前者是回家、返乡的意思;后者指的是一种痛苦的状态,即思慕家的焦灼感。[①] 17 世纪晚期一位瑞士医生将两个词根连接起来,用来专指一种发生于军队士兵身上的思乡臆想症。后来,病理学家、心理学家和精神分析学家们则从不同的角度来阐发“怀旧”问题。美国学者查尔斯·A. 茨温格曼(Zwingmann)第一次将怀旧的病理学基础与现代社会的特殊背景结合起来,认为怀旧是一种现代人思乡恋旧的情感表征,它的出现说明现代人对剧烈分裂与显著变动生活的不满,继而转为一种寻求自我统一与连续性的弥补。于是,在现代化特别是全球化加速的 21 世纪初,我们看到现实社会日益涌现一些新的文化现象和质素,其中之一便是根植于一个民族的集体无意识心理的“怀旧”,它在全球化现代性语境的裹挟和促发下,成为越来越引人注目的文化现象。正是在“怀旧”这一点上,我们可以看到在非西方社会现代化进程与美学现代主义(aesthetic modemism)之间存在着某种对应关系。对此,美国主流学界大多是西方中心研究模式,习惯上把东亚当作一个单一性的整体看待。而岩功一强调的是东亚地区内部的个别社会由于现代化进程的落差而呈现的极其不同的“时空意识”(Orientation toward temporality)。他进一步指出,日本中年妇女对香港流行歌手的着迷,背后的心理动机是她们把现在的香港看成是过去的日本。许多从台湾到大陆旅游的人也曾有过类似的感触,某个小城镇看起来像是 30 年前的台湾……这就是时空向度上展开的一种“怀旧”。也正是在这一同样的时空意义上,在 20 世纪 90 年代中后期,中国大陆很多地区都掀起了一股怀旧热,“老字号”丛书的出现是一个鲜明的标志,这一系列丛书包括“老房子”“老古董”“老照片”“老城市”等种类。而上海的怀旧书写,声势尤为浩大,这当中散文精品可推陈丹燕《上海的

① 周宪主编:《文化现代性与美学问题》,中国人民大学出版社 2005 年版,第 2 页。

风花雪月》和程乃姗的《上海 LADY》等,小说则以王安忆的《长恨歌》最具代表性。

王安忆的《长恨歌》主要围绕着一个旧上海小姐季军王琦瑶的大半生展开了一部琐屑而细致的上海日常生活史。作者在丰富的日常生活叙事中,不但有意避开了"惊心动魄"的宏大历史时刻,同时也有意地避开了城市中"惊喜与传奇"的轶闻。王安忆曾这样表达她对历史的看法:"我眼中的历史是日常的……,历史的面目不是由若干重大事件构成的,历史是日复一日、点点滴滴的生活的演变,它只承认那些贴肤可感的日子"[①]在她看来,历史与其说是激烈剧变的结果,不如说是对日常生活的坚守和累积,而后者才是历史的"底子"。

于是,小说写下了一系列的小事件、小感觉。比如,女主人公王琦瑶一生热衷服饰装扮,对服饰的意义和手段心领神会,运用自如,"在那个严重匮乏生活情趣的年头里,只需小小一点材料,便可使之焕发出光彩"。"当然,你要细心地看,看那平直头发的一点弯曲的发梢,那份蓝布衫里的一角衬衣领子,还有围巾的系法,鞋带上的小花头,那真是妙不可言,用心之苦令人大受感动。"[②]从中,将一件小饰物、一份小感受都写得如此丝丝入扣,而且在看似不经意中却精准地通过衣饰这一作为女性日常生活很是特别的物件,写出它身体与性别之外的意义,即还可以将社会政治编织成一种衣饰的寓言。在特殊政治场景、特殊历史时期中,时装的规训与惩戒权力不可动摇:"文革"初期的草绿色军装是对"不爱红妆爱武装"的政治召唤的呼应,掩埋个性的"蓝布衫"是僵化、隐忍的化身。个人只得在衣饰上做点小小的手脚,从而写出了王琦瑶这个有些自恋和小资的昔日上海小姐不甘的生活态度。文化身份是一种动态的指认,它与一切有历史的事物一样,"决不是固定在某一本质化的过去,而是屈从于历史、文化和权力的不断'嬉戏'"[③]。王琦瑶琐屑的日常生活却恰恰包蕴着人们在

---

① 徐春萍:《我眼中的历史是日常的——与王安忆谈〈长恨歌〉》,《文学报》2000 年 10 月 26 日。

② 王安忆:《长恨歌》,作家出版社 1996 年版,第 268 页。

③ 〔英〕斯图亚特·霍尔:《文化身份一与族裔散居》,见罗钢、刘象愚主编:《文化研究读本》,中国社会科学出版社 2000 年版,第 211 页。

几十年正统革命意识形态的统治下所匮乏的东西:繁富多彩的世俗生活及其所衍生的林林总总的物质/感官欲望。这种世俗生活和张爱玲刻意描绘的“人生安稳的一面”一脉相承,注重的是绵长、平实的生活形态——它构成了人类生活的基础,尽管不时遭受各种劫难的冲击。[①] 它没有超越日常生活的理想目标和追求,只求在点点滴滴的生活细节中巧妙地应对着,来获得微小的满足。但是,在革命政治意识形态的话语中,王琦瑶所代表的这一生活方式无疑是建设一个伟大新社会的障碍,她需要寻找一种自我文化身份的认同。

最终,王琦瑶在张爱玲笔下的“上海”生活中找到了自己的精神认同。王德威先生认为“藉着王安忆的《长恨歌》,我们倒可想象,张爱玲式的角色,如葛薇龙、白流苏、赛姆生太太等,解放后继续活在黄浦滩头的一种‘后事’或‘遗事’的可能”。小说第一部写三、四十年代黄金时期的上海,叠映进已有的文学资源中,但以日常视角进入,因此不是简单复制。第二部以王琦瑶五六十年代栖居平安里的情感和生活为主线,写了“在一个夸张禁欲的政权里,一群曾经看过活过种种声色的男女,是如何度过她(他)们的后半辈子”。第三部则一直延伸到80年代,描写了她在复苏的上海的遭遇,其中已经涉及新一代的成长。“张爱玲不曾也不能写出的,由王安忆作了一种了结。在这一意义上,《长恨歌》填补了《传奇》、《半生缘》以后数十年海派小说的空白。”[②]再往后,在《妹头》《我爱比尔》等作品中我们看到了当代的“王琦瑶”们在现实生活中的多种可能性,半个世纪前,王琦瑶全心托付给李主任,不是爱他而是要个“负责”,凭着这种上海式的实惠精神,在20世纪90年代的上海她就必然会化身为妹头和阿三。这样,每一部作品都不是孤立的个体,而是文学资源中相关部分的推衍,推衍着不同个性却又同具地方特性的上海人的悲欢离合,一幅幅“上海”画卷由此生动浮现。

怀旧,“对于‘在场’的希求某种程度上可能说是历史感‘匮乏’的必

---

① 张爱玲:《自己的文章》,来凤仪编:《张爱玲散文全编》,浙江文艺出版社1992年版,第112页。

② 王德威:《现代中国小说十讲》,复旦大学出版社2003年版,第293页。

然反应”[①]。上海20世纪三四十年代的繁华犹如一夜香沉梦,“东方巴黎”的声光炫彩之后是迅速的颓败和衰落,此后近半个世纪的闭锁和颓败需要以一种华丽的重现和“在场”的追忆来弥补。1949年后的上海,大批文化精英离开沪上远赴北京和全国各地,上海顿失其人才优势;西方的外交封锁又使其由对外开放的通商口岸变为供应内地的工业基地,很大程度上失去其沟通中西文化的功能;同时计划经济的建立,造成上海市场经济的萎缩和市民社会的解体,主流意识形态越来越压制与强化,“海派文化”日渐消退,而“文革”的发起终于导致其分崩离析。沉寂与灰色的30年之后,新浦东的开发使上海重振雄风,改革开放三十几年来,旧上海的繁华旧梦一直是上海人心中潜在的荣光和伤痛,尽管可怀想的文化历史有大半个世纪,可是与北京、南京、西安比起来简直是个乳臭未干的婴孩,可是这不超过一百年的小段历史却因其不可再现和不可被超越的永恒香艳和妩媚而成为城市上空飘浮的神话,在每一个做着繁华旧梦的市民枕边徘徊。雷蒙·威廉姆斯(Raymond Williams)在《乡村与城市》一书中曾经讨论过有关怀旧的问题,他认为怀旧只有在某些场合,某些才有可能发生,怀旧是对都市体验的一种神秘反应。[②] 威廉姆斯的分析强调指出了怀旧对于现代想象的重要性。在中国社会20世纪80年代到90年代的转型中,经济建设成为社会建设的中心,意识形态的渐弱和“宏大叙事”的瓦解使这股潜流终于得以自在地喘息和展现,于是以往被宏大历史压抑和忽视的轶闻轶事、明星艺人、小布尔乔亚生活开始被光明正大地怀念,就这样,在相对匮乏的年代里,《长恨歌》通过跨越时光而光彩依旧的旧人王琦瑶和她所经历的繁华旧事的细致描绘,客观上形成对已逝的、一度不被认可却创造繁华景象的“旧上海”的召回,发出上海身份重新定位的某种文化诉求。作家陈丹燕在描绘旧俄京城圣彼得堡时一语道出了怀旧与现实间内在的联系:“一个城市不被赞同的历史就用这样的方式存在于人的生活中,用自己凋败的凄美温润着他们的空想。于是在圣彼得堡,

① 陈惠芬:《想象上海的N种方法》,上海人民出版社2006年版,第40页。

② Raymond Williams, *The County and the city*. London:Chatto, and Windus, 1973.

有了无边无际的忧郁,而在上海,有了无穷无尽的怀旧。"①

最后,日常生活叙事的怀旧书写也是消费文化的必然要求。自上世纪90年代以来的中国大众文化与消费文化盛行,与精英文化和官方文化平分天下,甚至有成为文化主流之势。按照鲍德里亚的说法,消费并不是一种物质性的实践,也不是"丰产"的现象学,不在于我们所消化的食物,我们身上穿的衣服,或我们使用的汽车和影像与信息本身,而在于"把所有以上这些元素组织为有表达意义功能的实质……如果消费这个字眼要有意义,那么它便是一种记号的操控活动"②。在消费主义的指引下,重要的不是我们消费的物品的使用价值,重要的是消费品的交换价值,即:商品所包含的符号意义,而文化符号意义,是这类符号中很具消费动力的一个促点。比如,怀旧饮食的出现,体现了消费社会人们企图通过饮食的消费缅怀传统的深层欲求。根据杰姆逊的理论,由于后现代社会对深度的消解,对历史的迅速遗忘,人类对历史的记忆具有一种"对当下的怀旧"紧迫感,通过怀旧,营造了倒流的时光、氛围,旧的环境、旧的氛围、旧的菜式,如此营造的拟像效果,在食物消费中进行了一次与传统文化的精神链接。"后现代饮食通过食物来捕捉不再复得的过去,并经由这种缺乏深度的历史追求,将过去纳入自己的味觉、嗅觉、触觉以及文化的身体内",饮食通过这种纯粹感官的方式曲径通幽地达到其美学的意义。比如,张梅的《成珠楼记忆》便是一篇有关传统点心鸡仔饼的故事。鸡仔饼是珠珠通往童年的桥梁。一边连着老广州温馨的街道、美好的食物、尚算快乐的童年,另一边却是父亲的非正常死亡。快乐和巨大的伤悲都与食物关联,传统而普通的点心在此成为盛装怀旧之情的器皿,珠珠的过去、现在在此交汇。

"消费文化,顾名思义,即指消费社会的文化。它基于这样一个假设,即认为大众消费运动伴随着符号生产、日常体验和实践活动的重组。"③

---

① 陈丹燕:《上海的风花雪月》,作家出版社1998年版,第137页。

② 〔法〕鲍德里亚:《物体系》,林志明译,台湾时报出版1997年版,第211—212页。

③ 〔英〕迈克·费瑟斯通:《消费文化与后现代主义》,刘精明译,译林出版社2000年版,第165页。

在中国当下,北京、上海等大城市已经进入后现代消费社会,消费文化带来了人们日常生活观念和生活方式的巨大改变。那么,消费文化究竟怎样使日常生活发生变化的呢?波德里亚认为:"消费是用某种编码及某种与此编码相适应的竞争性合作的无意识纪律来驯化他们:这不是通过取消便利,而是相反让他们进入游戏规则。这样,消费才能只身替代一切意识形态,并同时只身担负起整个社会一体化,就像原始社会的等级或宗教礼仪所做的那样。"[1]可见,消费文化生发出一种具有强大自我驯化和社会规约功能的身份认同机制,并使之成为人们在消费社会得以立足和发展的合法性意志标尺。

基思·泰斯特(Keith Tester)在《后现代性的生活和时代》一书中,曾以一章的篇幅专门讨论怀旧问题,他认为:怀旧感隐含了对某种不在场事物(事情)的双重渴望。第一,怀旧意味着某种乡愁。乡愁预先假定渴望的主体在一定程度上要么无家可归,要么在国外。也就是说,没有移动和改变,怀旧是不存在或不可能的。第二,怀旧隐含了对某种在远处或从前的事物的渴望。现在与过去存在着质的差别。换句话说,相对于被具体化的过去,现在是一个反射式的成就。[2] 对于中国的日常生活叙事的"怀旧"寄意书写,如果说传统文学怀旧所指向的客体往往是具体的、确定的(如故乡、童年等),那么当下文学怀旧则要抽象得多,怀旧从其本义来说是指在物理位置的意义上家的丧失,但在现代社会里,它还常常被用来指一种更为宽泛的统一性,道德确定性,真实的社会关系、自发性和表现性的丧失[3],即体现出诸多日常的物的渴求与欲望。

从上述当代中国小说日常生活叙事文本有关"怀旧"的书写中,我们不难感受到文本自觉不自觉地呈现出一种紧张的关于全球性与地域性的寓言式思考张力,即地域性知识往往通过日常生活的权利来对抗资本与

---

① 〔法〕让·波德里亚:《消费社会》,刘富成、全志刚译,南京大学出版社 2001 年版,第 90 页。

② Keith Tester, The Life and Times of Post-modernity. London and New York: Routledge, 1993, pp. 65—66.

③ Featherstone Mike, Undoing Culture: Globalization, Postmodernism and Identity. London: Sage Publications, 1995, p. 93.

民族国家的褒扬,有可能演变为一种完全压抑革命话语的资本的叙事,这与国家意识形态的立场是有差异,甚至是有抵触的,但是这些地方主张的消费主义的资本取向,却又满足了国家意识形态对于全球化的文化想象。对此,戴锦华教授在《想象的怀旧》一文中这样写道:“90 年代的中国都市悄然涌动着一种浓重的怀旧情调。而作为当下中国重要的文化现实之一,与其说,这是一种思潮或潜流,是对急剧推进的现代化、商业化进程的抗拒,不如说,它更多的是一种时尚;与其说,它来自精英知识分子的书写,不如说,它更多是一脉不无优雅的市声;怀旧的表象‘恰当’地成为一种魅人的商品包装,成为一种流行文化。如果说,精英知识分子的怀旧书写,旨在传递一缕充满疑虑、怅茫的目光,那么,作为一种时尚的怀旧,却一如 80 年代中后期那份浸透着狂喜的忧患,隐含着一份颇为自得、喜气洋洋的愉悦。”[①]至此,当代小说日常生活怀旧叙事从某种意义上说也是一种别样的时尚,因为它完成了一种对“历史”物化的现代性文化想象。

二 时尚:“现实”的物化

罗兰·巴尔特曾从语言结构学角度对时尚下过如下定义:“它是一种机器,维持着意义,却从不固定意义,它永远是一个失望的意义,但它怎么说也是意义:它没有内容,于是便成为一种景观,即人类赋予自己以权利,使没有意义的有所意指。”[②]罗兰·巴尔特的定义不仅指出了时尚的意义之不可靠性,而且它根本就是一种人类蓄意的虚构。时尚永远是一个想象的、虚拟的、感性的、蛊惑人心的世界;永远是一道解释中的、变化着的风景。特别是当下的消费时代,消费内在的驱动,使假的事物更具备了一种“真实化”的能力。小说中所谓“小资”的“真实”的日常生活叙事其实只是一种“真实的谎言”。这首先体现在,写实类作品不再尊重生活的真实性,而是根据市场的需要和读者的口味,不以“表现真实”为旨归,其唯一的修辞效果就是“好看”。正是从这个角度看,如前所述的充满怀旧色彩的小说,以及怀旧服饰,甚至怀旧本身也同样被当下尤其很多年轻人视

---

① 戴锦华:《隐形书写——90 年代中国文化研究》,江苏人民出版社 1999 年版,第 107 页。
② 高小康:《文化市场与文学的发展》,《文艺理论与批评》2003 年第 3 期。

作时尚而争相仿效，自我沉醉。

同时，随着女性在消费社会中的地位日益突出，媒体时尚也越来越强调女性化的审美趣味。大量女性符号在时尚中的闪亮登场，导致媒体时代的人们对一种阴柔、娇媚的美学趣味不自觉的认同。这种女性消费审美趣味的打造与生成，最生动地体现在我们前文所述的种种物的叙事，尤其关于女性"呈现"的大量小说日常生活叙事中。由此，也再次证明这一叙事之所以凸现一大原因是其离不开其外部的消费文化语境。对此，陈晓明先生在分析消费社会与文学审美的互动关系时曾明确指出："消费社会已经把所有时尚趣味女性化，创造出越来越精细的审美感知方式，它使一种唯美主义的时尚风格开始蔓延。"①

于是，随着这种当代都市日常生活的风格化和美学化，酒吧成了一部分现代人的理想去处，要体验现代都市生活，离不开酒吧。暧昧的灯光，狂野的乐曲，诱人的美酒，半裸的肢体，共同构成一个梦幻般迷醉的世界，一个纯然审美的世界，一块自由的飞地。酒吧是日常生活艺术化了的世界，更是一个欲望世界。走到这里的人，是带着欲望而来的，"进入酒吧的支配情感是孤独，但诱惑他进入酒吧的动机，却是对欲望的追求，而欲望本身则是最没有想象力的，那些划一的概念性的欲望对象本身体现了现代社会的集体意志。"②

与之相关，酒吧开始作为独具消费审美意义并凸现女性感受的小说叙事对象。应当说，酒吧这一空间在"60年代"小说中已经有所表现。如果说"60年代"与人的个性、叛逆、反抗等精神性话语关系较近，那么"70年代"相对更注重人的物质性。因此，"60年代"对私人空间表现较多，而"70年代"对用以消费和娱乐的公共场所更感兴趣，而酒吧就是这类空间中最有代表性的一种。以卫慧、棉棉为代表的"70年代"小说多发生在酒吧。如果说酒吧是现实存在的一方"飞地"，那么"70年代"笔下则通过大量运用如同飞悬空中的感性文字打造出不同的空间意义指向。

---

① 陈晓明：《表意的焦虑：历史祛魅与当代文学变革》，中央编译出版社2002年版，第458—459页。

② 包亚明、王宏图、朱生坚：《上海酒吧》，江苏人民出版社2001年版，第61页。

小说中的酒吧,往往也是充满欲望指向的空间。卫慧曾这样写道:"音乐渐渐吸引了我们的注意力,那是一种能让你一头栽下去的爵士乐,轻软如丝绒,丰厚如仙人掌,如此肉感地挑逗着你,又仿佛是从各色美女那蛊惑人心的小嘴里嘶嘶嘶嘶发出来的五颜六色的音符,这些音符既饱蘸毒汁又有玫瑰般的魔力,总之这音乐让人心旌神摇。"这里的灯光是迷离的,昏暗的,仿佛色迷迷的醉眼,再加上酒精的刺激,在这种氛围之下,一切道德束缚、理想主义都烟消云散,"一旦置身于酒吧这类特殊的空间,人们原有的镜像世界便开始动摇碎裂。先前貌似坚不可摧的铆钉、搭扣一齐哗啦啦地松动滑脱,各式零散的元素在酒吧这类恍惚迷离的氛围里漂浮。随后,在这一特殊的环境的刺激与暗示下,它们纷纷重新组合,藕合成了新型的自我与世界的镜像"①。人的肢体完全摆脱了道德律令的束缚,让深藏于潜意识中的本我自由地扩张,让压抑的欲望尽情地翻腾流淌,在灵魂的休眠中充分地享用颓废与堕落的快感,糜烂与放荡的轻松。吉登斯认为:"酒吧生活往往以寻欢为主,即寻找临时的性搭档。""建立联系的最重要因素是相貌和'现场的魅力'。'在酒吧里没有人会对可以带回家与老母见面的人感兴趣。'"②

> 我洒着"香奈儿"五号香水,时而把染成栗色的长发梳成长辫,时而盘成一个髻。我的心也在少女的梦想与少妇的现实感之间徘徊。我梦想会邂逅一位又富有又英俊的男人,对我一见钟情,然后替我把债务还清。再不行的话,碰见一个无赖也行,但他要有足够的钱,出得起我开的身价。③

在《城市里的露珠》中,叶弥这一关于"我"的描写,明确说出酒吧是一个具有功利目的的空间。找一个性伙伴,在寻求性欲满足的同时,也追求物欲的满足。这绝不是个别的情况。倪伟曾这样评价过卫慧的小说:"那些出入酒吧的常客,男的(通常是洋人)有大把的钱及文化资本,女的

---

① 包亚明、王宏图、朱生坚:《上海酒吧》,江苏人民出版社 2001 年版,第 119 页。

② 〔英〕安东尼·吉登斯:《亲密关系的变革——现代社会中的性、爱和爱欲》,陈永国、汪民安等译,社会科学文献出版社 2001 年版,第 187 页。

③ 池莉、棉棉:《倾听夜色》,百花文艺出版社 2000 年版,第 236 页。

则有着迷人的身体,他们又都是'感性'的动物,这种资源互补的格局使酒吧成为一个闹哄哄的自由市场,日复一日地上演着资本与身体之间的交换。"①

事实上,正是在消费意义上欲望呈现的这个层面,当代中国小说日常生活叙事中酒吧才作为独立的意义空间被确立。但是,酒吧这一空间意象并不完全指向欲望,还有其他的现实意义指向。

> 上海有大大小小 1000 个左右的酒吧,这些酒吧或者挤得像着火,或者从周一到周五一个顾客也没有。它们像一些缤纷的疱疹密密麻麻地长在城市的躯体上,吸入这座城市背面暗蓝色的迷光,如同一片富含腐殖质的温床一样滋长着浪漫、冷酷、糜烂、戏剧、谎言、病痛和失真的美丽。艺术家、无业游民、时髦产业的私营业主、雅皮和 PUNK、过期的演艺明星、名不见经传的模特、作家、处女和妓女,还有良莠不齐的洋人各色人等云集于此,像赶夜晚的集市。②

酒吧,常常作为这样一个"失真"而"美丽"的空间表象,真实地打开"70 年代"小说日常生活叙事的文本。这里,酒吧的意义就既指向感觉的梦幻——它现场发生的虚假性,也指向现实的认知——它客观存在的普及性。

> 我已经分不清幻觉和真实,只知道厅里充满了五彩的灯光,如置身于万花筒,我身上的每个部位都加重了分量并且脱离了原先的组合在万花筒里四分五裂,我知道我的嘴唇在什么地方,我的腿、我的脑子在什么地方,但是我无法把它们聚拢起来,它们是那么沉重,沉重得使它们自作主张地独立了。③

这里,酒吧迷幻的五彩灯光映照出的,不再是有行动意志力的身体,而是只有连最本能感知都觉得"沉重"的肉身。人只追求瞬间的享乐,刹

---

① 倪伟:《镜中之蝶——论"七十年代后"城市"另类"写作》,《文学评论》2003 年第 2 期,第 58 页。

② 卫慧:《水中的处女》,花山文艺出版社 2000 年版,第 149 页。

③ 池莉、棉棉:《倾听夜色》,百花文艺出版社 2000 年版,第 238 页。

那主义的狂欢成为一切，拒绝历史、拒绝意义、拒绝深度，没有负担，不再沉重，肉体就是人的家园。从中，酒吧不只是静态的平面的空间意象，在光感流动中又显示出物的诱惑，客观上探照出精神主体的沦落。

现实中，和上海一样，在其他现代都市，酒吧也成了许多人重要的日常活动空间。一些作家本身就是酒吧一族，邱华栋经常去酒吧，他感到那里可以缓解孤寂、焦虑的心情，丁天把与朋友一起在酒吧里聊天看成是人生的一大趣事，而卫慧、棉棉，更是酒吧里的常客。酒吧，"不但成为远离国家权力中心的边缘空间，而且与文学也有不解之缘，成为新生代作家等边缘写作群体的生存方式与主要的写作对象，甚至成为她们力图中心化的出发地"①。

可见，酒吧的这一空间意象本身不只直接指向物质意义，也有精神诉求。而后者却常常容易被人们忽视。事实上，现代生活节奏加快，竞争激烈，在生存压力之下，人们绷紧自己的神经难以释怀。酒吧以审美化环境和欲望化的氛围，营造了一个迥异的世界。这梦幻般的世界以一种近乎随心所欲的自由，打破了日常生活的刻板，颠覆了呆滞的生活秩序，在肢体的挥洒和欲望的骚动中，可以实现将无助的孤独、深切的痛苦和难耐的压抑暂时搁置，甚至忘却。在小说文本中，酒吧也正是借助自身的这一感性特质，巧妙地将各种现实的精神状态和诉求成功地转化在物的感受里，从而在对现实的物化叙事中实践了日常生活的真实关照。

而且，我们知道，酒吧在西方颇有渊源，但在中国其实并没有历史的空间。在这个空间里，天生就易于滋生关于西方的想象，酒吧的主人也乐于把酒吧装饰得充满异国情调。在唐颖的小说《丽人公寓》中，四个爱情失意的酒店服务生，到酒吧的别国风情中寻求慰藉："她们生在这座有'崇洋'历史的城市，又处在唯美的年龄，自然就比较'迷外'，爱坐酒吧而讨厌卡拉 OK。"而卫慧笔下的人物，则在酒吧异域的音乐里沉迷："爵士乐是黑色、忧郁、古老的梦境里的喘息声，在这种富于异国情调的音乐里，人会失却自我。"②对西方的艳羡和迷恋，直到现代还是大都市普通市民

① 包亚明、王宏图、朱生坚：《上海酒吧》，江苏人民出版社 2001 年版，第 59 页。

② 卫慧：《水中的处女》，花山文艺出版社 2000 年版，第 160 页。

根深蒂固的情结。因此,酒吧本身作为一种客观现实的存在,它进入小说文本,成为一种与厨房、卧室、工厂、单位等一样的空间意象,这种叙事本身完成了一种对现实的物化呈示。而且,更深层地内化了中西方的文化关涉,卫慧、棉棉等小说文本大量的不乏浓厚文化符码的西方人形象即是最好的证明,而其间中国女孩对于这些西方人的深度迷恋,置入这一中西方的文化关系表征层面则可以得到很清楚的理解。因此,正是在这种现实物化的寓意指向上,当代小说日常生活叙事同时寄寓着全球化消费文化语境中一种充满矛盾性的现代性文化认同。

三　小结

通过上述文本阐发,我们不难看出,正如戴锦华教授所指出的,当代小说日常生活叙事的怀旧书写也是一种时尚,它从侧面表达着对现实的某种诉求。那么,我们又当如何来看待文学的时尚化?当下批评界对此所持的观点主要有两种:一种是充分肯定文学时尚化,而另一种则认为时尚化必然要损害文学的审美品质,使文学沦为供人消遣、娱乐的商品。对此,笔者以为,前一种更多的是立足于当下现实的消费文化语境,站在大众文化立场上,由此将文学的时尚化视为消费社会文化生产体系运行的必然结果,在这个生产体系中,商业原则起决定性作用,文学更多地被看作一种休闲和娱乐的文化产业。后一种则基于传统文学,精英文化的立场上,将文学视为独立的精神创造,并从既往的文学阅读经验和审美经验出发,由此来认识和评价在美感形态上发生巨大变化的当代小说的时尚化。应当说,这两种批评观点尽管均不无可取之处,但是又都未免过于简单化。

这里,似乎批评本身成了问题?确切地说,立足何处?如何批评?事实上,这一点不只存在于文学时尚化(怀旧叙事)的审美文化意义的阐释、辨析和评判中,同样存在于整个关于物的日常生活叙事阐述过程中。对此,笔者认为,毫无疑问首要明确的是,文学之所以能够生成独具的审美文化意蕴,核心要义就在于它是其所是的文学性,具有自身独立的精神创造性。这也是本论的根本立足点。

基于此，在笔者看来，后一种批评观点对文学性的坚持自是有道理的。但是，如果过于固守原来的文学阅读和审美经验加以评判，则同样是对文学的伤害，不利于文学的发展。要知道，正如我们所熟悉的，在中国传统文化、精英立场上，很长时间内审美总是过于与世俗物欲和感性欲望相分离，由此成为一种“具有原创性、超越性、精英性、批评性和非功利性，禀赋着强烈的人文关怀，从终极关怀出发，以‘应当是什么’作为价值指向，为人类建构并守护着精神家园与安身立命之地。而从接受者的角度来说，则必须与之保持一定的心理距离，去毕恭毕敬地接受它们所给予自己的教化、熏陶，从而使自己的身心得到教诲、提升”[①]。回首过往，正是在这种过于高蹈的审美文化视点下，中国当代小说日常生活叙事历经不尽波折，一度遭到极为严重的禁锢，备受压制，文学自身的发展更是无从谈起。

直到20世纪80年代随着中国社会文化语境的变迁，审美文化与日常生活的关联日益密切，日常生活叙事才得到合法的文坛席位，文学叙事样态逐渐生动和丰富起来。及至当下消费社会时代，随着商品生产的符号化与后现代理论的兴起，被现代理性压抑的欲望逐步被强调，感官享受、本能欲望的满足得到充分肯定。事实上，人的欲望作为一种生命体验，不仅是生命存在的一种感性基础，也是生命获得确证的重要途径。乌纳穆诺甚至强调感性对于人的意义胜于理性：“能够区分人跟其他动物的是感性而不是理智”，“感到自己存在，这比知道自己的存在具有更大的意义”[②]。对感性欲望的肯定，使人们不再将其排斥在美感之外，而把它作为美感的构成要素。正是在这个意义上，前一种批评观点无疑也是很有道理的。

当下审美感性文化获得前所未有的大解放，现实日常生活、消费市场和文学艺术三者之间在全球化消费文化时代更加繁复地盘诘一处。文学的时尚化一方面丰富着日常生活叙事样态，并生动表征着当代社会文化标向，富有不同于以往的新的审美文化意蕴，但是另一方面，我们应当看

---

① 潘知常：《大众传媒与大众文化》，上海人民出版社2002年版，第170、172页。

② 〔西〕米格尔·德·乌纳穆诺：《生命的悲剧意识》，上海文学社1986年印行，第101页。

到，深受当下追求快感、娱乐游戏的消费文化语境影响，当代小说怀旧、时尚的感性语言狂欢背后，往往流于符码化、雷同化的语词堆砌，呈现出一种叙事张力的匮乏和精神向度的缺失等弊症。对此，无疑同样应当积极面对和加以理性的批判。

余　论

消费科技媒体时代日常生活叙事的难度

20世纪80年代末尤其自90年代以来,中国随着市场经济的不断强大、全球化进程的日益推进,消费主义的迅即兴起,中国的作家、知识分子产生了强烈的幻灭感(disenchantment),在出世和入世(retreat and engagement)的踌躇观望中,屡试不爽的"实用主义"再次战胜了"理想主义"①。当代中国现实社会生活及置身其中的人们从行为方式到生活理念到日常交往等都出现了不同以往的很显著的变化,毋庸置疑中国当下的社会历史语境确实发生着复杂的嬗变。于是,人们不得不发问——这到底是怎样的"现实"? 又当如何"面对"? 这种质询不仅弥散在哲学、社会学、人类学的求索中,也回响在文学及其理论批评的阐释上。正如李杨先生所指出的:"事实上,像《十面埋伏》这样由广告、新传媒和资本构造出的奇观,已经根本不能在我们熟悉的或职业化的文学批评、艺术批评中得到解释了,已经无法以我们通过公认的文学艺术经典确立起来的艺术规则加以解释了。对于我们这些文学研究者而言,我们不得不承认,我们已经置身在一个变得越来越陌生的世界。有许多东西已经发生了变化,包括我们熟悉的文学,不管我们是不是喜欢,是不是习惯。"②可见,在这一语境

① Angle, Stephen, *Human Rights and Chinese Thought*: *Across-Cultural in Query*, New York: Cambridge University Press, 2002.

② 李杨:《文学史写作中的现代性问题》,山西教育出版2005年版,第22页。

中,不只“现实”成为问题,“文本”成为问题,如何进入问题即“面对”本身也成为了问题。以这样一个历史坐标为视点,再度反观20世纪80年代以来中国大陆当代小说日常生活叙事的种种样态,不论是这一文学现象本身还是对它的阐释与评论,或许远非先前所想的那样简单了?或者说,“日常生活”这一去历史化已然成为比昔日“大历史”更大的、更普遍的大“历史”趋向?随着社会完成计划经济到市场经济转型并日趋形成全球化消费语境,革命乌托邦走向消费主义,由“历史化”切换到“去历史化”,这一去魅本身客观上也落入一种“魅”的圈套?当代小说日常生活叙事本身似乎可以看作某种社会历史的同构症候?就此,一些批评家已经十分敏锐地洞察到了上述现实历史语境的发展端倪,并提出了相应的理论概括(如20世纪90年代的“后新时期”“新世纪文学”)和表述。如此看来,中国大陆20世纪80年代以来小说文本的日常生活叙事与社会、历史、现实语境之间似乎确实存在着某种双向表征的隐秘关联。

立足当下中国社会,消费文化作为一种新型意识形态日益确立,这可以说是我国现实社会文化语境发生重大转换的一个十分显在的标志。消费社会的商品化、符号化和审美化文化逻辑已经深刻渗透于人们的日常生活中,对人们的日常、审美、体验和认同等各方面产生了重要影响。置身于这种符号意象优于真实功能的消费社会,文学艺术也同样不可避免地遭遇来自消费社会的文化逻辑改写。正是在这种全球化的消费语境中,文学的生产、传播和阅读方式发生了深刻变革:一方面,当代文学在社会文化的新秩序中仍然处在社会的边缘化位置;另一方面,文学本身被迫或不自觉地纳入到商业原则主导下的文化生产体系之中,逐渐从具有相对独立性的艺术创造、精神建构和审美欣赏行为,转化为一种复杂的社会文化活动。

陈平原先生在其《中国小说叙事模式的转变》中曾经指出:“不能说某一社会背景必然产生某种相应的小说模式;可是某种小说叙事模式在此时此地的诞生,必然有其相适应的心理背景和文化背景……在具体研究中,不主张以社会变迁来印证文学变迁,而是从小说叙事模式转变中探求文化背景的某种折射,或者说探求小说叙事模式中某些变化着的‘意识形态要素'。"[1]当代小说日常生活叙事,作为一种文学创作潮流,它的沉匿浮现并不是完全由于文学自身的原因。正如我们前面所论述的,它的凸现与沉寂其实恰恰反映出与社会文化语境变迁的彼此互动衍生。正是伴随当代中国社会从生产型到消费型的巨大转变,当代小说文本呈现为大量"物"语充溢的日常生活叙事。并且,随着消费文化的推进,当代小说日益走向消费社会符号生产,从而促成自身怀旧与时尚的消费视阈新景观的打造,这里小说的美感表现出前所未有的深度物化倾向、非道德化的个人叙事和人性叙写的极端化想象,艺术时空方式上十分生动而真切地表现着时间的空间化倾向。相比此前,无疑小说的文学审美范式已经发生了重大转换。但是,另一方面,由于物话语的过度膨胀,以至小说日常生活叙事艺术美感丧失殆尽,过于泛滥的奇观化的制造却同样让人产生越来越难以忍受的审美疲劳和精神向度的缺失。对此,我们说,消费文化语境中的文学叙事,尽管不应忽略文学消费品的商品维度,但是文学自身的审美维度同样不能放弃,而且后者尤为关键。可是,文学叙事的现实景况却有失人所愿。唯物的当代小说日常生活叙事在全球化消费语境的深入推进中,似乎无论怎样努力,也很难再翻奇出新,其审美效应都会越深地落入消费文化的逻辑里,越发衍生出小说叙事的困境与危机,开始落入自身发展相对低迷的景况。

目击当下,不得不承认的一个现实是,如果说在日益多元化的时代里,日常生活世界越来越不断展现自身的精彩,那么作为一种对日常生活世相进行艺术呈现的文学特别在小说中却似乎相对缺乏具有原创性的发掘与揭示,更多的是小说文本叙事的破碎与意义的苍白。究竟小说日常生活叙事是否真的走到尽头?否则,又当如何再度打开?仍在行进中的小说叙事自身似乎一时无法告知我们其所向为何。但是,值得注意是,在全球化消费语境里,以电子传媒为主导的新传媒技术的高速发展,迅速成为大众传媒的一部分并占据了重要的地位,而传统纸质传媒也在新的历史条件下形成一套现代市场经济下的运行方式,构成大众传媒的重要一

① 陈平原:《中国小说叙事模式的转变》,上海人民出版社1988年版,第3页。

翼。新媒体不仅其本身成为一支实力雄厚的产业力量,而且广泛而深刻地渗透到社会经济文化发展的各个层面。科技新媒体与视觉文化的迅速崛起,宣告着影视图像新时代的来临。

一方面,诚如诸多论者所指出的,新媒体图像时代在一定程度上,挤压着文学的生存空间。最直观的就是,一轮一度无数影视剧的热播浪潮,相形之下则是文学读物的寡人问津。事实上,新媒体确实对传统纸质文学构成一定的存在危机感。不过,另一方面,目睹新媒体所提供的一系列不无新意的美感形态,虽然其中仍良莠掺杂,却日益显现出生机与活力。"在电视这一媒介中,所有其他媒介中所含有的与另一现实的距离感完全消失了,这是个很奇特的过程,但这一过程可以说正是后现代主义的全部精粹。"①道出由"物"退到物的"影像"(并非现实性)。由此,新媒介带来的与文学发生关系最直接也是最典型的案例,即是"80后"在"青春写作"之外所开启的另类奇幻世界。对此,张颐武先生曾这样说道:"在文化方面,他们表现自我想象力重于表现社会生活。可以发现一种'奇幻文学',以类似电子游戏的方式展开,它完全抽空了社会历史的表现,而是在一种超越性的时空中展开随心所欲的想象力,这类小说被称为'架空'小说。这种'架空'就是一种凭空而来的想象,一种'脱历史'和'脱社会'的对于世界的再度编织和构造。"②

此外,相对于文学视阈而言或许最极端的,当数由于赛博空间发展而衍生出一种去物化的虚拟艺术世界。广义的虚拟艺术是包罗万象的视觉和感官领域的延展。现实与虚拟环境交互作用下,情感因素得到了进一步的强化。它或者关注于虚拟技术在视觉表现上的开拓意义,展现虚拟技术引起的人们在观察方式与表现手段上的拓展它或者关注交织于现实与虚拟世界之间的当代人的精神状态,展现大众文化与消费主义所培养的闲散气质与快节奏、高强度、竞争日益激烈现实生活的巨大反差所带来的生存压力,以及由此产生的人们对于虚拟世界所提供的一个相对自由地释放自己想象、思考甚至欲望的空间的依恋。此外,远程遥控、人工智

---

① 〔美〕杰姆逊:《后现代主义与文化理论》,陕西师范大学出版社1987年版,第168页。
② 张颐武:《80后寻找超越平庸的空间》,《黄河文学》2007年第12期。

能、基因克隆、机器人等等技术的发展，提供了虚拟艺术普及和演变的摹本，尤其网络作为虚拟艺术的传播条件，不仅使得艺术与科学在“现实寄托于虚拟，虚拟转化为现实”的情境中交互，而且使得人类的艺术越来越有可能从个体的共存趋于共识，从共识趋于共同化的个体差异。这种虚拟艺术的泛化，既取决于艺术家的艺术经验，又取决于观众的经验和参与的程度，体现出我们这个时代虚实相生、多元多变的特点。在现象学式的观点中，我们必须首先对“生活世界”(Lebenswelt；Lifeworld)此一名词有所认识。生活世界一字首见于胡塞尔(Edmund Husserl)的《欧洲科学的危机与超越的现象学》(*Crisis in European Science and Transcendental Phenomenology*)，它的概念几乎是所有现象学中最基本的概念之一，同时也是现象学出现的重要因素。现象学者对于生活世界一词的提出，是有鉴于一般学科对于生活世界的忽视，并总是将世界视为一个研究的客体。如此的结果，导致了世界成为一个抽象的、思维的对象，而不是一个人们每日生活其中的生活世界。因此，现象学建议应该回到现象上，回到人们身处的生活世界中。正如梅洛—庞蒂对于何谓现象学所做出的回答：现象学不仅应该是一门“确实的科学”(rigorous science)，它也同时是思考空间、时间以及我们所生活的世界的知识。[①] 而对于生活世界的理解也就涉及了对于“世界”的认知，任何对于“世界”进行哲学的分析也都与分析者所采取的立场息息相关，现象学即是采取以每日生活的经验作为理解世界的起始点。当代科技哲学与现象学者伊德(Don Idhe)即明白地指出，现象学是一种强调人的经验，特别是知觉与身体活动的经验的一种哲学。[②] 因此，现象学拒绝了科学主义将事物视为客体的认知方式，并认为世界在未被主观“污染”之前具有其客观之面目(亦即主观经验具有偏见)。相反地，现象学强调对于事物的经验不是存在于事物之中，而是在对于人与事物之间的关系上。因此，人们并非站在一个对世界对等的关系上来看世界，世界也不仅是科学所呈现的一般的客体样貌。换言之，世界不是一门物理学，也不是一门天文学，更不是那些科学所呈现的

① Maurice Merleau-Ponty, *Phenomenology of Perception*, London: Routledge, 1962, p. vii.

② Don Idhe, *Technology and Lifeworld*, Bloomington: Indian University, 1990, p. 21.

客体，而是一个人们每日生活的世界，世界即是一生活世界。

在《工具实在论》一书中，伊德将存在主义的现象学视野延伸至人与科技的关系上，他认为应该将科技视为一种存在性的使用（existential use）。也就是说，将科技视为人类存在的延伸。因而，人与科技之间的关系就成为一种体现的关系，而这关系延伸了、转换了人身体的与知觉的意向性（intentionality）。[①] 一旦我们将人与科技的关系放置在这种体现的关系上时，科技就不是一个独立存在的实体，它的存在价值也立基在人类对它的使用上，所以面对数位科技，倘若我们能将它视为人类存在的延伸，那么对于它即将取代人类而成为人类终结者的恐惧也都将消失；同样地，人类与机器之间那无法逾越的鸿沟似乎也可以获得消解。

可见，当下尽管唯物的当代小说日常生活叙事尚未完全摆脱既有文学范式的拘囿，但新的去物化的媒介表意图景已然呈示出迥然相异的面貌和无限的活力。对此，小说当如何从这些新的表意元素和丰富意向性上汲取拓展的叙事力量？进一步发掘文学自身的想象力和审美空间，在形式追求的同时保持其必有的精神向度，这无疑是个十分复杂的过程，同时在理论上也涉及许多必须进一步阐明的问题。但是面对这一充满活跃新生文学质素的虚拟世界，打开、反观、审视当代小说的日常生活叙事，至少，我们是否可以获得新的视角和启示对文学来加以新的观照呢？

如前所述，我们对消费文化语境下文学叙事方式及其审美特质与文化意蕴的嬗变作了初步的阐述，从中不难看出20世纪80年代以来小说日常生活叙事美感形态所发生的一系列重要变化。不过，本文对这些变化的描述和阐发，仅仅只是提供了一个初步的轮廓。事实上，在消费文化语境中，文学的生存状态远比我们描述的要复杂得多。特别是限于篇幅和阅读视野，尚有许多作家作品和文类没有进入本论的批评视阈。正是在这一点上，当代小说日常生活叙事的研究和探讨，仍然还有许多理论和实践问题需要作进一步的拓展和深入。

---

① Don Idhe, *Instrumental Realism: The Interface between Philosophy of Science and Philosophy of Technology*, Bloomington: Indian University, 1991, pp. 49, 74.

参考文献

〔德〕奥瑟·叔本华:《作为意志和表象的世界》,石冲白译,商务印书馆 1982 年版。

〔匈〕卢卡契:《审美特性》第 1 卷,中国社会科学出版社 1986 年版。

〔美〕弗雷德里克·杰姆逊:《后现代主义与文化理论》,陕西师范大学出版社 1986 年版。

〔英〕特里·伊格尔顿:《文学原理引论》,文化艺术出版社 1987 年版。

〔法〕布洛赫:《论文学作品反映当代的问题》,《西方文艺理论名著选编》(下),北京大学出版社 1988 年版。

〔美〕马尔库塞:《作为现实形式的艺术》,《西方文艺理论名著选编》(下),北京大学出版社 1988 年版。

〔德〕马丁·海德格尔:《诗·语言·思》,彭富春译,文化艺术出版社 1991 年版。

〔捷〕米兰·昆德拉:《小说的艺术》,孟湄译,三联书店 1992 年版。

〔意〕维柯:《新科学》,朱光潜译,人民文学出版社 1997 年版。

〔法〕鲍德里亚:《物体系》,林志明译,台湾时报出版社 1997 年版。

〔法〕让·伊夫塔:《二十世纪文学批评》,百花文艺出版社 1998 年版。

〔美〕汉娜·阿伦特:《公共领域和私人领域》,汪晖、陈燕谷主编:《文化与公共性》,三联书店 1998 年。

〔德〕霍克海默、阿多诺:《启蒙辩证法》,洪佩郁、蔺月峰译,重庆出版社 1999 年版。

〔美〕阿瑟阿萨伯杰:《通俗文化、媒介和日常生活中的叙事》,南京大学出版社 2000 年版。

〔英〕迈克·费瑟斯通:《消费主义与后现代文化》,刘精明译,译林出版社 2000 年版。

〔英〕布莱恩·特纳:《身体与社会》,马海良、赵国新译,春风文艺出版社 2000 年版。

〔法〕皮埃尔·布迪厄:《艺术的法则》,刘晖译,中央编译出版社 2001 年版。

〔澳〕约翰·多克:《后现代主义与大众文化 文化史》,吴松江、张天飞译,加洛审校,辽宁教育出版社 2001 年版。

〔美〕苏珊·桑塔格:《疾病的隐喻》,程巍译,上海译文出版社 2003 年版。

〔德〕于尔根·哈贝马斯:《现代性哲学话语》,曹卫东等译,译林出版社 2004 年版。

〔法〕古斯塔夫·勒庞:《革命心理学》,修德志、刘训练译,吉林人民出版社 2004 年版。

〔法〕西蒙娜·德·波伏娃:《第二性》(全译本),陶铁柱译,中国书籍出版社 2004 年版。

〔德〕卡尔·雅斯贝尔斯:《生存哲学》,王玖兴译,上海译文出版社 2005 年版。

〔英〕雷蒙·威廉斯:《关键词——文化与社会的词汇》,刘建基译,三联书店 2005 年版。

〔美〕赫伯特·马尔库塞:《爱欲与文明》,黄勇、薛民译,上海译文出版社 2005 年版。

〔美〕简·盖洛普:《通过身体思考》,杨莉馨译,江苏人民出版社 2005 年版。

〔德〕马丁·海德格尔:《存在与时间》(修订译本),陈嘉映、王庆节合译,三联书店 2006 年版。

Henri Lofebvre, The Production of Space, Oxford: Blackwell, 1991。

Angle, Stephen, Human Rights and Chinese Thought: Across-Cultural in Query, New York: Cambridge University Press, 2002。

John Stotry, Cultural Studies and the Study of Popular Culture, Peking University Press, 2007。

刘放桐:《现代西方哲学》,人民出版社 1981 年版。

柳鸣九:《新小说派研究》,中国社会科学出版社 1986 年版。

刘小枫:《诗化哲学——德国浪漫美学传统》,山东文艺出版社 1986 年版。

刘小枫:《现代性社会理论绪论——现代性与现代中国》,上海三联书店 1998 年版。

刘小枫:《沉币的肉身——现代性伦理的叙事话语》,华夏出版社 2004 年版。

王一川:《审美体验论》,百花文艺出版社 1992 年版。

王朔:《我是王朔》,国际出版文化公司 1992 年版。

张京媛:《新历史主义与文学批评》,北京大学出版社 1993 年版。

温儒敏:《中国现代文学批评史教程》,北京大学出版社 1993 年版。

屈雅君主编、李继凯副主编:《新时期文学批评模式研究》,陕西人民教育出版社 1997 年版。

陈家琪:《话语的真相》,上海人民出版社 1998 年版。

邱晓华:《九十年代中国经济》,上海远东出版社 1999 年。

李复威主编:《世纪之交文论》,北京师范大学出版社 1999 年版。

王岳川主编:《后殖民主义与新历史主义文论》,山东教育出版社 1999 年版。

赵毅衡:《礼教下延之后中国文化批判诸问题》,上海文艺出版社 2001 年版。

王又平:《新时期文学转型中的小说创作潮流》,华中师范大学出版社 2001 年版。

丁帆、许志英主编:《中国新时期小说主潮》,人民文学出版社 2002 年版。

周小仪:《唯美主义与消费文化》,北京大学出版社 2002 年版。

陈映芳:《在角色与非角色之间——中国的青年文化》,江苏人民出版社 2002 年版。

刘士林:《澄明美学——非主流之观察》,郑州大学出版社 2002 年版。

刘成纪:《物象美学——自然的再发现》,郑州大学出版社 2002 年版。

耿占春:《叙事美学——探索一种百科全书式的小说》,郑州大学出版社 2002 年版。

罗钢、王中忱主编:《消费文化读本》,中国社会科学出版社 2003 年版。

包亚明主编:《现代性与空间的生产》,上海教育出版社 2003 版。

任剑涛:《道德理想主义与伦理中心主义——儒家伦理及其现代处境》,东方出版社 2003 年版。

孟繁华:《传媒与文化领导权——当代中国的文化生产与文化认同》,山东教育出版社 2003 年版。

孟繁华:《众神狂欢 世纪之交的中国文化现象》,中央编译出版社 2003 年版。

金文兵:《颠覆的喜剧——20 世纪 80—90 年代中国小说转型研究》,中国社会科学出版社 2004 年版。

汪民安、陈永国、张云鹏主编:《现代性基本读本》(上、下),河南大学出版社 2005 年版。

周国平主编:《诗人哲学家》,上海人民出版社 2005 年版。

董学文主编:《西方文学理论史》,北京大学出版社 2005 年版。

李晓林:《审美主义:从尼采到福柯》,社会科学文献出版社 2005 年版。

王洪岳:《审美的悖反:先锋文艺新论》,社会科学文献出版社 2005 年版。

张弘:《西方存在美学问题研究》,黑龙江人民出版社 2005 年版。

汤拥华:《西方现象学美学局限研究》,黑龙江人民出版社 2005 年版。

王晓华:《西方生命美学局限研究》,黑龙江人民出版社 2005 年版。

陈顺馨:《中国当代文学的叙事与性别》,北京大学出版社 1995 年版。

王安忆:《心灵世界——王安忆小说讲稿》,复旦大学出版社 1997 年版。

张岩冰:《女权主义文论》,山东教育出版社 1998 年版。

肖巍:《女性主义关怀伦理学》,北京出版社 1999 年版。

荒林、王光明:《两性对话——20 世纪中国女性与文学》,中国文联出版社 2001 年版。

艾云:《用身体思想》,江苏人民出版社 2003 年版。

林丹娅:《当代中国女性文学史论》,厦门大学出版社 2003 年版。

谢有顺:《身体修辞》,花城出版社 2003 年版。

孟悦、戴锦华:《浮出历史地表》,中国人民大学出版社 2004 年版。

文洁华:《美学与性别冲突——女性主义审美革命的中国境遇》,北京大学出版社 2005 年版。

邵燕君:《"美女文学"现象研究——从"70 后"到"80 后"》,广西师范大学出版社 2005 年版。

唐小兵主编:《再解读——大众文艺与意识形态》,牛津大学出版社 1993 年版。

唐小兵:《英雄与凡人的时代——解读 20 世纪》,上海文艺出版社 2001 版。

张颐武:《在边缘处追索》,时代文艺出版社 1993 年版。

谢冕、张颐武:《大转型 后新时期文化研究》,黑龙江教育出版社 1995 年版。

张颐武:《从现代性到后现代性》,广西教育出版社 1997 年版。

韩毓海:《新文学的本体与形式》,辽宁教育出版社 1993 年版。

韩毓海:《"从红玫瑰"到"红旗"》,上海远东出版社 1998 年版。

韩毓海主编:《20 世纪的中国 学术与社会 文学卷》,山东人民出版社 2001 年版。

李杨:《抗争宿命之路—社会主义现实主义研究》,时代文艺出版社 1993 年版。

李杨:《50—70 年代中国文学经典再解读》,山东教育出版社 2003 年版。

李杨:《文学史写作中的现代性问题》,山西教育出版 2005 年版。

王晓明等:《无声的黄昏》,人民文学出版社 1996 年版。

陈思和等:《理解九十年代》,人民文学出版社 1996 年版。

陈思和主编:《中国当代文学史教程》,复旦大学出版社 1999 年版。

孔范今主编:《二十世纪中国文学史》,山东文艺出版社 1997 年版。

张清华:《中国当代先锋文学思潮论》,江苏文艺出版社 1997 年版。

张学正:《现实主义文学在当代中国》,南开大学出版社 1997 年版。

洪子诚:《当代文学史》,北京大学出版社 1999 年版。

洪子诚:《问题与方法》,三联书店 2002 版。

陈晓明:《仿真的年代——超现实文学流变与文化想象》,山西教育出版社 1999 年版。

陈晓明:《无望的叛逆》,陕西人民教育出版社 2002 版。

陈晓明:《表意的焦虑——历史去魅与当代文学变革》,中央编译出版社 2003 年版。

陈晓明:《无边的挑战——中国先锋文学的后现代性》,广西师范大学出版社 2004 年版。

贺桂梅:《批评的增长与危机》,山西教育出版社 1999 年版。

贺桂梅:《人文学的想象力——当代中国思想文化与文学问题》,河南大学出版社 2005 年版。

贺桂梅:《历史与现实之间》,山东文艺出版社 2008 年版。

吴弦:《中国当代文学批判》,学林出版社 2001 年版。

曹文轩:《20 世纪末中国文学现象研究》,北京大学出版社 2002 年版。

曹文轩:《小说门》,作家出版社 2002 年版。

曹文轩:《中国八十年代文学现象研究》,作家出版社 2003 年版。

蔡翔:《日常生活的诗情消解》,学林出版社 1994 年版。

蔡翔:《何谓文学本身》,春风文艺出版社 2006 年版。

陈学明等主编:《让日常生活成为艺术品——列非伏尔、赫勒论日常生活》,云南人民出版社 1998 年版。

吴亮等主编:《日常中国——50 年代老百姓的日常生活》,江苏美术出版社 1999 年版。

吴亮等主编:《日常中国——60 年代老百姓的日常生活》,江苏美术出版社 1999 年版。

吴亮等主编:《日常中国——70 年代老百姓的日常生活》,江苏美术出版社 1999 年版。

吴亮等主编:《日常中国——80 年代老百姓的日常生活》,江苏美术出版社 1999

年版。

吴亮等主编:《日常中国——90 年代老百姓的日常生活》,江苏美术出版社 1999 年版。

胡大平:《崇高的暧昧——作为现代生活方式的休闲》,江苏人民出版社 2002 年版。

衣俊卿:《现代化与日常生活批判——人自身现代化的文化透视》,人民出版社 2005 年版。

衣俊卿:《现代化与文化阻滞力》,人民出版社 2005 年版。

王晓东:《日常交往与非日常交往》,人民出版社 2005 年版。

王国有:《日常思维与非日常思维》,人民出版社 2005 年版。

杨威:《中国传统日常生活世界的文化透视》,人民出版社 2005 年版。

李小娟主编:《走向中国的日常生活批判》,人民出版社 2005 年版。

Ben Highmore:《日常生活与文化理论》,周群英译,韦伯文化国际出版有限公司 2005 年 3 月版。

卢新华:《班主任》,《人民文学》1977 年第 11 期。

卢新华:《伤痕》,《文汇报》1978 年 8 月 11 日。

鲁云周:《天云山传奇》,《清明》创刊号,1979 年。

方之:《内奸》,《北京文学》1979 年第 3 期。

孔捷生:《在小河那边》,《作品》1979 年第 3 期。

蒋子龙:《乔厂长上任记》,《人民文学》1979 年第 7 期。

蒋子龙:《赤橙黄绿青蓝紫》,《当代》1981 年第 4 期。

蒋子龙:《锅碗瓢盆交响曲》,《新港》1982 年第 10—11 期。

王蒙:《夜的眼》,《光明日报》1979 年 10 月 21 日。

王蒙:《蝴蝶》,《十月》1980 年第 4 期。

王蒙:《春之梦》,《人民文学》1980 年第 5 期。

张洁:《爱是不能忘记的》,《北京文学》1979 年第 11 期。

张弦:《被爱情遗忘的角落》,《上海文学》1980 年第 1 期。

叶辛:《蹉跎岁月》,《收获》1980 年第 5—6 期。

刘心武:《刘心武短篇小说选》,北京出版社 1980 年版。

戴厚英:《人啊,人》,广东人民出版社 1980 年版。

张抗抗:《北极光》,《收获》1981 年第 3 期。

王安忆:《本次列车终点》,《上海文学》1981 年第 10 期。

路遥:《人生》,《收获》1982 年第 3 期。

张承志:《黑骏马》,《十月》1982 年第 6 期。

铁凝:《哦,香雪》,《青年文学》1982 年第 5 期。

铁凝:《大浴女》,春风文艺出版社 2000 年版。

铁凝:《甜蜜的拍打》,群众出版社 2001 年版。

铁凝:《玫瑰门》,春风文艺出版社 2003 年版。

铁凝:《安德烈的晚上》,春风文艺出版社 2005 年版。

铁凝:《笨花》,人民文学出版社 2006 年版。

史铁生:《我那遥远的清平湾》,《青年文学》1983 年第 1 期。

方方:《风景》,《当代作家》1987 年第 5 期。

方方:《奔跑的火光》,新世界出版社 2002 年版。

叶兆言:《艳歌》,《上海文学》1989 年第 2 期。

刘震云:《单位》,《北京文学》1989 年第 2 期。

苏童:《妻妾成群》,《收获》1989 年第 6 期。

池莉:《太阳出世》,《钟山》1990 年第 4 期。

池莉:《你是一条河》,《小说家》1991 年第 3 期。

池莉:《热也好冷好也好活着就好》,《小说家》1991 年第 6 期。

刘震云:《故乡天下黄花》,《钟山》1991 年第 1 期。

刘震云:《一地鸡毛》,《小说家》1991 年第 1 期。

张欣:《深陷红尘,重拾浪漫》,《小说月报》1995 年第 5 期。

张欣:《岁月无敌》,长江文艺出版社 2001 年版。

张欣:《泪珠儿》,人民文学出版社 2003 年版。

张欣:《深喉》,《收获》2004 年第 1 期。

王安忆:《长恨歌》,作家出版社 1995 年版。

王安忆:《富萍》,湖南文艺出版社 2000 年版。

徐坤:《先锋》,北岳文艺出版社 1995 年版。

徐坤:《游行》,云南人民出版社 1996 年版。

徐坤:《春天的二十二个夜晚》,春风文艺出版社 2002 年版。

陈染:《陈染文集》,江苏文艺出版社 1996 年版。

林白:《林白文集》,江苏文艺出版社 1997 年版。

林白:《玻璃虫》,作家出版社 2000 年版。

林白:《枪,或以梦为马》,华文出版社 2002 年版。

林白:《万物化开》,人民文学出版社 2003 年版。

林白:《说吧,房间》,春风文艺出版社 2004 年版。

林白:《妇女闲聊录》,新星出版社 2005 年版。

徐小斌:《徐小斌文集》,华艺出版社 1998 年版。

卫慧:《上海宝贝》,春风文艺出版社 1999 年版。

卫慧:《欲望手枪》,上海三联书店 2000 年版。

卫慧:《我的禅》,上海文艺出版社 2004 年版。

棉棉:《糖》,中国戏剧出版社 2000 年版。

棉棉:《盐酸情人》,上海三联书店 2000 年版。

弥红等:《"七十年代以后"小说选》,上海文艺出版社 2001 年版。

魏微:《流年》,花山文艺出版社 2002 年版。

魏微:《姐姐和弟弟》,山东文艺出版社 2005 年版。

安妮宝贝:《赤道往北 21 度》,南海出版公司 2003 年版。

唐颖:《情欲艺术家》,《收获》2004 年第 2 期。

须一瓜:《穿过欲望的洒水车》,《收获》2004 年第 4 期。

曹征路:《那儿》,《当代》2004 年第 5 期。

姚鄂梅:《婚纱》,《收获》2004 年第 6 期。

姚鄂梅:《大约在冬季》,《收获》2005 年第 6 期。

后 记

时间荏苒,光阴易逝,四年的燕园生活即将作别,也为23年的求学生活暂时画上了一个休止符,毕业离校之际心中倍感眷恋和感念。

尽管时光倏忽即逝,但却留下了让人难以忘怀的许多温馨、美好与感动。忘不了朝夕相处的同窗好友,感谢他们陪伴我走过一段段风雨阳光的成长历程;忘不了一路幸遇的诸位师长,感谢他们不弃愚生驽钝而悉心传授所学,师长们渊博的学识、深厚的涵养和魅力的人格让我由衷感赞,从他们的言传身教中我获益匪浅。

有幸忝列陈门,特别感谢恩师陈晓明教授！陈老师和师母在为人、学业和生活诸多方面的指导和关怀让我时时有如沐春风之感,师恩笃重,永志不忘。非常感谢曹文轩老师、张颐武老师、李杨老师、蒋朗朗老师、韩毓海老师、贺桂梅老师、计璧瑞老师和吴晓东老师！一直以来师长们对我的学业给予了悉心的指教、热情的指导与无私的鼓励和帮助。非常感谢亲爱的朋友们！在我感到困难的时候,他们给了我很真诚的帮助。同时十分感谢诸位同门学友！感谢和大家在一起的美好时光。

最后感谢我的父母亲人！

2008年5月于畅春园3号楼412室